Editora Charme

MILIONÁRIO ARROGANTE

Autoras Bestseller do *New York Times*

VI KEELAND

PENELOPE W

1ª Impressão 2019

Produção Editorial - Editora Charme
Modelo da capa - Richeli Murari
Designer da capa - Letitia Hasser, r.b.a. designs
Adaptação da capa e Produção Gráfica - Verônica Góes
Tradução - Alline Salles
Revisão - Equipe Editora Charme
Esta obra foi negociada por Bookcase Literary Agency e Brower Literary & Management.

FICHA CATALOGRÁFICA ELABORADA POR
Bibliotecária: Muriel Thürmer – CRB10/1558

K26m Keeland, Vi

Milionário Arrogante / Vi Keeland, Penelope Ward ; tradução: Alline Salles ; adaptação da capa e produção gráfica: Verônica Goes ; revisão: Equipe Editora Charme. - Campinas, SP : Editora Charme, 2019.

268 p.
Tradução de: Mister Moneybags.
ISBN: 978-65-5056-001-0

1. Ficção norte-americana. 2. Romance estrangeiro. I. Ward, Penelope. II. Salles, Alline. III. Goes, Verônica. IV. Título.

CDD: 813

www.editoracharme.com.br

Editora Charme

MILIONÁRIO ARROGANTE

Tradução: Alline Salles

Autoras Bestseller do *New York Times*

VI KEELAND

PENELOPE WARD

A verdade raramente é pura e nunca é simples.

— Oscar Wilde

CAPÍTULO 1

Bianca

Faz sentido que a empresa do cretino ocupe o último andar inteiro.

Apertei o botão no painel do elevador e terminei de digitar no meu celular uma lista meia boca de perguntas para a entrevista. Sylvia, minha editora, não ficaria feliz, principalmente já que eram para estar prontas há dois dias, e agora ela não teria tempo para sugerir mudanças. Ela *vivia* para sugerir mudanças.

Eu já estava cinco minutos atrasada para o meu compromisso, e o maldito elevador estava indo devagar. Apertando várias vezes o botão do andar trinta e quatro, murmurei algo sobre ir de escada da próxima vez. Mas a quem eu queria enganar? Com aqueles sapatos? Aquela saia justa? Era um milagre eu ter conseguido subir as escadas quando o carro me deixou na frente do prédio.

Suspirei audivelmente. *Estamos ao menos nos movendo?* Era realmente o elevador mais lento que eu já tinha pego. Frustrada, e talvez um pouco ansiosa para acabar logo com a entrevista, apertei novamente o botão. Repetindo o movimento, resmunguei:

— Vamos lá. Já estou atrasada pra caramba.

Suspirei de alívio quando a máquina pareceu finalmente acelerar para cima. Mas, então, parou de repente, e o elevador ficou totalmente escuro.

— Bom, agora você conseguiu quebrar o maldito — uma voz grossa disse atrás de mim.

Assustada, pulei e o celular saltou da minha mão no escuro e acabou caindo. Pelo som que fez ao bater no chão, eu sabia que tinha quebrado.

— Merda! Olha o que me fez fazer. — Me inclinei para baixo e apalpei o chão, mas não conseguia encontrá-lo. — Pode, pelo menos, dar uma luz para eu poder achar meu celular?

— Faria com prazer.

— Obrigada. — Bufei.

— Se tivesse um celular comigo.

— Está brincando? Está sem celular? Quem anda por aí sem celular?

— Talvez devesse tentar. Se não fosse tão obcecada pelo seu, não estaríamos neste dilema.

Fiquei em pé, e pus as mãos na cintura.

— O que disse?

— Bom, estava tão entretida digitando que nem percebeu que tinha outra pessoa no elevador com você.

— E?

— Se tivesse me visto, não teria pulado ao ouvir minha voz e quebrado seu celular. Então teríamos luz, e você conseguiria ver muito bem o painel do elevador para apertar aquele botão mais vinte ou trinta vezes. Tenho certeza de que teria adiantado.

Senti o homem se movendo atrás de mim.

— O que está fazendo?

Quando ele respondeu, sua voz veio de um lugar diferente. Veio da minha esquerda e de baixo.

— Estou no chão procurando seu celular.

Estava realmente um breu. Eu não conseguia ver nada, mas sentia o ar se movendo, e sabia que ele tinha voltado a ficar de pé.

— Estenda a mão.

— Vai colocar meu celular nela, certo?

— Não, baixei a calça e vou colocar meu pau nela. Cristo, você é doida mesmo, não é?

Sabendo que ele não podia me ver, sorri para seu sarcasmo e estendi a mão.

— Só me dê meu celular.

Uma de suas mãos passou na minha e, então, ele a segurou, enquanto a outra colocava o celular na palma e a fechava.

— Você tem um sorriso bonito. Deveria tentar sorrir mais vezes.

— Está um breu aqui. Como sabe que meu sorriso é bonito?

— Dá para ver seus dentes.

Ele soltou minha mão e, imediatamente, comecei a sentir um ataque de pânico me tomar. *Merda. Aqui não. Agora não.*

Estiquei a mão e segurei a dele de novo antes de ele conseguir se afastar totalmente.

— Desculpe... eu... hum... pode segurar minha mão por um minuto?

Ele fez o que pedi sem questionar. Estranhamente, ele simplesmente ficou ali e a segurou, apertando-a algumas vezes como se soubesse que eu precisava de conforto. Em certo momento, senti a sensação passar, e parei de apertar a mão do estranho.

— Pode soltar agora. Desculpe. Tive um pequeno ataque de pânico.

— Acabou?

— Eles vêm e vão assim às vezes. Tenho a sensação de que, quanto mais ficarmos aqui, mais tem chance de haver outro. Só fique conversando comigo. Vai me distrair.

— Ok, qual é seu nome?

A vontade de gritar era esmagadora.

— Aaaaaaaaaaaaaaaaaaaaaaaagh!!!!

— Que porra é essa? — ele rosnou.

Soltei outro grito ainda mais alto.

— Por que está fazendo isso?

Sem responder à sua pergunta, arfei e simplesmente disse:

— Oh, isso foi bom.

— Você me assustou pra caralho.

— Desculpe. É uma técnica que uso para afastar o pânico... gritar a plenos pulmões.

— Essa é a sua melhor técnica?

— Tenho algumas diferentes. Também massageio minhas bolas.

— O que disse?

— Tenho bolas. Massageá-las ajuda bastante.

— Suas... *bolas*? Você me parece ser uma mulher, bem cheia de curvas por trás, pelo menos.

— São bolas de *Baoding*. Bolas de metal de meditação. Eu as massageio uma contra a outra em movimento circular na palma da mão. Me ajuda a acalmar. — Comecei a procurá-las freneticamente na minha bolsa.

— O que é esse barulho? — ele perguntou.

— Estou tentando encontrá-las. Estão em algum lugar na minha bolsa. — Sem luz, não conseguia localizá-las. — Merda, cadê elas?

Ele deu risada.

— Tenho umas bolas que você pode massagear se estiver em apuros.

— Você é nojento. Mantenha suas bolas longe de mim, por favor.

— Ah, vai. Não estou falando sério. Desencana. Foi você que trouxe bolas de massagem. Estamos presos em um elevador escuro. Estava tentando fazer uma piadinha, pelo amor de Deus.

Finalmente conseguindo localizar as bolas de *Baoding*, eu disse:

— Ok, encontrei. — Respirei fundo e comecei a girá-las na mão, focando nos sons calmantes do metal batendo um no outro.

— Elas badalam. Que legal — ele falou de um jeito que pareceu sarcástico. — O que exatamente está fazendo com elas?

— Girando-as.

— Isso realmente funciona para você?

— Sim. — Depois de alguns minutos, me virei para ele. — Abra a mão. — Coloquei as bolas em sua palma. — Mantenha-as separadas usando seu dedo indicador. — Quando pude sentir que ele estava usando o dedo errado para posicionar as bolas, corrigi: — Não, eu falei dedo indicador, não dedo médio.

— Ah, que bom. É melhor descansar meu dedo do meio, de qualquer forma. Posso precisar erguê-lo repetidamente se este elevador não se mover logo.

— Você não está levando isso a sério. Me devolva.

Peguei-as da sua mão.

— Uma vez, saí com uma mulher que se inclinou sobre uma mesa para me contar que tinha umas bolas de metal presas em sua vagina.

— Bolas Ben Wa.

— Ah. Então você as conhece?

— Conheço.

— Bom, você é muito experiente com bolas. Já usou bolas Ben Wa?

— Não. Não preciso de bolas para ter orgasmo.

— É mesmo?

Não conseguia enxergar, mas podia senti-lo sorrindo para mim.

Balançando a cabeça, eu disse:

— Ok, esta conversa está ficando esquisita.

— Só *agora* está ficando esquisita? Acredito que este encontro começou a ficar esquisito no instante em que você estourou meu tímpano.

Toda aquela situação era ridícula. De repente, comecei a rir. As bolas de metal escorregaram da minha mão e caíram no chão do elevador, rolando.

— Você deixou cair suas bolas.

A forma fria com que ele disse isso me fez rir ainda mais. Ele se juntou a mim, e nós dois estávamos gargalhando histericamente. Aquela situação estava nos deixando delirantes.

Em certo momento, nos sentamos no chão com as costas na parede. Alguns instantes de silêncio se passaram. Percebi que ele cheirava muito bem. Era um misto de perfume e cheiro de homem que era próprio dele. Imaginei se ele era atraente. Tinha que admitir, só sua voz já era bem sexy.

Então, finalmente perguntei:

— Como você é?

— Você vai descobrir logo.

— Só estou tentando puxar conversa.

Pude sentir suas palavras vibrando contra mim quando ele se inclinou para perto.

— Como acha que sou? — Sua voz era bem excitante.

Pigarreei.

— Você, na verdade, tem uma voz bem bonita, bem madura. Meio que te imagino um homem mais velho, distinto. Talvez se pareça com James Brolin.

— Vou aceitar.

— E eu? — perguntei.

— Bom, sabe, eu dei uma olhada em você, por trás. Então tudo que sei é que tem uma bunda incrível e dentes bonitos, já que eles praticamente brilham no escuro.

Minha respiração começou a ficar um pouco difícil.

Ele deve ter sentido meu nervosismo quando me repreendeu:

— Se for gritar como uma hiena de novo, por que, pelo menos, não grita e pede ajuda? Use essa merda para algo útil.

Me levantei de repente e comecei a bater nas portas do elevador.

— Socorro! Socorro!

Meus gritos por ajuda não serviram de nada.

— Ok, pode parar agora.

Me juntando novamente a ele no chão, senti outra onda de pânico vindo. Era bem difícil tentar lutar contra esses sentimentos sem distrações visuais. Nunca tivera que lidar com isso no extremo escuro.

— Pode segurar minha mão de novo?

— Claro.

Ele envolveu firmemente minha mão na dele. Sem estímulos visuais, me concentrei em outros sentidos, particularmente o olfato e o tato. Apreciando sua mão grande e quente e respirando seu cheiro, fechei os olhos e tentei me acalmar.

De repente, ele pulou em pé e me soltou.

— Luz!

Meus olhos se abriram e viram que as luzes do elevador voltaram.

— Luz! — gritei.

Quando me virei instintivamente para abraçá-lo, estaquei de repente, e meu coração quase parou de bater. Encarei-o por muitos segundos. Aquele cara era bem mais bonito do que eu poderia ter imaginado — a ponto de agora estar bem constrangida por tudo que tinha acontecido na escuridão.

Ele não se parecia em nada com James Brolin. Era mais jovem, mais gostoso, mais informal. Diria que ele tinha uns trinta e poucos anos.

Meu parceiro de elevador tinha cabelo escuro, longo em volta das orelhas, e estava usando um boné de beisebol enterrado na cabeça com a aba para trás. Seus olhos eram de um azul impressionante, e ele tinha a quantidade certa de barba por fazer em seu maxilar lindamente definido.

As palavras não vinham, e eu disse simplesmente:

— Oi. — Como se fosse o primeiro instante em que realmente nos víamos.

Ele abriu um sorriso perigosamente sexy e deu uma piscadinha.

— Oi.

CAPÍTULO 2

Dex

Uau. Minha jogadora de bolinha era bem bonita.

Eu só a tinha visto de costas antes de as luzes se apagarem. Agora, estava encarando seus grandes olhos lindos e castanhos, pensando que esse contratempo no elevador não tinha sido uma coisa tão ruim, afinal.

Ela pigarreou.

— As luzes voltaram, mas ainda estamos presos.

Apertei alguns dos botões.

— Parece que estamos mesmo. Mas já é uma boa notícia. Aposto que esta coisa vai se mover logo.

E, por esta coisa se mover, não estou falando do meu pau, embora pudesse jurar que o senti mexer quando ela acabou de lamber seus lábios lindos carnudos.

Faça isso de novo.

Porra.

Ela é linda.

Meus olhos viajaram para baixo por seu corpo, depois voltaram para cima, adorando como os pequenos botões da sua blusa recatada formavam um caminho até seu pescoço delicado. Não teria me importado de chupar aquela pele.

Talvez poderia incentivá-la a não trabalhar e ficar comigo.

— Aonde vai assim que sair daqui? — perguntei.

— Ao trigésimo quarto andar — ela respondeu.

O quê?

O que ela vai fazer no meu andar?

Sei que ela não trabalha para mim. Teria me lembrado daquele rosto, daqueles olhos.

— O que você precisa resolver lá em cima?

— Na verdade, terei o prazer de entrevistar o próprio Milionário Arrogante.

Meu estômago se revirou.

Ohhhh.

Isso não caiu bem para mim.

Engoli em seco, depois inclinei a cabeça para o lado e me fingi de bobo.

— Quem?

— O esquivo Dexter Truitt. É o CEO da Montague Enterprises. Eles ocupam o último andar inteiro.

Tentando parecer que não estava prestes a me descontrolar, perguntei:

— Por que o chama de Milionário Arrogante?

— Acho que só o imagino um cretino faminto por dinheiro e ranzinza. Parece um nome adequado. Claro que não o conheço de verdade.

— Por que pensa isso dele, então?

— Tenho meus motivos.

— Talvez não devesse presumir o pior sobre as pessoas até que as conheça. — Embora eu soubesse a resposta, questionei: — Por que vai entrevistá-lo, afinal?

— Trabalho para uma revista de negócios, a *Finance Times*. Fui designada para cobrir uma exclusiva que conseguimos. É sobre a "aparição" de Truitt. Ele sempre se manteve bem discreto depois de assumir a companhia do pai, sem querer ser fotografado nem entrevistado. Sua capacidade de se manter basicamente um mistério tem sido impecável. Quando descobri que faríamos sua primeira entrevista, me voluntariei para a oportunidade.

— Por quê? Quero dizer, se não gosta do cara...

— Acho que será divertido provocá-lo.

— Você não me parece alguém que gosta de fazer outras pessoas suarem, principalmente considerando suas questões de pânico.

— Bom, acredite em mim quando digo que *vou* me recompor para isso. Não deixarei essa oportunidade passar.

— Sabe, você não deveria julgar um livro pela capa. Já determinou que acha esse cara um cretino, mas nem o conhece. Só porque alguém é rico e poderoso não significa que seja uma má pessoa.

— Não é só isso.

— O que é, então?

— Vamos dizer apenas que fiz minha lição de casa para esta entrevista, e sei, em primeira mão, que o cara é um cretino. Tem coisa demais envolvida.

Caralho. Meu pulso começou a acelerar. Precisava saber por que ela tinha ideias tão preconceituosas sobre mim. Ela, definitivamente, não desconfiava que eu era Dexter Truitt, dadas as roupas casuais que estava usando depois da academia. Eu parecia um porra de um mensageiro de bicicleta em vez de o CEO de um império multimilionário.

Meu escritório tinha chuveiro e closet, e eu planejava me trocar assim que subisse, já que achei que me atrasaria para a entrevista.

— Qual é seu nome? — perguntei.

— Bianca.

— Bianca do quê?

— Bianca George.

Era esse o nome da jornalista com quem eu me encontraria.

— É um prazer te conhecer, Bianca.

— E você é?

Qual era o meu nome?

Será que conto a ela que a entrevista com o Milionário Arrogante, na verdade, começou quando ela entrou no elevador, ou sigo o fluxo e finjo ser o cara pé no chão, humilde e despretensioso para o qual ela começou a se abrir? A segunda opção soava bem mais divertida.

Meu nome.

Meu nome.

Encarei as correspondências que tinha pego depois da academia naquela manhã. Estavam no chão do elevador ao lado das bolinhas de metal dela.

Envelope.

Marca de envelopes.

"Mead".

Reed.

Olhei para as portas do elevador.

The Doors.

Jim Morrison.

Jim.

James.

Jay.

Reed. Jay Reed.

— Jay Reed.

— É um prazer te conhecer, Jay.

— Igualmente, Bianca.

Uma voz soou no interfone.

— Aqui é Chuch Sansone, da manutenção do prédio. Tem alguém aí?

— Tem! — Bianca respondeu. — Estamos aqui! Estamos presos!

— Só queríamos avisar que vamos tirar vocês daí em breve. Não estão correndo perigo, e temos uma equipe trabalhando nisso.

Ela pareceu extremamente aliviada ao gritar:

— Obrigada! Muito obrigada! Por favor, nos mantenha atualizados.

— Pode deixar.

Eu, por outro lado, só queria ficar naquele espaço confinado com ela. Precisava descobrir por que ela me detestava, mas uma parte de mim também realmente gostou de bancar o Jay, o cara comum sobre o qual provavelmente ela não tinha ideias preconceituosas e erradas.

— O que você faz, Jay?

— Tenho meu próprio serviço de mensageiro por bicicleta. Estou indo para o vigésimo sexto andar. — Foi a única coisa em que consegui pensar com base no meu traje.

— Oh, isso explica o pacote.

— Porque sou bem-dotado?

Ela corou um pouco.

— Não, o envelope ali.

Fiquei feliz por ela estar, finalmente, entendendo meu senso de humor.

— Eu sei. Só estou brincando com essa cabecinha linda de novo.

Bianca ainda estava corando. A volta das luzes pareceu ter virado o jogo. Com certeza ela estava atraída por mim. Às vezes, você simplesmente sabe. Quando ela me flagrou olhando-a, piscou e olhou para o chão.

Ah, sim. Eu estava definitivamente afetando-a.

— Como entrou nesse mercado de entrevistar homens que odeia?

— Bom, costumava trabalhar como corretora em Wall Street.

— Como isso levou ao jornalismo?

— Não levou. Eu quase tive um ataque de nervos, que, então, levou ao jornalismo. Pensei que, pelo menos, ainda estaria utilizando minha formação de alguma forma, trabalhando para uma revista de negócios.

— Quanto tempo acha que a entrevista vai demorar?

— Bom, já estou atrasada. Então, nem sei se ainda vai acontecer.

— Tenho certeza de que ele vai entender, dadas as circunstâncias.

— Até onde sei, ele sabia que eu estava subindo e manipulou todo esse problema mecânico. Talvez ele tenha desistido da primeira entrevista.

— Acho que isso é meio exagerado. Ele teria simplesmente ligado e cancelado em vez de mexer nos cabos do elevador. Acho que você é um pouco paranoica, Georgy. Mas, para sua sorte, acho que tenho a cura para isso.

— Envolve seu pacote?

Joguei a cabeça para trás e dei risada.

— Não envolve meu pacote nem suas bolas.

— Qual é a cura para minha paranoia, então?

— Cronuts.

— O quê?

— Cronuts. — Dei risada. — São uns negócios meio donut, meio croissant.

— Oh, acho que vi no jornal. São daquela padaria na Spring Street?

— Sim. São muito bons. Quer tomar um café da manhã depois da sua entrevista?

Bianca assentiu.

— Quero, sim.

Isso, caralho.

— Se um dia sairmos daqui — adicionou.

Quase no mesmo instante que ela disse isso, o chão balançou um pouco, depois o cara da manutenção nos avisou no interfone que o elevador tinha sido consertado.

Apertei os botões para nossos respectivos andares e, enfim, começamos a nos mover. Fiquei feliz e triste ao mesmo tempo.

Quando chegamos ao meu falso destino, fiquei parado entre as portas para impedi-las de fechar.

— Como entro em contato com você quando terminar?

Bianca semicerrou os olhos para mim.

— Por que anda sem celular, afinal?

— Longa história. Talvez, quando me contar a sujeira do seu Milionário Arrogante, eu te conte por que não estou com o celular.

A verdade era que, estupidamente, eu tinha deixado meu celular na casa de Caroline, minha amiga de transa casual de muito tempo, na noite anterior, mas não contaria isso a Bianca.

— Te encontro lá na frente — eu disse.

— Como vai saber quando vou terminar?

— Vou te esperar.

— Tem certeza?

— Tenho. Posso olhar umas revistas na banca lá fora. Talvez veja o que Bianca

George tem a dizer na última edição da *Finance Times*. — Dei uma piscadinha.

— Ok. — Ela sorriu. — Até mais tarde.

Quando o elevador se fechou, meu coração estava acelerado. Imediatamente, fui até a recepção dessa empresa aleatória e flertei com a recepcionista para ela me emprestar seu telefone, e liguei para minha secretária.

— Oi, Josephine. Você sabe que tem uma Bianca George da *Finance Times* que virá me entrevistar esta manhã. Preciso que a deixe esperando, inicialmente, por uns quarenta e cinco minutos. Quando acabar esse tempo, então, e só então, por favor, informe-a que não vou conseguir dar essa entrevista hoje. Avise-a que pode me contatar por e-mail para remarcar.

— Por que vou ter que fazê-la esperar? Não entendi.

— Não precisa entender, ok? Só precisa fazer.

— Sim, senhor.

Apesar do fato de ter deixado meu celular pessoal na casa de Caroline, eu tinha um empresarial que deixava no escritório.

— Pode também pedir para alguém descer com meu celular para o vigésimo sexto andar agora? Estarei esperando do lado de fora do elevador. Está carregando na minha mesa.

— Vou cuidar disso.

Precisando usar ao máximo esses quarenta e cinco minutos, primeiro tinha que arranjar uma porra de uma bicicleta. Que mensageiro de bicicleta eu seria sem uma?

— Mais uma coisa, Josephine. Pode, por favor, pesquisar a loja de bicicletas mais próxima do nosso prédio?

Ela me deu o nome de um lugar a uns dez minutos dali. Meu motorista não estava trabalhando, então, depois que entregaram meu celular, fui de táxi até lá e comprei uma bicicleta que o vendedor jurou que seria adequada para um mensageiro, mas eu duvidava que um mensageiro precisasse da Tandem que eu tinha comprado. Pensaria em como explicar *isso* para ela quando a hora chegasse.

Usando meu recém-comprado capacete, fiquei esperando ansiosamente do lado de fora do meu prédio. Quando a vi sair, ela parecia brava.

— O que houve?

— O cretino me deixou esperando.

— Não falou por quê?

— Não. Me fizeram esperar só para me dizer que ele tinha que cancelar. Supostamente, ele vai remarcar, mas não acredito nisso.

Entregando a ela o segundo capacete que eu comprara, falei:

— Quer saber? Foda-se ele.

E quero dizer tanto literalmente quanto no sentido figurado.

— Tem razão. Foda-se ele.

— Tem que voltar ao trabalho?

— Não, vou cancelar o resto do dia depois dessa palhaçada.

Sinalizei com a cabeça.

— Suba atrás.

Ela examinou a bicicleta.

— Por que tem uma bicicleta com dois bancos?

— Tenho várias. Esta é para quando preciso de um auxiliar. Sorte que minha bicicleta de sempre furou o pneu, então acabei usando esta hoje. Parece ser destino. Porque hoje *você* é minha auxiliar, Bianca George. Agora, coloque o capacete.

Ela se posicionou atrás, e começamos a pedalar em uníssono.

— Primeira parada, Cronuts — falei para trás do meu ombro.

— Qual é a segunda parada? — ela perguntou através do vento.

— Para onde o dia nos levar, Georgy.

CAPÍTULO 3

Dex

— Viu aquilo?

— O quê? — Eu estava com dificuldade de me concentrar em qualquer coisa que não fossem os mamilos eretos aparecendo através da sua blusa fina, para ser sincero.

— Aqueles dois caras. — Bianca apontou para dois caras de terno em um banco do parque na pista pavimentada, a uns doze metros de onde estávamos sentados na grama. Era a primeira vez que eu colocava os pés no gramado do Central Park desde que era criança. Embora tivesse uma vista espetacular do meu apartamento, na maioria dos dias, não tinha tempo para olhar para fora.

— O que tem eles?

Ela ergueu o queixo na direção de uma idosa que estava a muitos metros caminhando depois dos dois homens.

— Aquela mulher quase tropeçou e caiu de cara.

— E é culpa deles?

— O da esquerda está com as pernas tão esticadas que quase não tem espaço para passar. Aquela calçada só tem um metro de largura, e as pernas dele estão tomando quase oitenta centímetros.

— Ele é alto. Duvido que foi intenção dele fazer a idosa tropeçar.

— Talvez não. Mas esse é o problema com esse tipo de cara. Não tem empatia pelas pessoas ao seu redor. Só tem consciência de coisas que causam um impacto direto nele. Aposto que, se uma mulher com calça de yoga justa e uma bundona passasse, ele teria retirado as pernas porque estava interessado na vista.

— Acho que você é meio pessimista em relação a toda a população que usa terno.

— Não. — Bianca desembrulhou seu almoço enquanto falava. Tínhamos comprado hambúrguer e fritas em uma lanchonete pela qual eu passava milhões de vezes e nunca tinha entrado até hoje. — Há uma correlação direta entre o patrimônio líquido de um homem e suas atitudes. Quanto maior sua conta bancária, pior é sua educação.

— Acho que está exagerando. Cadê sua pesquisa para embasar uma conclusão tão ousada, sra. *Finance Times*?

Ela colocou a mão dentro da sua caixinha de fritas em uma sacolinha branca e tirou uma batata. Acenando para mim, ela disse:

— Vou te mostrar minha pesquisa. Quer apostar?

— Depende do que vai acontecer se eu perder.

Ela deu uma mordida em sua batatinha e sorriu.

— Já sabe que vai perder, né?

— Não falei isso. Mas gosto de saber todos os fatos antes de me envolver em qualquer coisa.

— Claro que gosta, *covarde*.

Dei risada.

— Qual é a aposta, espertinha?

— Aposto que consigo fazer aquele cara de terno recolher as pernas sem nem pedir.

— E como vai fazer isso?

— É uma aposta?

Fiquei intrigado.

— Qual é o prêmio?

Ela pensou por um instante.

— Se eu ganhar, você tem que me levar até meu apartamento de carona na sua bicicleta com meus pés para cima.

— E o que acontece se você perder?

— Vou pedalar, e você pode se sentar atrás e relaxar.

Eu tinha um e oitenta de altura e oitenta e oito quilos. Ela não devia pesar mais de cinquenta quilos. Até parece que eu deixaria essa mulher pedalar para mim pela cidade.

— Vou te falar, se você ganhar, vou te levar até onde quiser com os pés para cima. Mas, se perder, vai jantar comigo. Vou te levar a um restaurante legal cheio de homens com ternos caros.

Ela pareceu gostar da aposta. Estendendo a mão, ela concordou:

— Fechado. Esteja preparado para uma boa canseira esta tarde.

Eu queria dar uma canseira nela, mas não tinha nada a ver com uma maldita bicicleta.

Ela se levantou e limpou a grama de suas mãos.

— Posso pegar emprestada sua blusa?

Eu estava com uma blusa de capuz quando fui à academia. Já que estava um dia lindo, guardei-a em uma das duas bolsas atrás da minha bicicleta de mensageiro. A bolsa e os saltos dela estavam na outra. Ela tinha trocado suas sandálias sexy por chinelos que estavam em sua bolsa antes de subir na bicicleta.

Bianca pegou um lacinho de cabelo na sua bolsa e amarrou seu cabelo comprido em um coque. Então colocou minha blusa e fechou o zíper até em cima, depois colocou o capuz.

— O que vai fazer?

— Vou passar por aqueles caras de terno e mostrar para você que eles nem vão perceber se eu quase tropeçar.

— E precisa ficar anônima para isso?

Ela puxou a blusa para baixo até cobrir a bunda, chegando até seus joelhos.

— Estou tampando meus recursos.

— Você realmente tem recursos que distraem bastante.

Com uma blusa escura uns quatro tamanhos maior cobrindo seu corpo e um capuz envolvendo bem sua cabeça a fim de esconder seu rosto lindo, ela saiu, correndo para trás um pouco e, então, entrando no caminho de concreto. Quando chegou aos dois caras de terno, fingiu tropeçar. Um deles olhou para cima por um breve segundo, mas continuou conversando. Droga, eles estavam fazendo o resto de nós ficar com má fama.

Sorrindo como se já tivesse ganhado, Bianca correu de volta para onde estávamos sentados. Imediatamente, ela começou a tirar a blusa ao falar.

— Viu? Grosseiro. Sem educação. Aquele que nem olhou para cima, provavelmente, tem a vista do parque da sua sala de estar.

Achei que não era a hora de mencionar que eu morava no Central Park West e tinha uma vista da minha sala *e* do quarto. O que me fez lembrar que aonde eu a levaria se ela me dissesse que iria para casa comigo mais tarde? Jay, o mensageiro de bicicleta, não poderia pagar nem o closet do meu apartamento.

Assim que Bianca tirou a blusa, começou a abrir alguns botões extras em sua própria blusa. Enquanto, antes, eu tinha que imaginar o que havia por baixo do tecido, agora ela estava ostentando uma pele perfeitamente bronzeada e uma quantidade saudável de decote. Imaginei se ela estava usando sutiã para levantar os seios ou se seus peitos eram perfeitamente redondos.

— Está apelando um pouco, não é?

Ela soltou o cabelo do rabo de cavalo e o afofou, depois pegou um batom vermelho na bolsa.

— Não deveria importar *quem* passa.

Quando ela terminou, tirou os chinelos e pegou seus saltos sexy da bolsa, colocando-os. Então se virou para mim.

— Pronto?

Me apoiei nos cotovelos para curtir o show. Eu não dava a mínima para como os dois caras de terno agiriam, mas estava gostando de ver Bianca fazendo aquelas coisas.

— Vá em frente.

Como antes, ela desceu um pouco pelo gramado antes de entrar no caminho pavimentado. Seus quadris balançavam de um lado para o outro conforme andava. Logo antes de chegar aos caras de terno, deixou cair no chão o lacinho que estivera prendendo seu cabelo. Ela se virou, abaixando-se dramaticamente desde a cintura, e deu aos dois homens uma visão perfeita da sua bunda bem linda. O que estava com as pernas esticadas definitivamente notou. Bianca se levantou, virou-se para olhar na minha direção com um sorrisinho atrevido, e deu mais alguns passos. A mais ou menos um metro do banco, o cara recolheu as pernas para ela poder passar.

Ele também seguiu sua bunda o restante do caminho enquanto ela voltava para onde estávamos sentados.

— Que fofo. Muito fofo.

— Acho que preciso fazer umas paradas a caminho de casa e comprar umas coisas — ela se regozijou.

— Deixe-me adivinhar. Tijolos?

Ela deu risada. Adorei que ela simplesmente tirou os sapatos e se sentou na grama sem dar a mínima se iria se sujar. Eu tinha quase certeza de que a última vez que os pés de Caroline tocaram a grama foi para uma sessão de fotos, e ela provavelmente fez um dos fotógrafos a carregar.

Meu celular vibrou no bolso. Estivera fazendo isso o tempo todo em que rodamos pela cidade e compramos almoço, mas Bianca não tinha percebido de trás da minha bicicleta com os sons da cidade à nossa volta.

— É seu celular?

— Aparentemente, sim.

— Pensei que não estivesse com ele. Foi por isso que não pôde iluminar para eu encontrar o meu quando o deixei cair.

Merda.

— Não estava comigo porque tinha esquecido na bolsa na bicicleta quando subi para fazer a entrega.

— Ah.

Meu celular tocou de novo.

— Não precisa atender?

— Pode esperar.

— Você é o único mensageiro? Ou é uma empresa grande?

— Há alguns de nós.

Pegando a pá e se enterrando mais fundo. Jay, você é um otário.

Ela semicerrou os olhos.

— Você está sendo vago. A maioria dos homens adora a oportunidade de falar sobre seus sucessos.

— Talvez minha empresa seja extremamente bem-sucedida, e eu não queira te assustar pensando que sou um desses ricaços que você parece detestar tanto.

— Eu não detesto pessoas porque elas *têm* dinheiro. Detesto pelo que *ter* dinheiro faz com elas. Parece causar uma aberração nas prioridades e fazê-las pensar que o mundo gira em volta delas.

— Então não necessariamente eliminaria um cara extremamente rico da sua lista de potenciais usuários de terno só por causa da riqueza?

— Potenciais usuários de terno? — Ela deu risada. — Agora você pareceu aqueles babacas com quem me formei na Wharton.

— Estudou na Wharton?

— Sim. Não fique tão chocado. Mulheres com cérebro falam palavrões e usam seus corpos para vencer apostas também, sabe. E você? Fez faculdade?

Não poderia exatamente contar a ela que tinha estudado em Harvard, então adicionei outra mentira à lista crescente.

— Fiz faculdade estadual. Era o que meus pais podiam pagar. — Não era totalmente mentira. Meus pais *podiam* pagar uma faculdade estadual... comprar uma... a propriedade, os professores, a universidade inteira, aliás.

Ficamos sentados no gramado por mais uma hora comendo nosso almoço e batendo papo. Aquela mulher me intrigava demais, e eu queria saber mais do que ela gostava.

— Então, o que faz em seu tempo livre, além de fazer apostas com homens no gramado?

— Bom, trabalho muito. Você já sabe que sou escritora da *Finance Times*, mas também sou freelancer em algumas outras revistas de negócios. Então, às vezes, viajo aos fins de semana a trabalho. Quando estou em casa, geralmente saio. Adoro comer. Gosto de ir a lugares étnicos diferentes para comer com minha amiga, Phoebe. Ultimamente, estamos no clima vietnamita. No último a que fomos, não faço ideia do que comemos porque éramos as únicas que não eram asiáticas no local, e ninguém falava bem inglês. Além disso, sou voluntária na Forever Grey na maioria das manhãs de domingo. É uma organização sem fins lucrativos que resgata greyhounds aposentados cujos donos obcecados por corrida descartam quando não eles conseguem mais correr tão rápido. Os cachorros são lindos, inteligentes e precisam se exercitar, então levo dois para correr quando posso.

— É muito legal da sua parte.

Ela deu de ombros.

— É uma terapia boa para mim e para os cachorros.

— Você tem cachorro?

— Gostaria de ter, mas meu prédio não permite cachorros com mais de cinco quilos. E não sou do tipo que gosta de cachorro pequeno. Além disso, com todas as minhas viagens, não seria justo deixar um animal preso no meu apartamento pequeno. Desde que saí do mercado de ações, meu estilo de vida deu uma caída... começando pela redução do meu metro quadrado. Minha antiga casa tinha um closet maior do que onde moro agora. E você? O que faz para se divertir?

Minha vida, nos últimos seis meses, basicamente consistia em trabalhar oitenta horas por semana, indo a festas sociais que meu trabalho exigia e, ocasionalmente, transar com Caroline quando ela estava na cidade. Tudo isso, Jay, o mensageiro extraordinário, não poderia revelar a Bianca. Então, me enterrei ainda mais fundo.

— Meu negócio me mantém bem ocupado. Tenho alguns funcionários, mas a empresa só tem poucos anos, e ainda estamos nas fases de formação. Tento ir à academia cinco dias por semana e... — Precisava pensar em algo para parecer que eu tinha *alguns* interesses. Infelizmente, quando vasculhei minha bolsa cheia de mentiras decentes para inventar outra, só consegui migalhas. Então, falei a primeira coisa que surgiu em minha mente. — Também entalho.

— Entalha?

— É, entalho. Sabe, a técnica antiga de entalhar madeira. Faço várias coisas com madeira.

Que porra era aquela? Escalar ou destilar não poderiam ter surgido antes disso?

Eu não sabia nada sobre madeira. Bom, não esse tipo de madeira.

Bianca pareceu se divertir.

— Isso não é uma coisa que ouço com frequência... entalhar. Que tipo de coisas você faz?

— Ah. Não posso te contar no primeiro encontro. — Dei uma piscadinha. — Só saiba que sou bom com as mãos, e você tem uma madeira impressionante para ver no futuro quando sairmos de novo.

— *Quando*, não *se*, sairmos de novo? — ela questionou com uma sobrancelha erguida. — Você é bem seguro de si mesmo, não é?

— Gosto mais de pensar que sou persistente. Talvez seja só um mensageiro, mas não significa que deixo algo me atrapalhar quando sei o que quero.

A tarde passou voando, e eu detestava ter que terminar as coisas, mas meu compromisso das quatro tinha voado de Londres na noite anterior. Não poderia abandoná-lo como tinha feito com todas as minhas responsabilidades da tarde. Sem contar que minha secretária estivera fritando meu celular com um toque de mensagens urgentes por mais de uma hora.

Com relutância, levei Bianca pedalando até seu apartamento. Sendo uma mulher de palavra, ela não ajudou nem um pingo para levá-la pela cidade. Embora eu estivesse em boa forma, estava suando e exausto ao chegar ao seu apartamento.

Sequei a testa com minha blusa depois de estacionar a bicicleta.

— Você realmente nem deu uma mãozinha no caminho.

Ela sorriu.

— Não. Aposta é aposta, e você perdeu.

Eu estava começando a pensar que tinha perdido a porra da minha cabeça.

— Quando posso te ver de novo?

— Vai me levar na bicicleta?

— Importa?

— Não. Só queria saber para escolher o que vestir.

— Vista algo sexy. — Dei um passo mais para perto dela, testando o território. Ela não recuou.

— Aonde iremos?

— Aonde você quiser. — Eu estivera morrendo de vontade de tocar nela o dia todo, mas tocá-la no parque ou parar no trânsito para beijá-la não eram exatamente o clima daquela tarde. Mas, agora que estávamos parados sozinhos diante do seu prédio, eu tinha cansado de resistir. Seu cabelo estava bagunçado do vento, então me estiquei para alisá-lo e deixei a mão tocar sua mandíbula para que meu polegar pudesse acariciar sua face. — É só falar. Topo qualquer coisa.

— Que tal comida da Etiópia?

— Fechado. — Me inclinei mais perto. — Quer mais alguma coisa?

Seus olhos baixaram para meus lábios.

Resposta certa.

Bem quando eu estava prestes a baixar a boca para, enfim, encontrar a dela, alguma coisa chamou sua atenção atrás de mim. Me virei e vi uma idosa tentando sair do táxi.

— Essa é a sra. Axinger — Bianca disse. — Mora do outro lado do meu corredor.

Queria ignorar a mulher saindo do carro e voltar para o que estava prestes a fazer, mas não podia. Parecia que ela iria cair, e o maldito taxista não ajudava. Resmunguei, mas fui amparar a mulher. Bianca me seguiu.

— Oi, sra. A. Este é meu amigo, Jay.

Peguei o braço da mulher e a ajudei a sair do táxi e subir na calçada. Assim que ela estava equilibrada, peguei seu saco de compras do banco e o carreguei atrás dela e de Bianca enquanto elas seguiram para a porta.

— Bianca, querida, acha que pode me dar uma mão para pegar uma caixa em cima do meu guarda-roupa? Tenho medo de subir na cadeira, e quero enviar umas fotos para o meu filho, que está na Califórnia.

— Claro, pode deixar. Já falei para bater lá em casa quando precisar de qualquer coisa. Vou te ajudar a guardar essas compras e pegar o que precisar.

Depois que abri a porta e todos estávamos no lobby, Bianca me lançou um olhar de desculpas.

— Me liga? — ela perguntou.

A contragosto, peguei meu celular do bolso e lhe entreguei para ela poder colocar seu número. Quando terminou, trocamos o celular pelo saco de compras que eu ainda estava carregando.

Não podia beijá-la enquanto a sra. A estava assistindo, então, quando a porta do elevador se abriu, me inclinei e beijei sua bochecha.

— Foi muito bom te conhecer, Bianca. Te ligo.

— Vou esperar.

Aguardei até as portas do elevador se fecharem, então voltei para minha bicicleta. Enquanto andava, olhei para o número de celular que ela tinha digitado e vi que também havia uma mensagem.

Bianca: Entalhe algo pequeno para mim e vai ganhar aquele beijo que não conseguiu dar.

Ótimo. Maravilha.

Depois de voltar em minha *bicicleta* para minha empresa multimilionária, teria que aprender a *entalhar*.

CAPÍTULO 4

Bianca

Me deitei na cama naquela noite com um humor particularmente bom pensando em Jay. No entanto, o clima foi arruinado quando verifiquei meu e-mail e vi um do homem que tinha me ignorado: o Milionário Arrogante.

Querida srta. George,

Por favor, aceite minhas desculpas por cancelar de última hora nossa reunião. Tive uma emergência pessoal que não poderia adiar.

Lembranças,

Dexter Truitt

Sério? "Lembranças?" Ele nem ia propor outro dia? Será que ele tinha alguma ideia do quanto sua "emergência" me deixou atrasada? Eu tinha um prazo, e, no momento, a revista estava sem o artigo. Por mais que ficasse surpresa por alguém como ele se incomodar em pedir desculpas, *não* estava tudo bem.

Decidi responder.

Sr. Truitt,

Creio que sua "emergência pessoal" me colocou em uma posição muito difícil. Estamos trabalhando com um prazo curto. Se a entrevista não for feita logo, vamos precisar cancelar a edição inteira. Para quando poderá remarcar?

Uma notificação soou depois de trinta segundos, o que significava que eu tinha recebido um novo e-mail. Dexter Truitt me respondera.

Srta. George,

O que acha de agora mesmo?

Agora? Ele era louco? Ele era cara de pau por esperar que me reunisse com ele a esta hora da noite.

Sr. Truitt,

São onze da noite. Não posso encontrar o senhor a esta hora. Quando terá disponibilidade durante o horário comercial na próxima semana?

Balançando o joelho ansiosamente, aguardei sua resposta.

Srta. George,

Estou disponível agora. Podemos fazer a entrevista por e-mail. Eu prefiro fazê-la por escrito, de qualquer forma, a fim de evitar que minhas palavras sejam mal interpretadas.

Ele não podia estar falando sério. Digitei.

Sr. Truitt,

Seu acordo com a revista foi para uma entrevista ao vivo. Fiquei com a impressão de que o objetivo dessa edição era para o senhor "ir a público". Uma entrevista por e-mail não cumpriria o objetivo.

Roendo as unhas, encarei a tela.

Srta. George,

A que acordo está se referindo? Nunca assinei nada com sua revista. Portanto, não há obrigação contratual. Simplesmente expressei interesse em ser entrevistado. Desde então, pensei melhor quanto a ser pessoalmente. Se quiser fazer a entrevista comigo agora por e-mail, fico feliz em lhe oferecer essa oportunidade.

As teclas do meu laptop clicavam alto conforme eu digitava ainda mais rápido dessa vez.

Sr. Truitt,

Está dizendo que não houve realmente uma emergência pessoal? Mentiu e cancelou nossa entrevista porque decidiu, enfim, não mostrar seu rosto?

Respirando de forma frustrada, me reposicionei na cama ao esperar a resposta.

Srta. George,

Tive, sim, uma emergência, mas não acredito que tenha a obrigação de explicar sobre meus casos pessoais. Quanto a mostrar meu rosto, bem, se quer saber a verdade, minha alteração inesperada de planos me deu tempo para pensar sobre uma decisão que muda tanto a minha vida. Decidi que prefiro continuar mantendo minha identidade privada.

Ótimo. Agora não há história.

Sr. Truitt,

Teria sido bom saber dessa informação antes de termos feito a chamada com o senhor e gastado dinheiro para promover a edição. Todo o objetivo do artigo era documentar sua aparição de onde se esconde. Acredito que não tenhamos mais uma história.

A resposta dele veio ainda mais rápido dessa vez.

Srta. George,

Estou te dando a oportunidade de me perguntar o que quiser. Qualquer coisa. Acho que isso faz uma boa história, na verdade. Mas tenho duas condições. A primeira é que não preciso ser fotografado. Acho que é bem justo, considerando que, do contrário, seria um livro aberto. Segunda, para cada pergunta pessoal que

me fizer, posso fazer uma do mesmo nível a você. E tem que me responder. Já que a senhorita parece achar fácil mostrar a alma de alguém ao público, pode ser legal ter a experiência de estar do outro lado. Combinado?

Será que esse cara tinha cheirado algo? Talvez eu devesse simplesmente perguntar isso a ele, visto que poderia lhe perguntar "qualquer coisa". Droga. Eu precisava da história. E, mesmo sem o rosto dele, era melhor do que qualquer exclusiva que tínhamos publicado nos últimos tempos.

Sr. Truitt,

Combinado. Podemos começar?

Srta. George,

Sou todo seu. Comece com as perguntas de negócios e já risque-as da lista. Pode trabalhar para a Finance Times, mas, vamos ser sinceros, as pessoas não estão realmente interessadas em quantas ações da minha empresa eu vendi, e sim com quantas mulheres estou saindo.

Havíamos trocado para o chat do Gmail e passado a maior parte da hora falando sobre como, em certo momento, ele começou a administrar a empresa de capital de risco do pai.

Nos últimos cinco anos sozinho, Dex Jr. tinha sido elogiado por diversificar o ambiente de trabalho, particularmente por contratar mais mulheres e minorias. Era conhecido por assumir riscos ainda maiores de investimento do que seu pai.

Dex falou sobre como era um dia típico, cheio de reuniões, a maioria por telefone, com empresários e empresas de portfólio. Todo cliente e funcionário assinava um contrato de confidencialidade em que não poderia revelar informações pessoas sobre Dex nem fotografá-lo.

Dex disse que, normalmente, ficava sem dormir por dias quando estava perto de fechar um contrato. Ele comia, dormia e respirava seu trabalho.

Quando acabamos com a gama de perguntas sobre negócios, comecei a fazer as pessoais. Só que eu tinha que pensar bastante sobre minhas perguntas, sabendo que, teoricamente, ele iria me fazer as mesmas.

Bianca: Me conte sobre sua infância.

Dex: Sou o filho único de Dexter Truitt e Suzanne Montague-Truitt. O pai da minha mãe, Stuart Montague, foi quem fundou a empresa, na verdade. É daí que vem o nome Montague Enterprises. Stuart não teve um filho, então deixou a empresa para o meu pai com a promessa de que eu assumiria algum dia. Mas meu pai foi basicamente um pai ausente. Minha infância foi o que se poderia esperar... privilegiada. Mas meus pais quase nunca estavam em casa.

Bianca: Foi criado por babás, então?

Dex: Sim. Bom, uma em particular, chamada Alice Sugarbaker. Eu a chamava de Sugie.

Abri um sorriso. Pensei que isso era bem fofo, esse homem poderoso e adulto se lembrando do apelido da mulher que basicamente o criou.

Bianca: O que seus pais fazem agora?

Dex: Meu pai está aposentado, morando em Palm Beach com sua terceira esposa. Minha mãe foi seu segundo casamento. Minha mãe mora aqui na cidade, nunca se casou novamente. Sou mais próximo dela do que do meu pai. Enfim, você está se adiantando um pouco. É minha vez. Me conte sobre sua infância, Bianca.

Ele iria mesmo seguir com esse joguinho?

Bianca: Por que se importa?

Dex: Por que não? Você não é menos importante do que eu. Então me conte. Onde cresceu?

Bianca: Staten Island. Pais muito trabalhadores. Uma irmã.

Dex: Infância boa?

Bianca: Tive uma boa infância até meus pais se divorciarem. Aí as coisas ficaram feias.

Dex: Entendo. Aconteceu a mesma coisa comigo quanto ao divórcio, mas sinto muito por saber disso.

Bianca: Obrigada. Próxima pergunta. Quando entrou em Harvard, decidiu se formar em Administração porque realmente te interessava ou porque sempre

soube que teria que assumir o negócio da família?

Dex: Sinceramente? Eu não sabia de nada naquela época. Então, é, só me formei em Administração porque parecia fazer sentido, dada minha herança e as expectativas colocadas sobre mim. Deus, Bianca, essas perguntas são entediantes pra cacete.

Dei risada meio alto. Bom, vá se foder, Dex!

Bianca: Então, sobre o que sugere que falemos?

Dex: As pessoas não dão a mínima para isso. Leem sua revista porque querem saber como serem bem-sucedidas. Não importa onde estudei. A verdade é que esta empresa foi entregue a mim de bandeja. Jurei não desperdiçar a oportunidade cometendo os mesmos erros do meu pai. Ele não era honesto e ferrou as pessoas por dinheiro ao longo dos anos. Posso falar disso porque é de conhecimento público agora. Jurei fazer as coisas de maneira diferente, e isso inclui que eu fique longe do olhar do público.

Bianca: Por que não pode ser honesto e ir a público ao mesmo tempo?

Dex: Acho que já provei que não é preciso mostrar o rosto para ser bem-sucedido. Então, por que se incomodar em lidar com toda a mídia social e as mentiras das revistas de fofoca? Nada disso acrescenta algo, apenas risco.

Não poderia discordar disso.

Dex: Me pergunte algo interessante agora. Algo que as pessoas iriam querer saber.

Bianca: Já que parece ser experiente em relação ao que é uma boa pergunta de entrevista, me conte o que VOCÊ quer que as pessoas saibam.

Houve uma pausa até ele responder dessa vez.

Dex: Quero que saibam que sou mais do que apenas um cara em um terno, que acordo todos os dias jurando aproveitar ao máximo todas as horas e fazer a diferença, pequena ou grande. Tenho certeza de que há várias ideias preconceituosas sobre mim. Quase todas são inverdades. As pessoas presumem que seja um artifício me manter uma pessoa privada, para, de alguma forma, me mitificar como uma celebridade ilusória. A verdade é que... Só estou tentando manter uma aparência de normalidade. Sou um cara normal que quer ter paz na vida, Bianca. Não um lobo mau que ganha ao cancelar com lindas garotas de

olhos castanhos de Staten Island.

Aquela última frase me assustou e fez minha pele esquentar.

Bianca: Como sabe que tenho olhos castanhos?

Dex: Estou olhando agora sua biografia no site da Finance Times.

Me sentindo vulnerável por ele estar me analisando, tentei mudar de assunto.

Bianca: O que mais acha que as pessoas querem saber sobre você?

Dex: Não mude de assunto. Você é linda, aliás. Vamos falar sobre isso. É mais divertido do que falar sobre mim.

Bianca: Não vamos.

Dex: É minha vez de te fazer uma pergunta. Acha que esqueci?

Bianca: O quê?

Dex: O que quer que as pessoas saibam sobre você, Bianca George?

Bianca: Quero ser levada a sério por milionários que tento entrevistar.

Dex: Estou te levando muito a sério. E quero saber mais. Agora responda à minha pergunta. O que quer que as pessoas saibam sobre você?

Deus, ele estava me colocando contra a parede. Por algum motivo esquisito, eu estava me afeiçoando a esse homem. Não sentia mais a necessidade de criar outra resposta sarcástica quando, na verdade, ele tinha sido totalmente genuíno comigo o tempo todo. Era muito menos exaustivo ser simplesmente honesta. Então, apenas respondi à sua pergunta de verdade.

Bianca: Sou só uma garota que quer ser feliz. Não preciso de dinheiro nem de um emprego de prestígio. Saí de Wall Street porque não aguentava mais. É por isso que trabalho nisso agora. Não sou perfeita. Mas às vezes tenho, sim, umas ideias preconceituosas sobre pessoas poderosas. Provavelmente isso vem de observar meus pais trabalhadores se ferrarem por pessoas assim ao longo dos anos. Mas, mesmo nesse pouco tempo em que conversamos esta noite, posso ver que você é bem diferente do que eu esperava. Fiz suposições sobre você que estavam incorretas. Então, uma coisa que definitivamente quero que as pessoas saibam sobre mim é que não tenho medo de admitir quando estou errada.

Dex: Obrigado.

Bianca: Bom, você está sendo bem aberto comigo, então senti que devia

isso a você.

Dex: Esqueça a entrevista. O que VOCÊ quer saber sobre mim?

Bianca: Se quer a pura verdade, estou bem curiosa quanto à sua aparência neste momento. Estou realmente morrendo de vontade de saber.

Dex: Rs. Bianca George, você definitivamente é sincera. Então... o que é... você pensa que não permito que seja fotografado porque sou extremamente feio?

Bianca: Não falei isso.

Dex: Mas está pensando.

Não conseguia parar de sorrir.

Dex: Gostaria de me ver?

Meu coração começou a acelerar com a ideia de ver como ele era. O que tinha de errado comigo? Mas havia apenas uma resposta à pergunta dele.

Bianca: Sim.

Alguns segundos depois, ele anexou uma imagem. Depois de eu clicar nela, quase perdi o fôlego.

Oh.

Era uma foto de um homem deitado de costas na cama. Seu tronco era definido... bronzeado... quase dourado. Por pouco não parecia falso, porque era simplesmente perfeito demais. Provavelmente esses eram o peito e o abdome mais maravilhosos que eu já tinha visto. A foto estava cortada na parte de baixo, mostrando apenas a parte de cima da sua cueca boxer preta com *Emporio Armani* escrito em branco no cós. Uma linha fina de pelo descia para o centro do seu músculo em V definido. Puta merda.

Eu não conseguia parar de encarar a foto.

Não era o que eu estava esperando. Nem um pouco. Na verdade, não podia acreditar. Tinha que ser falsa.

Quando, finalmente, consegui tirar os olhos da estátua esculpida em bronze em forma de homem, digitei.

Bianca: Esse NÃO é você.

CAPÍTULO 5

Dex

Queria poder ter visto a cara dela.

Porra. Queria poder ter feito muito mais do que isso. Aquela conversa com Bianca estava me matando. De repente, eu estava duro como uma pedra, sabendo que ela estava olhando minha foto.

Dex: Sou eu, sim.

Bianca: Não acredito. Admita. Você roubou a foto do Pinterest. Rs.

Minha mandíbula doía de sorrir. Depois de pegar caneta e papel no criado-mudo, escrevi *OI, BIANCA GEORGE*, depois tirei uma foto com ele cobrindo o rosto, me certificando de o meu corpo estar totalmente à mostra de novo. Escolhi cortá-la na cintura mesmo, porque, se fosse mais para baixo, ela veria a ereção dura que eu estava, consequência da nossa conversinha.

Dex: Acredita que sou eu agora?

Bianca: Ok, então você é atraente.

Dex: Bom, obrigado. Mas você ainda não viu meu rosto. Acho que não vai ver esta noite.

Uma sensação estranha me tomou de repente. Uma que poderia facilmente dizer que nunca tinha sentido. Era ciúme. Mas não qualquer ciúme. Ciúme de mim mesmo. De repente, Jay queria acabar com a raça de Dex.

Bianca: Ainda vamos fazer a entrevista?

Dex: Você que sabe.

Bianca: Acho que talvez devêssemos continuar amanhã.

Dei risada. Acho que, de repente, ela ficou sem palavras. Essa coisa toda não era nada profissional da minha parte, mas, porque eu tinha passado o dia todo com aquela mulher, me sentia confortável com ela. Não conseguia evitar. Ela também deixou muito claro, mais cedo, que estava atraída por mim, então eu não conseguia evitar tirar proveito disso à noite.

Dex: Amanhã, então? Mesma hora? Às onze?

Bianca: Ok. Está bem.

É isso aí.

Dex: Está certo. Bons sonhos.

"Bons sonhos." Eu soava mais como um adolescente do que um magnata. Não profissional, mas realmente não dava a mínima. Quase a tinha chamado de Georgy também. Esse é o apelido de Jay para ela, seu otário. Aquele filho da puta. Rindo sozinho, pensei no quanto isso era loucura. Dex odiava Jay porque ele ficaria mais tempo com ela pessoalmente em breve. E Jay detestava aquele babaca rico, Dex, por abusar do seu poder para conhecê-la melhor.

Eu não esperava outra mensagem dela.

Bianca: Boa noite, Dex.

Quando ela tinha parado de me chamar de sr. Truitt? Eu não me importava; só estava feliz por ela ter parado.

Dex: Boa noite, Bianca.

Georgy.

Dormir não era uma opção. Eu estava ligado. A mensagem de Bianca para aquele desprezível do Jay surgiu em minha mente: *Entalhe algo pequeno para mim e vai ganhar aquele beijo que não conseguiu dar.*

Não havia hora melhor para ficar acordado assistindo a demonstrações de entalhe de madeira no YouTube.

— Preciso parar em um lugar antes de ir para o meu almoço de reunião — resmunguei para Sam, meu motorista, conforme entrei no banco de trás do carro preto. Tinha assistido aos malditos vídeos no YouTube por uma hora na noite anterior e feito uma lista de suprimentos de que precisava. Ainda não conseguia acreditar na merda que estava fazendo por um beijo daquela garota. Caroline iria beijar a mim e ao meu pau se Sam parasse e comprasse umas flores no caminho para a casa dela. Bianca tinha me fisgado.

— Para onde, senhor?

— Union Square. Lateral da 14th Street.

A loja de suprimentos para arte era enorme. Olhando para meu relógio, vi que só tinha dez minutos até começar meu compromisso do almoço, e ainda tínhamos que atravessar a cidade. Devo ter parecido perdido perambulando procurando suprimentos, porque uma mulher usando uma bata azul se aproximou de onde eu estava parado.

— Posso ajudá-lo, senhor?

— Estou procurando suprimentos para entalhar. Algumas ferramentas de escultura, blocos de madeira de bálsamo, talvez um guia para iniciantes.

Ela gesticulou por cima do ombro.

— É por aqui.

Eu a segui para o fundo da loja no segundo andar.

— Temos uma seleção de facas para entalhar. — Ela pegou um pacote contendo seis ferramentas com cabo de madeira. — Este é um bom kit. É meio caro, um pouco mais de cem dólares, mas são de aço de alta qualidade, e tem sua talhadeira, algumas goivas e uma ferramenta de corte.

Uma ferramenta de corte? Não me diga! Eu tenho uma dessa. Peguei o kit da mão da mulher e também duas bolsas de blocos de madeira.

— Isso vai dar. Obrigado por seu tempo. Suas informações foram bem úteis.

— Por nada. Tivemos uma demonstração aqui há algumas semanas. O instrutor deu várias dicas. Se estiver com dificuldade, tente molhar a madeira.

Sim. Vou lembrar de molhar minha madeira.

Como um relógio, Josephine entrou no meu escritório às 16h45 com uma xícara fumegante de café meio descafeinado, meio cafeinado. Mas hoje eu estava ocupado demais para olhar para cima.

— Sr. Truitt?

— Hummm? — Usando a goiva de 7 mm, entalhei a madeira e tirei uma linha comprida da lateral em que estava trabalhando por mais de meia hora.

— O senhor... gostaria de um curativo?

Tinha me esquecido completamente de que havia colado um guardanapo no meu polegar para estancar o sangue. O sangue tinha escorrido e transformado a maior parte branca do material em um tom lindo de vermelho. Parecia pior do que realmente era.

— Não, está tudo bem.

— Posso perguntar o que está fazendo?

As mangas da minha camisa estavam enroladas até os cotovelos, a gravata, afrouxada e eu estava inclinado sobre o balde de lixo cortando um bloco de madeira de quatro por seis. Parei e olhei para cima.

— O que parece que estou fazendo?

— Entalhando madeira?

— Muito bem, Josephine. Eu sabia que a mantinha por perto por um motivo.

Pensei que fosse o fim da conversa, então continuei entalhando. No entanto, Josephine continuou ali parada me observando. Suspirei e olhei para cima de novo.

— Precisa de mais alguma coisa?

— Mas por quê? Por que está entalhando?

Respondi com a mais pura verdade de Deus.

— Não faço a mínima ideia.

Lá pelas seis da tarde, eu tinha mais duas faixas de guardanapo grudadas e um cesto cheio de madeira jogada fora. Talvez, aqueles protetores de couro de polegar que vi no YouTube não fossem só para frescos, afinal.

Era raro beber quando estava sozinho. Mas servi dois dedos do uísque doze anos Macallan quando cheguei em casa, e me vi encarando a vista do parque pela janela. Os dias de verão eram longos, e o sol estava apenas começando a se pôr, embora já passasse das oito, mas as pessoas ainda estavam na rua aproveitando o clima. Vi um casal andando de bicicleta juntos e pensei quando foi que parei de curtir coisas como o parque. Olhando para baixo, da janela da minha cobertura, pareceu muito que eu estava observando da torre de marfim em que Bianca tinha presumido que eu morava.

Bianca. A mulher tinha controlado meus pensamentos no último dia e meio — consumido poderia ter sido um termo mais apropriado. Com mais de duas horas até a parte dois da nossa entrevista on-line, decidi passar a espera excruciante ao fazer Jay falar com ela. Apesar de detestar enviar mensagem e preferir ligar ou escrever um e-mail apropriadamente calmo, enviar mensagem parecia mais algo que Jay faria.

Jay: Como foi seu nível de estresse hoje? Precisou mexer em suas bolas na empresa de homens estranhos em lugares sombrios?

Bebi o restante do uísque e me joguei no sofá, alongando minhas pernas compridas diante de mim — não totalmente diferente dos dois babacas de terno no parque no dia anterior. Só que eu não ia fazer nenhuma idosa tropeçar. Bianca demorou mais de meia hora para responder, e eu tinha começado a pensar se ela iria ignorar Jay. Mas, então, os pontinhos começaram a pular.

Bianca: Desculpe. Estava no banho. E hoje foi tranquilo, na verdade. Trabalhei em uma história, depois fui visitar minha mãe. Não precisei mexer nas bolas.

Você, talvez não. Mas, agora que eu estava pensando em Bianca no banho, talvez precisasse mexer nas bolas, no fim. Provavelmente deveria ser menos pervertido, mas não conseguia evitar.

Jay: Banho, hein?

Bianca: Pode parar de ir por esse caminho. Você está bem longe de lavar minhas costas. Nem deu seu primeiro beijo ainda.

Ainda. Às vezes era uma palavra que expunha a atitude do meu competidor. Sorri para mim mesmo. Aquele beijo era uma conclusão precipitada na mente dela — talvez eu pudesse parar de cortar meus dedos então.

Mas falei rápido demais. Ela mandou outra mensagem antes de eu responder à anterior.

Bianca: Falando em beijos, o que está entalhando para mim?

Jay: O que quer?

Bianca: Humm… qual é sua peça característica?

Sou muito bom em transformar blocos de madeira em troncos irregulares.

Jay: O que acha de algum animal?

Eu tinha visto umas formas de animal on-line com instruções passo a passo. Assim que conseguisse dominar as goivas, será que seria tão difícil assim? Havia um vídeo em que um menino de dez anos entalhava um peixe em menos de cinco minutos.

Bianca: Pode ser um animal.

Jay: Então, quando essa pequena troca vai acontecer? Minha madeira por um beijo.

Bianca: Rs. Sei que deu um sorrisinho ao escrever essa última frase... Minha madeira por um beijo.

Dei um sorrisinho. *De novo.*

Jay: Está sugerindo que sou um pervertido?

Bianca: Estou.

Jay: E o que acha de pervertidos?

Os pontinhos pularam e pararam algumas vezes. Eu estava extremamente curioso com qual seria a resposta dela dessa vez.

Bianca: Na verdade, gosto de homem um pouco depravado, estou achando.

Embora o pensamento de ela gostar de um pouco depravado tenha feito meu pau se mexer de prazer, algo não estava certo em suas duas últimas palavras. *Estou achando.* Me fez pensar se ela estava se referindo às atitudes de Dex na noite anterior — enviar selfies seminu certamente se encaixava no círculo de comportamento depravado. Imaginei se ela me contaria algo sobre ele — sobre mim.

Jay: Algum plano para esta noite?

Ela demorou um pouco para responder.

Bianca: Só vou trabalhar até mais tarde.

Humm... tecnicamente, ela estava dizendo a verdade. Dex *era trabalho.*

Jay: O que acha de jantar na quinta à noite?

Bianca: Não posso. Já tenho planos. Na sexta?

Planos? Ela tinha um encontro? Eu não tinha direito de ficar irritado, mas isso não me impediu de me sentir assim. Na verdade, eu tinha um encontro na sexta à noite... algum banquete social que tinha combinado de levar Caroline.

Jay: Ocupado na sexta. Sábado?

Bianca: Na verdade, estarei fora da cidade no sábado à tarde para um trabalho. Talvez dê certo no próximo fim de semana.

Até parece que eu ia esperar uma semana inteira para vê-la de novo. Não hesitei quando tomei minha decisão.

Jay: Vou cancelar meus planos de sexta. Te pego às sete?

Bianca: Ok. Claro.

Jay tinha um encontro com Bianca dali a duas noites, e Dex estava se preparando para sua conversa às onze da noite. O que aquela mulher tinha feito comigo?

Pontualmente às onze, a caixa de conversa on-line surgiu em meu laptop.

Bianca: Boa noite, sr. Truitt.

Dex: Sim, é mesmo, srta. George. Está pronta para a parte dois?

Bianca: Estou. Pensei bastante em nossa conversa de ontem à noite, e o senhor tinha razão.

Dex: Geralmente tenho. Vai precisar ser mais específica.

Bianca: Quis dizer que acho que o artigo deveria focar mais no senhor pessoalmente e menos na questão dos negócios.

Gostei disso. Focar mais em mim, Georgy.

Dex: Está me dizendo que suas perguntas serão mais íntimas esta noite? Porque nosso acordo ainda está de pé... pergunta por pergunta, srta. George.

Bianca: Posso aguentar o que quer que eu pergunte. Está pronto?

Meu pau se mexeu. *Calma, garoto.* Ela estava falando com o sr. Truitt.

Dex: Estou sempre pronto, srta. George.

Bianca: Primeira pergunta... Está em um relacionamento?

Dex: Eu saio. Mas, não, não estou em um relacionamento.

Era verdade. Provavelmente *estaria* em um depois dos últimos dois dias, mas meu relacionamento com Caroline era aberto. Servíamos a um propósito um do outro, comparecendo a funções que os negócios exigiam e fornecendo gratificação sexual. Não me entenda mal, eu gostava de Caroline, e tinha quase certeza de que ela gostava de mim. Mas nenhum de nós queria mais do que isso.

Bianca: Gostaria de ter filhos algum dia?

Dex: Não tão rápido, srta. George. Acredito que tenha pulado minha vez. A senhorita está em um relacionamento?

Bianca: Não. Eu estava, mas acabou.

Dex: O que aconteceu?

Bianca: Longa história. Vou te contar a versão resumida. Corretor de ações. Noivos. Mentiroso. Fim do noivado.

Porra. Eu precisava saber mais. Isso não soava bem para mim.

Dex: Sobre o que ele mentiu?

Bianca: Já respondi duas perguntas. Acredito que agora seja você que está pulando a vez.

Dex: Certo.

Qual foi a última pergunta que ela me fez? Ah, sim. Filhos. Percebi que estivera saindo com Caroline por quase um ano e ela nunca tinha me perguntado se eu via meu futuro com um bando de rebentos.

Dex: Sim. Quero filhos. Mas não quero que sejam criados por uma babá. Eu amava Sugie, não me entenda mal, mas acho que crianças devem ser criadas pelos pais, se for possível. Minha vez. Sobre o que seu noivo mentiu?

Bianca: Tudo. Qualquer coisa. Pode falar. Ele mentia.

Dex: Então ele estava te traindo?

Bianca: Não. Acho que não. Ele simplesmente mentia. Para clientes, para nosso chefe, qual era seu saldo bancário, não importava muito. Em retrospectiva, acho que ele gostava de fazer isso, de certa forma.

Dex: Então isso fez você não gostar de homens ricos e poderosos?

Bianca: Talvez. Nunca pensei nisso. Mas não acho que meu desgosto

por mentirosos está relacionado apenas a homens ricos. Meu pai não era particularmente rico e mentia. Só prefiro as coisas simples na vida... tipo a verdade.

O buraco que eu cavara para mim mesmo tinha acabado de chegar ao fundo, e eu não fazia ideia de como sairia dessa ileso. A maneira inteligente teria sido parar esse jogo agora mesmo, mas claro que não parei. Continuei respondendo e fazendo perguntas pessoais por mais de uma hora. Quanto mais eu perguntava, mais viciado ficava. Queria saber tudo que podia sobre Bianca George. Quando estávamos concluindo a conversa, sua última pergunta me trouxe para um momento da verdade.

Bianca: Meu prazo é no fim do mês. Gostaria de terminar esta entrevista pessoalmente. Vamos continuar nossas conversas das onze da noite nesse meio-tempo, mas realmente gostaria de encontrá-lo pelo menos uma vez. Sem fotos, claro.

Hesitei antes de responder.

Dex: Ok. Sim. Podemos nos encontrar no fim.

Merda.

CAPÍTULO 6

Dex

Nem molhar minha madeira ajudou.

Naquela noite era meu encontro com Bianca, e eu não tinha conseguido entalhar nem a porra de um lápis, muito menos um animal. Clement, meu ídolo loirinho, como eu começara a pensar — o garoto de dez anos do vídeo do YouTube —, devia ser uma farsa. Porque aquela merda *não* era fácil. Frustrado e desistindo, soltei a ferramenta e resolvi que Bianca não iria ganhar um animalzinho de madeira. Eu, no entanto, iria ganhar aquele beijo de um jeito ou de outro.

Depois, naquela tarde, meu celular fez barulho, anunciando que uma nova mensagem de texto tinha chegado. O nome de Bianca estava iluminado na tela. Deslizei o dedo imediatamente.

Bianca: Aonde vamos?

Jay: Fiz reservas em um restaurante da Etiópia.

Bianca: Humm. Qual? Vou pesquisar. Quero saber o que vestir.

Não importava o quanto o lugar era chique — poderia ter sido um trailer na beira da estrada, e minha resposta teria sido a mesma.

Jay: Vista algo sexy.

Bianca: Posso fazer isso. ;)

Jay: Ótimo. Estou ansioso. Te vejo em algumas horas.

Bianca: Ok. Não esqueça da minha escultura... Estou ansiosa por nossa troca.

— Para Dumbo, Sam. — Entrei no banco de trás.

— Brooklyn? É pra já, sr. Truitt. Para onde vamos?

Resmunguei.

— Anchorage. Brooklyn Flea.

Minha secretária tinha imprimido um mapa, mas não ajudou muito quando chegamos. Devia ter, no mínimo, umas cem lojinhas enquanto eu andava tentando encontrar a G45. Quando pedira a Josephine para localizar uma loja que vendesse esculturas pequenas de madeira – como animais –, eu tive certeza de que ela pensou que estivesse testemunhando os primeiros sinais do meu colapso nervoso. Eu estava começando a achar que ela estava armando alguma coisa.

O Flea Market do Brooklyn, aparentemente, era lar de inúmeros artesãos e escultores — um deles era um cavalheiro que também vendia suas esculturas de madeira em um site, Jelani Artesanato do Quênia. Para minha sorte, Jelani também vendia suas mercadorias no Flea Market, e estava com a loja aberta naquele dia em vez de apenas no domingo naquela semana, já que era Dumbo Heritage Festival.

Olhando uma mesa comprida no fim de um corredor no qual acabara de entrar, fiquei aliviado em ver um homem alto, negro, usando um chapéu africano colorido e segurando uma bengala entalhada de madeira. Conforme fui até ele, vi que a mesa estava cheia de animais pequenos feitos à mão. Mentalmente, fiz uma nota para dar um aumento a Josephine quando voltasse na segunda.

Analisei a seleção de peças, admirando a linda habilidade. Há uma semana, eu teria passado direto e não parado para apreciar o trabalho que tinha dado para fazer aquelas peças – a habilidade e a paciência que elas representavam. Mas, agora, estava impressionado com o trabalho de Jelani.

— São lindas.

— Obrigado. Está procurando um presente?

— Estou. Para uma mulher.

— Ah. — Jelani assentiu, como se entendesse. *Somos dois.* Ele ergueu uma pequena morsa. — Talvez possa escolher baseado no espírito animal da moça especial. A morsa é a guardadora de segredos. — Ele a colocou de volta na mesa e pegou outra. Era uma cabra... com dois chifres no topo da cabeça que se curvavam para trás e, então circulavam até a frente. — O estilo de vida da cabra se trata de poder. É independente, forte e inteligente. Elas são curiosas, mas exigentes.

— Vou levar a cabra.

Jelani sorriu. Ele cobrou de mim e guardou minha compra em uma sacolinha marrom. Entregando-me, disse:

— Cuidado com as cabras... os chifres delas são fortes o suficiente para empalar você se cruzarem seu caminho.

Ótimo. Simplesmente ótimo.

Caroline não estava feliz por eu ter cancelado nossa ida ao banquete. Tinha falado para ela que não estava me sentindo bem, e provavelmente era a primeira vez na vida que usava essa desculpa. Mas valeu a pena para estar ali com Bianca.

Ela estava usando um vestido marrom justo que expunha um ombro. A cor destacava o caramelo dos seus olhos e enfatizava seu cabelo escuro. Ela era uma morena linda.

Claro que, apesar de Dex saber a resposta das conversas anteriores, Jay precisou perguntar:

— Qual é sua nacionalidade?

— Cem por cento grega. E você?

— Minha mãe é italiana e francesa. Meu pai é inglês.

Era difícil não encará-la do outro lado da mesa. Nem conseguia me concentrar no cardápio, que tinha um monte de coisa que eu não reconhecia, de qualquer forma.

Tinha buscado Bianca em um carro que alugara apenas para Jay. Pensei que ele seria o tipo de cara de Jeep. Também precisei realmente parar e pensar no que vestir. Dex provavelmente teria usado uma camisa customizada Armani. Jay era mais casual. Havia colocado uma polo preta básica e jeans escuros.

Olhando para a mesa, eu disse:

— Acho que eles esqueceram de colocar os talheres.

— Não. Comida da Etiópia se come com as mãos.

— Oh, não sabia.

— Nunca comeu?

— Nunca.

— Bom, eu adoro, já comi algumas vezes. Amo provar coisas novas.

— Amo como você parece ser aventureira.

— Quando se trata de algumas coisas, sim. — Ela sorriu.

— Mal posso esperar para descobrir mais sobre essas coisas, Georgy. — Envolvi meus pés nos dela debaixo da mesa. — Vou deixar você pedir para nós, já que conhece a comida. No que estava pensando?

— Wot.

— No quê?

— Wot. Essa é a resposta para o que vamos comer. Wot. É uma mistura de carne, molho e especiarias, tipo um ensopado aromatizado. E também tem o pão chamado *injera*, que você usa para pegar a comida, como uma colher. Vai adorar. Gosta de comida apimentada?

— Gosto.

Depois de pedirmos, fiquei ansioso para me aproximar mais dela. Então, fui para o outro lado da mesa.

Seu tom foi brincalhão.

— O que está fazendo?

— Prefiro sentar ao seu lado. Tudo bem?

— Tudo. Mais do que bem.

Quando coloquei a mão em seu punho, ela olhou para meu Rolex.

Seus olhos se arregalaram.

— Esse relógio custa uns dez mil dólares. Seu serviço de bicicleta vai tão bem assim?

Foi vinte mil dólares, na verdade.

Merda.

— Temos meses bons. Às vezes, me presenteio.

— Não tem nada de errado nisso. As pessoas que não vivem no excesso podem ostentar mesmo e curtir coisas boas de vez em quando.

Certo.

Ela continuou:

— Falando em coisas boas... Vi que não trouxe nada que entalhou para mim.

— Não se preocupe. Está no porta-luvas do carro. Não queria forçar a barra presenteando você logo de cara.

— Estou ansiosa para ver o que fez para mim.

Passei o polegar em sua mão.

— Estou ansioso para o que virá depois.

Nossos olhos se encontraram. Deus, ela era linda, e precisei de toda a minha força de vontade para não me inclinar e provar aqueles lábios carnudos.

A garçonete veio e interrompeu nosso momento, colocando um prato enorme oval no meio da mesa. Era um monte de molho marrom e alaranjado com carnes e vegetais. Havia pedaços finos de pão arrumados na beirada do prato.

— Vai ter que me mostrar como se come isso.

— Bom, basicamente, usamos o pão como uma colher. Li que é costume da cultura da Etiópia alimentar o outro, na verdade.

Ergui uma sobrancelha.

— Vai me alimentar?

— Se quiser.

Gostava da ideia.

Me alimente agora.

Vou te comer mais tarde.

— Adoraria.

Ela cortou o pão com seus dedos delicados antes de pegar um pouco da mistura. Então o enrolou e o levou, gentilmente, à minha boca. Me certifiquei de encostar a língua na mão dela enquanto isso.

Ela me alimentou repetidamente, e eu esperava ansiosamente toda mordida. Era sensual e íntimo, e não havia outra coisa no mundo que preferia estar fazendo.

— Sua vez de me alimentar — ela disse.

Conforme tentei repetir o processo perfeito de Bianca, derramei um pouco do molho apimentado nas pequenas feridas dos meus dedos.

— Ai — resmunguei.

— Você está bem?

Só consegui rir de mim mesmo.

— Sim. Estou com uns cortes na mão. A pimenta ardeu. Não estava esperando.

— Sinto muito. Como se cortou?

Bom, essa era uma oportunidade de realmente falar a verdade.

— Entalhando.

— Não sabia que era tão perigoso.

— É. O negócio é sério.

Tentei de novo, pegando um pouco do *wot* no pão e, depois, enrolando-o. Quando o coloquei na boca dela, deixei meus dedos se demorarem sobre seu lábio inferior conforme ela mastigava.

— Humm — ela falou. — É bom, não é?

— Muito, muito bom — murmurei, observando o movimento dos seus lábios e louco para lamber o restante do molho que ficou neles.

— Quais outras culturas não usam garfo?

— Não sei nenhuma de cor. Por quê?

— Porque estou achando que esse pode ser nosso lance.

— É? Já temos um lance? Tão rápido?

— Por que não?

Na próxima vez em que a alimentei, fiz um trabalho desastroso e um pouco da comida derramou em seu queixo.

— Talvez isso não seja seu forte, Jay Reed.

Não consegui me conter ao falar:

— Limpar é. — Me inclinei e lambi seu queixo lentamente. Quando ela fechou os olhos e suspirou, tomei como um sinal de que ela queria mais.

Foda-se a cabra.

Percebi que não era para acontecer assim. Era para eu esperar ganhar meu prêmio por entalhar, mas simplesmente não conseguia me conter. Colocando a boca sobre a dela, beijei-a.

Minha mão estava segurando sua nuca conforme ela gemia em minha boca enquanto eu a devorava com mais força, girando a língua dentro da sua boca, desesperado para prová-la.

Quando um garçom se aproximou para servir água em nossos copos, ela se afastou. Seu rosto estava corado, e ela parecia constrangida. Eu, por outro lado, não dava a mínima para quem tinha testemunhado nosso amasso.

Duro e completamente fodido, eu não estava nada preparado para perder essa garota logo. Uma coisa não podia negar: a química sexual entre Jay e Bianca era fora de série. E eu não estava pronto para deixar Dex arruinar isso ainda até eu ter uma ideia melhor de como seria sua reação se e quando eu lhe contasse a verdade. Esse momento com ela poderia ser tudo que eu teria. Jay precisava existir mais um pouco.

Ela pigarreou e disse:

— Bom, eu não estava esperando isso.

— Nem eu, mas você está me deixando meio maluco, Bianca.

Me dei conta de que eu não estava me esforçando muito para conhecê-la melhor naquela noite, não tinha feito nenhuma pergunta pessoal durante o jantar. Parte disso se devia a eu não estar bem preparado para falar sobre mim mesmo como Jay. Dex havia passado tanto tempo conhecendo-a de forma mais íntima que Jay, aparentemente, sentia que sabia tudo que precisava.

Poderia parecer que não estava interessado se não questionasse sobre sua vida pessoal um pouquinho. Então, passei os minutos seguintes perguntando sobre sua infância, seu último relacionamento, sua carreira — coisas que eu já sabia.

Fiz meu melhor para responder às perguntas que ela me fazia, mas, quanto mais conversávamos, mais eu me sentia extremamente culpado por deixar essa mentira continuar.

Bianca tinha um olhar faminto. Estava definitivamente atraída por mim, e eu tinha quase certeza de que não precisaria de muitas esculturas de madeira para transar com ela. Isso era louco. Dex estava bravo com Jay por sequer pensar em transar com ela. E Jay estava irritado com Dex por julgá-lo pelos pensamentos que surgiam naturalmente. Talvez, Dex e Jay devessem já reservar uma vaga em um manicômio.

Da comida ao beijo, o jantar foi fenomenal.

Assim que voltamos ao Jeep, ela se virou para mim e sorriu.

— Está na hora. Quero meu presente agora.

— Acho que fiz as coisas meio de trás para a frente, não é? — Ao abrir o porta-luvas, na verdade, me sentia nervoso quanto a isso. Entregando a escultura de madeira a ela, eu disse: — Isto… é para você.

Bianca cobriu a boca.

— Oh, meu Deus! É uma cabra?

— É, sim.

Ela ficou maravilhada.

— Olha todos os detalhes. Não acredito que você fez isso.

Nem eu.

— Olha os chifres! — Ela deu risada.

Dei uma piscadinha.

— Gostou?

— Sim! Adoraria ver você em ação alguma hora. Assistir você entalhando.

Aff.

— É. Talvez. É uma coisa que meio que faço sozinho para aliviar o estresse. Nunca fiz diante de alguém. Vou ter que trabalhar nisso.

— Bom, claramente, com base no estado dos seus dedos, não é fácil.

— É mais difícil do que pensa.

— Isso torna ainda mais especial o que fez para mim. Obrigada.

De repente, a culpa estava me consumindo.

— Por nada, Bianca.

Olhei pela janela um pouco, tentando ignorar a sensação de merda.

— Para onde quer ir agora?

— Tenho que chegar em casa lá para as dez e quarenta e cinco, na verdade.

— É?

— Sim. Tem um trabalho que preciso fazer.

— Trabalho?

— Na verdade, é a continuação da minha entrevista com Dexter Truitt. É on-line.

Tensionei a mandíbula.

— O Milionário Arrogante?

— É. Em vez de uma entrevista só, ele agendou comigo durante as noites. Às onze toda noite, de segunda a sexta. Acho que essa hora é melhor para ele.

— Então você tem que fazer malabarismo para se adaptar ao horário *dele*?

Duas coisas estavam erradas naquela pergunta. Uma: eu estava fazendo a caveira de Dex. Duas: estava ficando duro pensando nela se retorcendo com as pernas abertas para Dex. De novo... louco.

— Na verdade, tem dado certo ter um horário fixo à noite. O dia dele é muito cheio. Não será para sempre. Meu prazo é no fim do mês.

Engraçado você dizer isso. O meu também.

— Ok, bom, temos, no mínimo, uma hora até te levar para casa. O que quer fazer?

— Sinceramente? Adoraria ver onde você mora, se não for muito longe de mim no SoHo. Talvez eu beba um café.

— Sério?

— Espero que não soe muito presunçosa pedindo para ir ao seu apartamento.

— Não. Nem um pouco.

A realidade do quanto eu tinha me enrolado com a mentira de Jay caiu em mim naquele instante. Sabendo que meu alter ego precisaria de um lugar para levar Bianca, eu tinha alugado um apartamento mobiliado por uma agência com um contrato mensal. Como eu tinha me metido nessa? Se o que fiz um dia fosse a público, iria ficar feio — como eu alugando outra porra de lugar. Quando a verdade era que eu estava inexplicavelmente louco por essa mulher e ficava me enterrando cada vez mais fundo na tentativa de arranjar mais tempo com ela. A coisa toda não fazia sentido para mim — como ela iria entender realmente que eu fizera tudo isso com a melhor das intenções.

Ela sorriu com aqueles olhos grandes castanhos e, de alguma forma, eu justifiquei meus atos... de novo.

— Mora em que parte da cidade?

Eu tinha que pensar. *Onde eu morava?* Ainda não tivera a chance de visitar o apartamento, embora Josephine tivesse me dado a chave. Seria arriscado, mas eu não sabia como sair dessa. Verifiquei meu celular, fingindo olhar a hora e, em vez de fazer isso, olhei discretamente meu e-mail para ver o endereço da minha "casa".

— Moro no NoHo.

— Então é perfeito. — Ela sorriu.

É. Perfeito.

Um idoso que, aparentemente, era meu vizinho nos olhou com desconfiança conforme paramos em frente à minha porta. Então, ele desapareceu dentro do seu apartamento.

— Você normalmente não cumprimenta os vizinhos?

Não quando eles não sabem quem eu sou.

— Esse cara não gosta muito de mim. Sempre reclama quando coloco música.

Quando abri a porta e dei uma olhada no que estava vendo, estava pronto para matar alguém.

Não parecia em nada como o apartamento mobiliado que vi on-line. A decoração era brega e ostentava com muitos detalhes brancos, roxos e dourados. Eu estava totalmente sem palavras. Como iria explicar essa?

As coisas ficaram ainda mais estranhas quando vi um quadro enorme de Elvis na parede. E, no outro canto, tinha uma estátua em tamanho real de Liza Minnelli.

— O apartamento era da minha tia — falei rápido. — Ela... morreu. E deixou para mim. Não tive coragem de mudar o estilo dela.

— Como você é fofo. Há quanto tempo ela faleceu?

— Há um ano. Em certo momento, vou redecorar, mas é que parece muito recente.

Ela esfregou meu ombro.

— Entendo.

Deus, eu estava ficando muito enojado disso. Só queria pegá-la no colo e contar tudo. Por que não conseguia?

Ela basicamente respondeu minha pergunta quando, de repente, segurou minha camisa e me puxou para um beijo.

Era por isso.

Eu iria perder isso.

Não. Não estava pronto para lhe contar nada, porque havia uma boa chance de eu nunca mais me sentir assim. Ela não gostava de mentirosos, e você, Dexter Truitt... Jay Reed... quem quer que seja... é mentiroso.

Uma frieza substituiu o calor do seu corpo quando ela se afastou.

— Posso usar seu banheiro?

— Claro, é... na verdade...

Onde era essa porra?

— Vou só olhar para garantir que esteja apresentável. Posso ter deixado umas roupas sujas no chão esta manhã, não esperava que você viesse. Já volto.

Meu coração estava acelerado conforme corri pelo corredor, abrindo cada porta até encontrar o banheiro.

Ainda bem que verifiquei. Havia uma pilha enorme de revistas pornô ao lado do vaso sanitário. Sem nem pensar, abri a janela do banheiro e as joguei fora, rezando para não acertarem a cabeça de ninguém na rua lá embaixo. Gotas de suor se formaram em minha testa só de pensar em ter que explicar isso para ela.

— Está tudo decente — anunciei, voltando à sala. — Última porta do corredor.

A cada segundo que ela estava no banheiro, eu ficava cada vez mais paranoico em relação a estar ali e ao que mais ela poderia encontrar. Me lembrei que ela mencionou café. Considerando que a despensa provavelmente estava vazia, tomei uma decisão de nos tirar dali. Tínhamos passado por um Starbucks na esquina no caminho. Iria sugerir irmos lá.

Quando ela saiu, eu disse:

— Acabei de me lembrar de que estou sem pó. O que acha de sairmos para tomar café antes de eu te levar para casa?

— Ok... vai ser bom. Aliás, por que aqui tem cheiro de naftalina?

Ótima pergunta, Bianca George.

— Tive que usar. Problema enorme com traça.

Eu odiava isso. Queria só poder ficar com ela no meu apartamento de verdade. Da próxima vez que a levasse ali, iria garantir que fosse inspecionado até o teto, dedetizado e cheio das coisas preferidas dela.

Quando chegamos à cafeteria, nos acomodamos em um sofá no canto e bebemos nosso cappuccino. Ela podia estar no meio da conversa que eu a interrompia engolindo suas palavras com um beijo. Toda vez que eu fazia isso, ela gemia. Adorava a sensação de seus gemidos vibrarem por minha garganta.

Quando eram dez e meia, ela olhou para o celular.

— Tenho mesmo que ir.

— Não pode se atrasar um pouco para sua reunião com o Milionário Arrogante?

— Não. Não é profissional.

Para ser sincero, me irritava um pouco o fato de ela escolher não cancelar com Dex. Na verdade, tive que me lembrar de que estávamos torcendo por Dex. E *nós* significava Jay e Dex. Lá no fundo, *nós* dois estávamos torcendo por Dex. Então, por que Jay estava irritado?

Com relutância, deixei-a em seu apartamento antes de voltar rápido para minha casa de verdade.

Assim que cheguei, precisei me acalmar para me transformar de novo em mim mesmo. Vi que ela estava on-line e enviei uma mensagem rápida.

Dex: Estou um pouco atrasado. Me dê dez minutos.

Sem esperar uma resposta, fui para o chuveiro e bati uma com as lembranças dela gemendo na minha boca, imaginando que estávamos fazendo muito mais do que apenas beijar.

CAPÍTULO 7

Dex

Meu alívio me trouxera um instante de claridade.

Dex precisa tirar Bianca de Jay.

Por mais louco que soasse, se ela gostasse do meu eu verdadeiro mais do que o falso, *me* dava uma chance melhor de ela aceitar que o verdadeiro eu valia a pena, analisando todas as mentiras que eu tinha contado. Talvez eu estivesse delirando, além de ser recentemente esquizofrênico. Mas, naquele momento, era o único plano que eu tinha. Precisava, pelo menos, começar a ver como ela se sentia.

Dex: Olá, Bianca. Estou aqui agora. Desculpe o atraso. Como foi sua noite?

Bianca: Foi muito boa, obrigada.

Dex: O que você fez?

Bianca: Na verdade, tive um encontro.

Dex: Um encontro que acabou antes das onze? Não deve ter sido muito bom.

Bianca: Meu trabalho é prioridade.

Dex: Ainda acho que poderia ter sido melhor se escolheu não me dar um bolo.

Bianca: Na verdade, foi incrível.

Foi incrível. Ainda conseguia sentir o gosto dela em minha língua. E ainda havia muito mais lugares que eu queria prová-la.

Bianca: Está aí?

Dex: Estou. Me conte sobre seu encontro. O que foi tão incrível nele?

Bianca: Bom, sabe como é, com a maioria das pessoas, você passa um tempinho com elas e as peças do quebra-cabeça se encaixam? Você meio que

enxerga tudo depois de conectar algumas das formas estranhas?

Dex: Acho que sim.

Bianca: Sinto que esse cara é um quebra-cabeça de dez mil peças, e vai demorar bastante para enxergar tudo.

Dex: E isso é bom?

Bianca: É. Significa que ele tem muitas camadas.

Eu não sabia se concordava com ela. O que ela mais gostava em Jay eram suas camadas, mas a maioria delas eram bandagens para encobrir mentiras.

Dex: Me conte o que mais gosta nele.

Bianca: Quer a verdade?

Dex: Claro.

Bianca: O jeito que ele me beijou. Pude sentir que ele estava tentando se conter... mas, em certo instante, ele perdeu a batalha. Gostei que sua atração por mim pareceu ser incontrolável. Me fez sentir sexy.

Tive que rir de mim mesmo. Achei que estivesse fazendo um bom trabalho escondendo o que sentia por estar perto dela. Acho que fui bem mais transparente do que pensei.

Bianca: Aliás, acho que nossos papéis estão invertidos hoje. É para eu entrevistar você.

Dex: Acho bem mais interessante saber sobre você do que falar de mim mesmo.

Ela ficou quieta por um ou dois minutos depois disso. Eu sabia que não deveria forçar, mas que se danasse, estava fundo nessa.

Dex: Você e esse quebra-cabeça estão saindo com exclusividade?

Bianca: Não. Ainda não chegamos lá. Não tenho encontros planejados com outros homens, mas não é de propósito.

Dex: Então, vamos dizer que, se um homem bonito, jovem e rico com abdome trincado te convidar para sair, você estaria aberta ao convite?

Bianca: Está se referindo a si mesmo?

Dex: Talvez...

Esperei ansiosamente a resposta dela. Quando veio, levei um soco no estômago.

Bianca: Então, não.

Meu humor ficou horrível depois dessa resposta. Estava bravo e só queria acabar com a conversa. Ela não tinha interesse no verdadeiro eu e preferia passar o tempo conhecendo um cara que morava no apartamento da tia morta e entalhava.

Dex: Por que não começamos com sua entrevista?

Nos trinta minutos seguintes, Bianca me fez perguntas. Já que eu estava irritado, minhas respostas foram menos francas do que as duas últimas vezes que conversamos. Perto do fim, ela mencionou que iria viajar a negócios e planejava usar o tempo para verificar suas anotações e escrever um rascunho da história. Tinha sugerido que conversássemos na semana seguinte para poder preencher qualquer buraco no artigo, e eu concordara.

Dex: O que acha de ser na terça que vem na hora de sempre?

Bianca: Seria ótimo.

Dex: Boa viagem, Bianca.

Bianca: Obrigada.

Me sentindo extremamente decepcionado, eu ia fechar o laptop quando outra mensagem dela surgiu.

Bianca: Dex? Ainda está aí?

Dex: Estou.

Bianca: Só para constar, tenho uma regra severa de não sair mais com homens com quem tenho relacionamento profissional.

Dex: Essa regra se aplica também depois que os negócios com o homem acabam?

Ela demorou mais um pouco para responder dessa vez.

Bianca: Não. Acho que essa regra não se aplicaria se os negócios fossem concluídos.

Vá se foder, Jay. Estou de novo no jogo.

Dex: Bom saber. Bons sonhos, Bianca.

Na tarde seguinte, o trânsito estava mais intenso do que o normal. A reunião que tinha previsão de durar uma hora tinha se transformado em três horas de pura perda de tempo. Olhei para o relógio quando o semáforo ficou vermelho de novo; não tínhamos andando mais do que uma distância de quatro carros em dois malditos sinais verdes. Havia uma pilha gigante de documentos me aguardando para revisar na minha mesa, e minha secretária teria ido embora quando chegássemos do outro lado da cidade. Enviei e-mail para Josephine e pedi que ela encomendasse jantar para mim no escritório antes de ir embora e separasse os arquivos que eu sabia que precisaria para fazer meu trabalho naquela noite, se chegasse.

Frustrado, descansei a cabeça no banco de couro e olhei pela janela, pensando em Bianca. Na noite anterior, ela tinha me feito acreditar que estaria disposta a sair comigo — o Dex — no fim da nossa conversa. E isso tinha que significar que ela sentia algum tipo de conexão com meu eu verdadeiro. Só não conseguia pensar em como iria sair dessa confusão em que me metera. Se tinha uma coisa que aprendera no trabalho era que qualquer coisa era possível se você realmente quisesse. Talvez essa fosse a chave — eu precisava olhar para minha situação com Bianca como um problema do trabalho. Estava deixando meus sentimentos atrapalharem.

O que eu faria se Bianca fosse um negócio que eu quisesse obter, mas o proprietário não estivesse interessado em me vender?

Essa era fácil... Eu conheceria melhor esse negócio — os gostos e as aversões do proprietário — e o que mexia com ele. Então usaria isso para lhe mostrar por que eu era uma boa opção para assumir sua empresa de um jeito que fosse significativo para ele.

Fechei os olhos por um instante.

O que mexe com você, Georgy? Do que gosta e do que não gosta e por quê?

Vasculhei em meu cérebro por alguns minutos, mas não consegui pensar em nada que me ajudaria a ganhar vantagem. Desencorajado, abri os olhos quando paramos em outro sinal vermelho e olhei pela janela de novo. Para minha surpresa, a resposta estava bem ali em letras grandes em negrito. Estava procurando um sinal e achei um na esquina da West 21st com a 7th Avenue. A placa grande da loja estava iluminada com letras prateadas.

Forever Grey

— Está aqui para a aula das seis, senhor?

— Humm. — Olhei em volta e vi uma plaquinha grudada na porta dizendo que aquela noite era uma aula de treinamento para novos voluntários. — Sim. Acho que estou aqui para a aula. — *Será que você também oferece uma sessão de terapia depois?* Era completamente normal fazer uma paradinha para se tornar um passeador de cães greyhound quando eu ainda tinha um dia cheio de trabalho pela frente, certo? Até a mulher no balcão pensou que eu tinha perdido um parafuso. Ela me olhou de cima a baixo.

— Humm. É um terno bem bonito. Sabe que esses cachorros costumam babar bastante, né?

— Sei. Estava planejando me trocar antes de começarmos. — *Trocar minha mente, talvez?*

Suzette, como seu crachá indicava, pensou que era uma boa ideia. Já que tínhamos dez minutos antes de a aula começar, preenchi o cadastro e voltei para falar com meu motorista.

— Vou demorar um pouco, Sam.

Ele estava confuso, com razão, claro. Eu tinha basicamente gritado para ele parar e, então, entrado no que parecia ser um pet shop, e ele sabia que eu não tinha bicho de estimação.

— Está tudo bem, senhor?

Não.

— Sim. Esqueci que tinha me voluntariado para o abrigo de greyhound esta noite. É parte de um programa de caridade em que Caroline me enfiou de alguma forma.

Essa coisa de mentir estava começando a sair naturalmente agora. Não era diferente de comportamento criminoso – começando com crimes menores –, em que, um dia, você está batendo na lateral de uma máquina de chiclete para fazer o recipiente de plástico com um anel quebrado sair e, quando vê, está roubando um banco com uma arma.

— Por que não vai embora? Pego um táxi para o escritório quando acabar aqui.

Depois que Sam saiu, fiquei do lado de fora da Forever Grey e olhei para os dois lados da rua a fim de ver se havia algum lugar em que pudesse comprar uma roupa. Encontrando uma loja de esporte, fui até lá e peguei uma calça, uma camiseta e tênis de corrida. Ironicamente, era quase a mesma roupa que Jay usava quando conheceu Bianca no elevador. Na verdade, parecia adequado por algum motivo.

Dez minutos de aula e percebi que passear com cachorro era mais complicado do que eu pensava. Comprimento da coleira, andar na frente do cachorro em vez de atrás dele para mostrar quem era o líder, recompensar comportamento positivo, socializar o cachorro... e eu pensava que era só colocar a coleira, e o resto acontecia sozinho.

Meu greyhound tinha três anos e se chamava Bandit. Suzette me informou que Bandit tinha rompido o ligamento cruzado durante uma corrida e, embora estivesse perfeitamente bem para um pet, não mais se encaixava para cão de corrida. Assim, seu dono iria sacrificá-lo — e foi assim que ele chegou na Forever Grey.

Após meu treinamento de uma hora terminar, Bandit e eu andamos sozinhos. Havia um pequeno parque local a duas quadras que permitia cachorros, então fomos para lá — eu à frente do meu companheiro canino de coleira curta. Quando chegamos lá, apesar de o sol já estar se pondo, ainda estava quente e úmido. Parecia que Bandit precisava de uma pausa, então me sentei no banco do parque. Meu companheiro fiel também se sentou, só que ele ficou me olhando e me encarando diretamente.

— Qual é o problema, rapaz? Não tenho mais petiscos para você.

O cachorro inclinou a cabeça para o lado e continuou a me encarar.

Me inclinei para a frente e fiz carinho em sua cabeça.

— Quer carinho?

Quando ele se aproximou mais e fez um som que pareceu muito com um ronronado terrível, presumi que estava fazendo a coisa certa. Usando as duas mãos, enfiei os dedos atrás das suas orelhas e o acariciei. Ainda sentado, uma de suas patas traseiras começou a se mexer em uníssono com o ritmo do meu carinho.

— Gostou, né?!

Me diverti observando sua perna ficar mais devagar com a velocidade do meu carinho, depois acelerar de novo quando o fiz. Em certo momento, ele de repente se inclinou para a frente e começou a lamber meu rosto.

— Acho que isso é o melhor que posso fazer. Você é esperto, sabia disso?

Bandit lambeu meu rosto de novo como se me dissesse que concordava com minha conclusão.

— Me conte, se é tão esperto, o que mexe com Bianca? Porque não consigo, de jeito nenhum, descobrir isso. Talvez você até já a tenha conhecido. Pernas compridas, olhos cor de caramelo, vem aos domingos. Tem um cheiro incrível. Você a notaria, rapaz. Acredite em mim.

Eu estava agindo de forma bem maluca ultimamente, embora não estivesse realmente esperando resposta. Mas veio uma; só que não foi Bandit que falou.

— Se meteu em apuros, hein? — Uma idosa se sentou no banco ao lado do meu. A cabeça dela estava cheia de rolos cobertos por um lenço brilhante e colorido e ela usava uma blusa cor-de-rosa. Estava com uma sacolinha cheia de sementes para pássaros na mão, o que me alertou.

— Não vai alimentar os pássaros agora, vai?

— Vou esperar até que não tenha mais cachorro no parque.

Ela ergueu o queixo para Bandit.

— Pela conversa que estava tendo com ele, parece que você já está encrencado. Não precisa que eu chame os pombos para seu cachorro tentar perseguir.

Assenti.

— Obrigado.

— Então o que você fez, afinal?

— Perdão?

— Não caminho tão rápido quanto costumava. Ouvi você contando ao cachorro que não consegue desvendar uma pessoa chamada Bianca.

Suspirei.

— É uma longa história.

— Não tem muita coisa que eu possa oferecer ultimamente, exceto meu tempo. Tente.

Normalmente, eu não falava com estranhos. Com certeza, não contava a eles os problemas com minha vida amorosa. Mas, ei... por que não? Eu estava doidão esses dias, de qualquer forma. Isso fazia parte.

— Vou te contar a versão resumida. Conheci uma mulher... menti para ela. Uma mentira se transformou em duas... e agora parece ter virado uma bola de neve descontrolada.

A mulher balançou a cabeça, fazendo tsc, tsc, tsc.

— Já que parece se importar quanto a ela descobrir, presumo que goste dessa moça.

— Gosto.

— O que quer que seja, precisa falar a verdade. É melhor o tapa da verdade do que o beijo da mentira.

Meus ombros caíram. Era exatamente o que eu tinha feito. Beijei-a com uma mentira, tanto literalmente quanto no sentido figurado.

— O engraçado é que fiz isso porque pensei que precisasse mentir para ela me dar uma chance. Mas, no fim, ela está conhecendo meu eu verdadeiro e agora essa mentira vai fazê-la questionar todas as verdades.

A idosa apontou para Bandit.

— Ela ama cachorro como você?

Eu estava muito envergonhado para dizer a ela que até a coisa de passear com cachorro fazia parte da mentira.

— Ama.

— Que bom. Tenho seis cachorros e dois gatos. Deixo-os em casa quando venho alimentar os pombos toda noite. Amantes de animais como nós são uma raça diferente. Sempre falo, olhe para como uma pessoa trata um animal para conhecer o coração dela. Se ela ama animais, já sabe como amar incondicionalmente... é provável que tenha uma boa alma e perdoe um cachorro velho como você por cometer um erro.

— Você acha?

— Fui casada por quarenta e três anos. Mas, quando conheci meu Walter, que Deus o tenha, ele bebeu todas uma noite e beijou uma garçonete bonita.

— E o perdoou?

— Claro que não. Dei um pé na bunda dele. Eu o fiz rastejar por um mês inteiro, saí com um cara que conhecia e ele não gostou e se certificou de que eu soubesse. Mas, no fim, eu odiava o pecado, mas realmente sentia falta do pecador.

Dei risada.

— Obrigado pelo conselho. Eu acho.

Como tinha ficado com Bandit fora o bastante, nos despedimos da idosa e voltamos para Forever Grey. Suzette estava esperando no lobby.

— Vi você subindo a rua. Vocês dois pareceram se acertar.

— É mesmo, não é? — Me inclinei para baixo e dei ao cachorro seu último petisco.

— Vai conseguir doar seu tempo para passear com os cães toda semana? Podemos tentar colocar você com Bandit, se tiverem se conectado. — Eu não tinha nenhum tempo disponível, mas... — Claro. Meu calendário é cheio durante a semana, mas, talvez, possamos encaixar algo.

— Que tal aos domingos?

— Não — soltei... talvez rápido demais. — Quero dizer... é difícil eu sair aos domingos, mas devo conseguir um tempo durante a semana. Tem um cartão? Posso te ligar assim que pensar no dia.

Ela se esticou para trás no balcão e pegou um cartão, entregando-me em troca da coleira de Bandit.

— Obrigado. Entrarei em contato em breve.

Antes de a minha sanidade retornar.

CAPÍTULO 8

Bianca

Estava começando a parecer que eu estava sendo deixada de lado. Depois de voltar para casa da minha viagem de negócios, tinha enviado mensagem para Jay para avisá-lo e, apesar de termos conversado por mensagens por um tempo, ele não tentou marcar nosso próximo encontro. Talvez ele só estivesse ocupado no trabalho, e eu estava vendo coisas demais.

Apesar de ficar meio decepcionada com isso, já que pensava que a química que tivemos no encontro foi fora de série, havia uma parte de mim que também se sentia um pouco em conflito quanto às minhas conversas com Dex. O Milionário Arrogante tinha chamado minha atenção. E, a menos que eu estivesse interpretando de forma errada, ele também estava interessado em mim. A viagem me deu a oportunidade de escrever minha história sobre o evasivo Dexter Truitt, e também tinha feito uma pesquisa mais profunda. Naquela noite, eu tinha algumas perguntas sobre o pai dele que pensei que poderiam ser difíceis, mas iriam, definitivamente, explicar mais sobre o homem misterioso.

Às onze em ponto, a janela de mensagens no meu laptop surgiu. Meu coração patético começou a acelerar, vendo que Dex já estava digitando.

Dex: Olá, Bianca.

Era estranho porque eu o ouvia dizer meu nome com uma voz grave e sexy. *Olá*, Bianca.

Bianca: Olá, sr. Truitt.

Dex: Achei que tivéssemos passado das formalidades.

Tinha digitado nervosa, sem pensar. Ele tinha razão; não éramos mais sr. Truitt e srta. George.

Bianca: Desculpe. É hábito.

Dex: Como foi sua semana? Ficou com saudade de mim?

Sim.

Bianca: Pensei bastante em você.

Dex: Me conte mais sobre isso.

Bianca: Bom, estava escrevendo sua história e isso me fez pensar em você.

Deixei de fora o fato de que tinha salvado a foto que ele me enviara em nossa primeira conversa e ficava encarando seu abdome enquanto escrevia sua história o fim de semana inteiro. Isso deve ter tido alguma coisa a ver com o fato de ser tão difícil tirá-lo da cabeça naquela semana.

Dex: Parece que, já que não estou escrevendo uma história sobre você, não tenho desculpa para pensar em você. Não tenho desculpa profissional, claro.

Sorri para a tela.

Bianca: Está dizendo que seus pensamentos sobre mim não são profissionais?

Roí a unha observando a tela conforme Dex digitava em resposta.

Dex: Meus pensamentos foram definitivamente mais para o lado pessoal.

Bianca: Interessante.

Dex: Certamente foram...

Ótimo, eu ia ficar toda excitada e incomodada no início da entrevista. De repente, não fazia ideia do que responder. Acabou que não precisei.

Dex: Então, como ficou minha história?

Fiquei aliviada por ele ter nos trazido de volta à conversa de trabalho.

Bianca: Acho que as pessoas vão gostar. Só tenho mais umas perguntas.

Dex: Mande.

Não tinha mesmo um jeito de amaciar o que eu precisava saber, então fui direta.

Bianca: O que aconteceu entre você e seu pai?

Ele ficou em silêncio por um minuto.

Eu sabia, por experiência própria, como o pai de Dex era uma pessoa horrível. Escolhi não divulgar isso para ele. No fim, não importava mais. Minha necessidade de ficar quite com Dexter Truitt pai parecia menos importante quanto mais eu conhecia seu filho. Eles, simplesmente, não eram da mesma laia.

Dex: Como já falei, meu pai foi mentiroso e traidor a maior parte da vida dele. Traiu minha mãe durante quase todo o casamento e enganou sócios por dinheiro. Quando eu era criança, não entendia realmente que tipo de pessoa meu pai era. Eu o idolatrava, na verdade, embora meu tempo com ele sempre tenha sido limitado. Quando era adolescente, ele estampava todos os jornais por seu suposto envolvimento em acordos desonestos. Apesar de ele sempre, de alguma forma, sair ileso de qualquer coisa tecnicamente ilegal, não tinha mais nada que ele pudesse fazer para esconder a verdade de mim. Então, nosso relacionamento ficou tenso por muitos anos porque eu não queria ser associado ao seu mau comportamento. Como já te contei, minha decisão de ficar longe do olhar do público tem bastante a ver com não querer repetir os erros do meu pai. Fiquei sem saber nada dele por um bom tempo, o que foi sábio do ponto de vista dos negócios.

Bianca: E do ponto de vista pessoal?

Dex: Bom, o cara ainda é meu pai. Não é fácil ficar brigado com a pessoa que ajudou a te dar vida. Temos trabalhado nosso relacionamento mais nos últimos anos. Ele entrou para uma igreja na Flórida… acho que encontrou Jesus. Também ficou assustado com um câncer de pele. Deve estar começando a perceber que a vida é curta demais para viver como um merda.

Bianca: Então, você está aprendendo lentamente a perdoá-lo.

Dex: É, estou tentando. Trata-se mais de aceitar as coisas que não posso mudar e seguir em frente. Não posso mudar o fato de que não foi um bom pai para mim quando criança. Mas ele quer estar mais envolvido na minha vida adulta agora, então é uma oportunidade que posso escolher pegar ou soltar. Não quero ter arrependimentos, e sei que ele não estará por aqui para sempre.

Bianca: Acho que a capacidade de perdoar é uma qualidade admirável.

Ele demorou um tempo particularmente longo para responder dessa vez.

Dex: O que considera que vale a pena perdoar?

Bianca: Como assim?

Dex: Uma vez, você disse que não gosta de mentirosos. Perdoaria alguém que mentiu para você?

Bianca: Depende do motivo da mentira.

Dex: Dê um exemplo.

Bianca: Se alguém mente para proteger outra pessoa, então acho que é perdoável. Tipo minha mãe. Ela mentiu para mim para me proteger. Meu pai estava tendo casos e ela inventava histórias para ele ficar bem comigo. No fim, foram as indiscrições dele que acabaram com seu casamento. Então, por mais que não perdoe uma mentira, no caso da minha mãe, sou capaz de perdoá-la porque ela mentiu para impedir que eu me magoasse pelo que meu pai fez.

De novo, sua resposta demorou.

Dex: Há outras situações em que perdoaria alguém por mentir?

Precisei pensar. Em geral, eu pensava que não havia realmente desculpa para mentir. Mas não podia dizer que não tinha contado umas mentirinhas na vida.

Bianca: Não sei. Acho que dependeria de cada situação.

Dex: Não acha que é preto no branco. Justo.

Bianca: Como o foco virou de novo para mim?

Dex: Acho que passamos do ponto em que há regras neste processo, Bianca.

Bianca: Verdade. Pensando bem, praticamente quebrei todas as regras de ética no jornalismo durante esta experiência.

Dex: Não vou contar a ninguém se você não contar. O produto publicado será o mesmo, no fim. Só nos divertimos mais no processo do que a maioria.

Bianca: Tem razão. Não pareceu nada com um trabalho.

Dex: Até ouso dizer que vou sentir falta dessas conversas das onze quando terminarmos.

"Sentir falta" não era o termo certo para como eu me sentia com o processo de entrevista chegando ao fim. Tinha me viciado em falar com Dex. Ficado obcecada. Era como se todo o meu dia acontecesse apenas para chegar as onze horas.

Bianca: Também vou.

Demos uma pausa na conversa. Era óbvio que nossa entrevista andava sozinha. Eu tinha tanta informação sobre ele que nem sabia o que fazer com ela; era impossível caber tudo em um artigo de quatro páginas. Não havia realmente uma necessidade de continuar se comunicando. Mas o achava fascinante e iria continuar nossas conversas por quanto tempo conseguisse. Ele não precisava saber que eu tinha praticamente terminado o artigo.

Sua mensagem seguinte me tirou o chão.

Dex: O que aconteceu com aquele cara com quem está saindo?

Boa pergunta. Não sabia o que tinha acontecido com Jay.

Bianca: Não fazemos planos há um tempo.

Dex: Por que não?

Bianca: Acho que ele está ocupado. Nos mantivemos em contato, mas simplesmente não marcamos de sair.

Dex: Você não parece muito arrasada.

Bianca: Para ser sincera, entre minha viagem e trabalhar no artigo, não tenho tido muito tempo para pensar nisso.

Dex: Você tem ficado muito focada em mim.

Bianca: É, pode enxergar assim.

Dex: É o que quero. ;-)

Bianca: E você? Qual é a sua desculpa? Por que nunca cancelou comigo? Deve ter um bando de mulheres esperando.

Dex: Não um bando, mas, sim, não preciso implorar para encontros.

Bianca: Não me diga...

Dex: Mas quer saber a verdade?

Bianca: Sempre.

Dex: Ultimamente, não tenho tido vontade de falar com ninguém, exceto você.

Deixei suas palavras serem absorvidas. Uma onda de calor percorreu meu corpo. Como era possível estar tão atraída por alguém que nunca nem tinha conhecido? Eu realmente queria vê-lo — mais do que já quis qualquer coisa. Digitei impulsivamente.

Bianca: O que acha de agora? Quero te ver esta noite.

Fechei os olhos e me encolhi com minha assertividade. Meu coração estava martelando conforme esperava uma resposta. Demorou um pouco para ele responder.

Dex: Hoje não. Concordamos em nos encontrar no fim, lembra?

Meu estado emocional foi de quente para frio bem rápido. Ele tinha insinuado que queria sair comigo, mas continua evitando me *conhecer*. Eu precisava pressioná-lo.

Bianca: Tenho a sensação de que sempre haverá uma desculpa.

Os espaços de tempo entre suas respostas estavam se alargando cada vez mais.

Dex: Só preciso me preparar.

Preparar para quê?

Bianca: Preparar?

Dex: É. Esse tempo com você tem sido diferente de tudo que já vivi. Você sabe mais sobre mim do que a maioria das pessoas. E provavelmente sei mais sobre você do que qualquer mulher com quem já saí e, mesmo assim, parece que não me canso. Me expus para você — em mais de um jeito, praticamente. Isso é novo para mim. Conhecer você pessoalmente será intenso. E, então, há o risco de te decepcionar. Acho que essa é a minha maior preocupação.

Bianca: Como pode me decepcionar se já sei quase tudo sobre você?

Dex: Pode não gostar do que vê.

Bianca: Deixe, pelo menos, eu ouvir sua voz, então.

Dex: Ainda não.

Bianca: Por que não?

Dex: Vai me ouvir logo.

Bianca: Sua voz é igual à do Mickey Mouse ou algo assim?

Dex: Não, posso garantir que não. Meus níveis de testosterona são bons. Desconfio, na verdade, que vai gostar da minha voz. Rsrs. Não acredito que acabou de me perguntar isso.

Bianca: Tenho que explorar todos os motivos possíveis por você estar se escondendo. E, sendo bem sincera, neste momento, está me deixando meio preocupada, sr. Truitt.

Dex: Voltamos às formalidades agora? Não me chame mais assim. Passamos disso. E me diga por que está preocupada quando não tem absolutamente nenhum motivo para isso.

Porque eu estava começando a achar que a preocupação dele era realmente quanto a *mim*.

Bianca: Há inúmeros motivos. Às vezes, me preocupo que, apesar da nossa química on-line, você não tenha realmente intenção de me conhecer. Também me preocupo que nossas conversas tenham se tornado um jogo para você. E, às vezes, essa é a pior: me preocupo de estar sendo enganada, que talvez não esteja conversando de verdade com Dexter Truitt.

Dex: Juro por Deus que sou eu. NUNCA faria isso com você, Bianca. Sou eu.

Acreditava nele. Foi baixo da minha parte falar isso. Aquele pensamento raramente passava pela minha cabeça, mas, lá no fundo, não acreditava realmente nisso.

Bianca: Ok. Acredito em você. Desculpe. Estou exagerando. Só sinto que me envolvi mais do que deveria. Isso tudo não é nada profissional.

Dex: Foda-se o profissional! Entenda uma coisa: tenho preocupações quanto a conhecer você, mas NENHUMA delas tem a ver com VOCÊ. TODAS têm a ver com sua impressão de MIM.

Bianca: Acha que sou superficial? Tem medo de que eu veja seu rosto?

Dex: Não. Sei que não é superficial e tem um pouco a ver com meu rosto, sim.

Bom, agora eu estava completamente confusa. Ele acha que é feio? Sinceramente, com um corpo daquele, tenho quase certeza de que poderia ignorar isso. Mais ainda, era *ele* quem eu mais queria, não seu corpo ou seu rosto.

Bianca: Desculpe. Nunca deveria ter falado sobre ver você. Já concordou em se encontrar comigo. Acho que só preciso confiar nisso e ser paciente.

Dex: Juro que vamos nos conhecer, Bianca. Nunca se desculpe por pedir o que quer.

Eu precisava terminar a conversa antes que falasse mais alguma coisa de que me arrependesse.

Bianca: Vou encerrar por hoje, se não se importa.

Dex: Te magoei.

Bianca: Não. Estou bem. Acho que só preciso descansar.

Dex: Ok.

Quando não respondi, ele enviou outra mensagem.

Dex: Amanhã à noite. Mesma hora?

Bianca: Sim. Boa noite, Dex.

Dex: Bons sonhos, Bianca.

Fechei meu laptop e os olhos. Sentindo-me totalmente arrasada, verifiquei o celular para ver se tinha alguma mensagem de Jay. Não havia nenhuma.

Mas, vinte minutos depois, *houve* uma batida na porta.

CAPÍTULO 9

Dex

Bianca arregalou os olhos quando me viu ali parado.

Isso era um erro.

Mas eu precisava vê-la.

Seus olhos pareciam cansados, como se talvez ela tivesse chorado.

Porra.

Eu a tinha magoado.

Foi por isso que vim; precisava saber se ela estava bem.

— Jay? O que está fazendo aqui?

Em vez de responder, segurei seu rosto com as mãos e a puxei para um beijo demorado, desopilando desesperadamente toda a frustração dolorosa que tinha se formado dentro de mim depois da nossa conversa.

Era na boca de Jay que ela pensava que estava gemendo, mas cada parte de mim a estava beijando como Dex.

Me desculpe, Georgy.

Meu pau estava duro como uma rocha conforme eu a provava de maneira fervorosa. Ela arfou em minha boca quando minha ereção pressionou seu abdome. Ela tinha gosto de pasta de dente. Seus seios macios e sem sutiã estavam pressionados no meu peito. Podia facilmente ter transado com ela ali bem no meio da sua sala.

O coração de Bianca estava batendo muito rápido contra o meu, e tomei isso como uma deixa para beijá-la mais profundamente. Ela segurou minha nuca, puxando-me para mais perto. De repente, tive vontade de pegá-la no colo. Então o fiz. Ela envolveu as pernas em mim conforme continuei a beijá-la com mais avidez do que provavelmente já tinha beijado alguém.

A adrenalina estava me percorrendo. Misturada com um pouco de ódio porque ela tinha deixado "Jay" se aproveitar dela com tanta facilidade. Depois da nossa conversa naquela noite, eu estava mais certo do que nunca de que seu coração pertencia a *mim* – a Dex. Ainda assim, ela ainda conseguia *me* – Jay – deixar fazer isto. Será que ela era fraca? Isso me deixou bravo.

Eu estava com tesão para transar com ela, para expressar fisicamente todas as emoções que fui obrigado a engarrafar naquela noite.

Enfim me afastando e colocando-a no chão devagar, eu disse:

— Provavelmente essa foi a melhor recepção que já tive.

Ela continuou com os braços em volta do meu pescoço.

— Eu não sabia se ia te ver de novo, para ser sincera.

Estava achando cada vez mais difícil olhar em seus olhos como Jay. Encarando o chão, falei:

— Preciso me desculpar por não ter feito nada ultimamente. Não tem a ver com falta de desejo de ver você. As coisas têm estado loucas no trabalho, e não consegui vir aqui até agora.

Mentiroso do caralho.

— Eu precisava desse choque de sanidade esta noite — ela revelou.

— Por quê? — Engoli em seco. — O que aconteceu?

— Nada. É muita coisa. Tenho certeza de que quase enlouqueci mais cedo. É só que... é muito bom ver você.

Não. Não. Não.

Você não enlouqueceu.

Está certinha.

Jay precisa ir; ele só precisava te tocar uma última vez.

— Está tudo bem agora?

— Agora que está aqui, sim. — Ela sorriu.

— Eu não sabia se estaria acordada.

— Acho que não teria conseguido dormir de qualquer forma.

Nem eu.

— O que aconteceu exatamente para te magoar?

— Não quero mesmo falar disso, se não tiver problema. Tem a ver com trabalho.

Até parece que tem. Falando naquelas mentirinhas sobre as quais conversamos mais cedo...

Esfregando as mãos no topo dos seus braços, eu disse:

— Olha, não posso ficar. Eu só...

Precisava me certificar de que estava bem.

Precisava te ver.

Precisava te tocar.

Continuei:

— Eu só queria falar um oi, te avisar que estava pensando em você.

E falar tchau.

Ela pareceu em pânico.

— Quando vou te ver de novo?

— Não sei. O trabalho tem sido uma loucura.

E Jay precisa morrer.

Bianca hesitou por um tempo até finalmente falar.

— Não quero mesmo ficar sozinha esta noite. Fica deitado comigo?

Quando não respondi, ela se inclinou e me beijou com delicadeza, então pediu:

— Por favor?

Não havia mais nada no mundo que eu quisesse.

Incapaz de inventar um motivo legítimo para recusar, assenti.

— Sim. Claro.

Bianca me levou para seu quarto. Parecia surreal. Tinha um caderninho amarelo em cima do seu criado-mudo. Desconfiei de que era o lado da cama em que ela deitava quando conversava com Dex. Precisei de toda a minha força para não me inclinar e tentar ver o que estava escrito. Pensei que poderia ter algumas obscenidades de hoje mais cedo.

Bianca se deitou na cama, e eu me deitei atrás dela. Muitos minutos se passaram enquanto ficamos apenas deitados juntos. Com a boca em suas costas, deixei o som da sua respiração me acalmar. Era como se eu pudesse sentir seus pensamentos a cada respiração. Eu sabia, em meu coração, que, apesar de ela estar gostando do calor do corpo de Jay, estava pensando em meu eu verdadeiro, em Dex.

Parecia tudo inocente até ela recuar sua bunda macia no meu pau. Ela se esfregou de propósito em mim, me fazendo ficar duro. Depois de mais algumas vezes, percebi que ela estava fazendo isso para me excitar. Porra, estava funcionando. Continuei a permitir que ela se esfregasse lentamente em mim. Havia uma palavra para isso no Ensino Médio: roçar. Deveria ter percebido que não tinha como dormir inocentemente ao lado dessa mulher.

Pronto para explodir na calça, eu disse:

— Pare.

Ela se virou e sussurrou em meus lábios:

— Você não me quer?

Meu corpo ficou agitado. Ela queria transar comigo. E o que eu mais queria era estar dentro dela. Mas simplesmente não podia. Nunca poderia pensar em dormir com Bianca até ela saber a verdade.

Me levantei e passei a mão no cabelo.

— Preciso ir.

Ela se levantou da cama rapidamente.

— Desculpe. Me empolguei. Faz muito tempo. Pensei que quisesse, achei que tinha sido por isso que veio aqui tão tarde. Então, queria te avisar que tudo bem... se você quisesse. Mas está bem.

— Eu *quero*... Deus, quero mesmo. Mas você precisa realmente tomar cuidado, Bianca. Nem me conhece de verdade. — Minha voz foi mais alta do que eu pretendia.

Ela soltou uma risada amarga.

— Está me alertando contra você?

— Não.

Porra, estou, sim.

Continuei.

— Só não quero ir rápido demais com você. E só acho que nós... deveríamos nos conhecer melhor primeiro.

Apesar de eu saber quase tudo que tem para saber sobre você.

Respirando fundo, continuei:

— Mas, já que não consigo resistir a você de verdade, acho que a melhor coisa que posso fazer é ir para casa esta noite, depois te levar para sair de novo adequadamente. Você não é só um lance para mim, Bianca.

Ela colocou as mãos no rosto e falou entre elas.

— Está certo. Eu só... estava sentindo que precisava disso esta noite.

Eu sei.

Por minha causa.

Meu peito doeu. Precisava sair dali antes que admitisse tudo. Ela não estava em um bom estado mental para a verdade naquela noite.

Beijando-a suavemente na testa, eu disse:

— Te ligo em breve, ok?

Ela apenas assentiu antes de me acompanhar até a porta.

Tente entalhar um caminho para sair dessa, babaca.

Me sentindo um cretino completo, fui para casa em meu Jeep jurando que, depois daquela noite, Jay estava morto.

Na manhã seguinte no escritório, eu estava distraído. Cancelando todas as reuniões do dia, fiz algo que quase nunca fazia: fui para casa e não fiz nada.

Sentado no sofá, observei o relógio, ansioso por minha conversa com Bianca mais tarde. Só faltavam mais nove horas. Eu estava apavorado.

Deveria contar a ela esta noite?

Peguei o telefone e liguei para a única pessoa que eu sabia que podia se identificar com o que eu estava passando no momento.

— Alô, filho — ele atendeu.

— Como está se sentindo?

— Normal. Acabei de chegar de uma caminhada. Vou fazer um sanduíche de atum.

— Como está o tempo por aí?

— É a Flórida. Quente com chance de chover praticamente o tempo todo.

— É, isso é verdade.

— A que devo o prazer desta ligação?

— Na verdade, preciso de um conselho.

— Normalmente, você não quer isso.

— Bom, esta é uma circunstância em que acho que realmente pode me ajudar. Envolve mentira. Me meti em uma merda grande.

— Ah. Agora faz sentido.

— Sei que não escondeu muito bem seus casos da minha mãe. Mas, basicamente, sempre pareceu conseguir voltar às graças dela...

— Está tendo um caso com alguém? — ele me interrompeu.

— Não, não sou traidor, pai. Mas menti quanto à minha identidade. A mulher com quem estou saindo pensa que sou outra pessoa.

— Tem vergonha de si mesmo ou algo assim?

— É uma longa história. Pensei que ela tivesse umas ideias preconceituosas sobre homens ricos e poderosos. Julguei mal. Basicamente, vou abrir o jogo para ela logo e preciso assumir meu erro. Só pensei se havia um truque para admitir uma mentira de um jeito que resultasse em prejuízo mínimo.

Ele deu risada.

— Sua mãe era boa demais comigo, perdoava muito. Não deveria ter sido. Não existe truque, Dex. Se tiver sorte, essa mulher vai ver quem você realmente é e te perdoar. Se não tiver sorte, temo que não haja nada que possa fazer para convencer alguém que magoou que deveria te dar uma chance. Esse é o preço que pagamos pela desonestidade. Se ela achar que você não vale a pena, talvez não tenha volta. Aprendi do jeito difícil.

Meu peito apertou.

— Tudo bem.

— Perdi pessoas boas na minha vida que fizeram certo em não confiar em mim — ele adicionou.

— Bom, eu estava torcendo para esta conversa me fazer sentir melhor, mas, na verdade, agora me sinto pior.

— Desculpe, filho. Só estou tentando ser sincero.

— Oh, que ironia.

Nós dois demos uma gargalhada. Era estranho estar rindo com meu pai, nos conectando com nossas indiscrições mútuas.

— É. — Ele suspirou.

— Vou deixar você voltar ao seu almoço, meu velho.

— Mantenha contato.

— Vou, sim.

Eu ia desligar, quando ele disse:

— Dex?

— Sim?

— Estou orgulhoso por tentar ser um homem melhor do que eu. Espero que saia dessa confusão, e que consiga a garota.

— Não é exatamente a língua que quero provar.

Usando as costas da mão, limpei a baba de Bandit da minha boca. Era o terceiro dia seguido que eu levava meu amigo para passear. Jay estava oficialmente morto, e Dex era bundão demais para abrir o jogo com Bianca, então a única conexão que eu tinha com Georgy era uma máquina de bosta de quarenta e cinco quilos cujo bafo cheirava a cu. Infelizmente, ele era o melhor amigo que eu tinha no momento.

— O que vamos fazer, rapaz? — Eu estava no banco do parque de novo, e Bandit, sentado, me encarando. Talvez eu estivesse enlouquecendo, mas, quando ele ergueu uma orelha, eu poderia ter jurado que ele estava escutando... e queria me ajudar a resolver meus problemas com mulher. — Já ficou doido por uma mulher? Fez uma coisa muito idiota que não conseguia descobrir como consertar? Não sei... talvez pegar um osso e enterrar quando ela não estava olhando?

Bandit ergueu a pata e bateu no meu joelho. Tomei isso como um sim – Bandit era um ladrão de osso.

— Conseguiu, não é? Abriu o jogo e ganhou o coração dela no final?

Bandit abriu a boca e bocejou, então apoiou o focinho no meu colo.

— Estou entediando até um cachorro com minha vida. — Cocei a cabeça e suspirei. — Só não sei o que fazer. Como explico por que mantive o segredo por tanto tempo? Admito que estava com medo de ela não gostar de mim se soubesse quem realmente sou? Ou admito que sou *mesmo* o babaca que ela pensou que eu era e que ela provavelmente não iria gostar muito se nos conhecêssemos sob outras circunstâncias? — A verdade era que eu tinha muito medo disso... de, assim que ela conhecesse meu verdadeiro eu, pensasse bem e encontrasse um mensageiro honesto.

Eram quase oito horas, e eu já estava uma hora atrasado para o trabalho, então levei meu novo melhor amigo de volta ao abrigo. Suzette não estava quando eu chegara uma hora antes, mas agora estava trabalhando no balcão.

— Sr. Truitt. Que bom que te encontrei. Queria te avisar que Bandit será realocado para nossa fazenda ao norte do estado no fim desta semana.

— Uma fazenda?

Ela deu um sorriso não convincente.

— Só podemos manter os cachorros aqui no abrigo por um tempo... Depois de três meses, eles vão para a fazenda para se aposentarem se não forem adotados.

— Ao norte? Uma fazenda? Está dizendo o que acho que está dizendo? — Tive um cachorro que foi para a dita fazenda quando eu era criança. Lembro do dia em que contei ao meu amigo que Buster tinha ido para uma fazenda para ter uma vida melhor. Então ele me contou o que *a fazenda* realmente significava.

O sorriso de Suzette foi real.

— Deus, não. Não é isso. Nossa fazenda é um lugar bom. Uma mulher chamada Allison cuida de lá... ela é bem incrível, na verdade. A única desvantagem é que os animais não interagem muito com pessoas como fazem aqui na cidade, onde temos muitos voluntários. Mas é uma fazenda legal, e os cachorros têm espaço para correr durante o dia.

Quando olhei para Bandit, ele estava me encarando.

Não me olhe com esses olhos tristes. É uma fazenda de verdade. Não a fazenda metafórica que os pais usam para fazer filhos ingênuos se sentirem melhor. Não ouviu a mulher?

Me ajoelhei e acariciei o topo da sua cabeça.

— Se cuide. Ok, rapaz?

Por algum motivo, parecia que estava me despedindo da última parte de Bianca que ainda tinha. Após alguns minutos, me levantei e dei a coleira a Suzette.

Quando ela a pegou, Bandit se recusou a sair do meu lado.

Suzette fez sons de beijos.

— Venha, Bandit. É hora de o sr. Truitt ir embora.

O maldito cachorro nem se mexeu, mesmo quando Suzette deu um leve puxão em sua coleira.

— Desculpe. Eles se conectam muito rápido. Deixe-me pegar o brinquedo preferido dele.

Ela desapareceu e voltou alguns minutos depois apertando um osso de brinquedo. Isso chamou a atenção dele.

— Venha, Bandit. — *Squeak. Squeak.* — Fale tchau para o sr. Truitt.

Olhei para meu amigo leal — meu guardador de segredos — para falar tchau. Mas não foi o que falei. Eu nem sabia quem tinha colocado aquelas palavras na minha boca. Tudo que sei é que eu ainda não estava pronto para deixar aquela última parte de Bianca ir. E… enlouqueci de vez.

— Gostaria de adotar Bandit.

CAPÍTULO 10

Bianca

— O que...?

Meu cérebro estava realmente me zoando. Enquanto descia a 21st Street perdida em pensamentos sobre Dexter Truitt, a culpa que estivera sentindo por pensar nele enquanto beijava Jay na outra noite deve ter realmente se apossado de mim. Pisquei os olhos para focar a visão, observando, de longe, um homem lindo, alto e moreno, que parecia muito com Jay Reed, entrar no banco de trás de um carro chique. A um quarteirão dali, o homem realmente se parecia com Jay, só que estava usando um terno e ajudando um greyhound a subir no carro, em vez de guiando uma bicicleta. Dei risada sozinha de como minha imaginação podia ser doida às vezes e vi o carro escuro sair do meio-fio conforme eu entrava na Forever Grey.

Lá dentro, Suzette me cumprimentou.

— Ei, Bianca. Eu dormi um dia inteiro ou hoje não é segunda?

Dei risada. Sempre fui apenas aos domingos de manhã no abrigo.

— Não. É segunda, sim. Também vim ontem. — Hesitei para continuar o que ia dizer primeiro, porque o que ia falar poderia soar loucura, mas, então, me lembrei de que, se alguém entenderia, seria alguém que gostasse de cachorro. — Ontem, passeei com um cachorro que nunca tinha visto... e... bom, estou com dificuldade em algumas coisas e levá-lo para passear me fez sentir muito melhor. — Resolvi deixar de fora a parte em que passara quase a hora inteira contando ao pobre do cachorro os meus problemas.

Suzie sorriu.

— Os melhores terapeutas têm quatro patas e um rabo, se quer saber o que acho. Qual foi o cachorro? Vou pegar para você.

— O nome dele é Bandit.

Suzie pareceu surpresa.

— Parece que Bandit está bem popular ultimamente. Ele acabou de sair. Na verdade, foi adotado por um voluntário. — Ela apontou para a porta. — Saiu daqui há menos de cinco minutos.

Chame isso de intuição, mas meu estômago se revirou, uma sensação de agitação me envolveu, e eu não sabia bem por quê.

— Quem... quem o adotou?

Suzie olhou em volta, depois se inclinou.

— Não posso falar sobre a adoção nem dar informação do voluntário... mas... Bandit ganhou uma bolada. Foi adotado por um cara que mora no Central Park West. Algum bam-bam-bam dono de uma empresa.

— O nome dele era... Jay Reed, por acaso?

Ela balançou a cabeça.

— Não é esse o nome dele, não.

Me sentindo aliviada, soltei a respiração.

— Ok. Acabei de ver um cara na rua com um greyhound logo antes de entrar aqui. Ele me lembrou de alguém, e pensei que talvez fosse ele.

— Definitivamente, não se chama Jay. Mas se Jay se parece um pouco com o novo dono de Bandit, ele é bem-vindo para ser voluntário.

Dei risada.

— Bonito, não é?

— Ah, sim. — Suzette juntou uns papéis em um arquivo e fechou o topo do balcão da recepção. — Que tal se eu pegar Marla para você? Ela não saiu hoje, e você já a levou para passear outro dia, certo?

— Marla seria ótimo. Ela é muito fofa.

Suzette desapareceu nos fundos onde eles mantinham os cachorros, e eu esperei na recepção. Depois de verificar meu celular e ver que ainda não tinha nenhuma mensagem nova de Jay, guardei-o de novo no bolso e olhei em volta. O arquivo no qual Suzette tinha organizado os papéis estava nomeado como *adoções*. Eu era curiosa por natureza, mas normalmente não xeretava. Olhando em volta, vi que não tinha ninguém prestando atenção, então usei meu dedo indicador para abrir gentilmente o arquivo, só o suficiente para dar uma olhada.

Vi o endereço da residência na segunda linha: Central Park West, 1281. Suzette não estava brincando, Bandit iria subir de nível. Então meus olhos se ergueram para a primeira linha do cadastro. Piscando algumas vezes, eu estava certa de que meu cérebro estava me zoando de novo. Não era possível. Não fazia sentido. Não me importando se seria pega naquele momento, abri o arquivo inteiramente e tirei a primeira página de dentro. Encarando-a, não conseguia acreditar no que estava escrito claro como o dia na primeira linha.

Dexter Truitt.

Meu estômago estava revirado quando atravessei a rua do parque, aguardando. Tinha cancelado a entrevista daquela tarde para seguir alguém como uma doida.

Nada fazia sentido.

Nas últimas horas, tinha juntado as peças do quebra-cabeça e descoberto o que Dex/Jay tinha feito comigo. Eu só não entendia por quê.

Esse era um jogo que babacas riquinhos gostavam de fazer? Ferrar com a mulher trabalhadora e ver se conseguem transar com ela como um pobre? Era essa peça que não se encaixava. Porque, na outra noite, Jay *poderia* ter transado comigo — eu tinha me esfregado nele, praticamente implorado por isso. Deus, eu era tão patética. Mas, se esse era o jogo, por que ele não pegou o prêmio que me dispus tanto a dar? Eu odiava que a única coisa em que conseguia pensar era que ele nem me queria fisicamente. Basicamente, eu era um jogo mental para ele e nem minha bunda se esfregando no seu pau o fez me querer.

Quando o carro escuro finalmente parou em frente ao prédio chique dele, observei do outro lado da rua quando ele saiu. Me matava que meu coração acelerou ao vê-lo sair do carro. Dexter Truitt/Jay Reed era certamente um cretino — mas um cretino lindo. Quase pulei de trás da árvore em que estava observando, mas, quando Dex se abaixou e ajudou Bandit a sair do carro, fiquei confusa e admirada demais para me aproximar.

O que ele ia fazer com o cachorro?

Os dois andaram por uma área pequena de gramado por um minuto. Dex acariciou o cachorro e disse algo para ele depois de ter se aliviado, então foram para a porta da frente do edifício. Logo antes de entrar, Dex parou de repente, virou-se e olhou para a rua. Ao me esconder atrás da árvore, meu coração estava saindo do peito conforme pensei se ele poderia ter sentido que eu estava observando.

Então, simples assim, ele se foi.

Fiquei ali por quase uma hora depois, sentindo todos os tipos de coisa. Estava brava que não existia Jay — que eu tinha me atirado em um homem que claramente nem conhecia. Estava brava por ter caído na merda que Dexter Truitt criou para mim — ele não era melhor do que o pai. E estava brava por, acima de tudo isso, estar triste porque o homem pelo qual começara a me apaixonar não existia de verdade.

Em certo momento, resolvi não abordar Dex/Jay e ir para casa a fim de me afundar em autopiedade com uma taça de vinho barato. Tomei um banho e me peguei pensando que a confusão emocional que estava sentindo tinha vários estágios de luto. De uma forma zoada, eu tinha perdido alguém: Jay, que nunca realmente existiu.

Estágio um tinha sido o choque. Mesmo encarando as palavras, não conseguia acreditar que Jay e Dex eram a mesma pessoa. Na verdade, fiz a pobre Suzette confirmar que o homem que acabara de sair era realmente Dexter Truitt.

Estágio dois era negação. Eu tinha visto em preto e branco, observado o homem entrar em um carro chique bem diante dos meus olhos e verificado a exatidão de tudo com Suzette e, ainda assim, precisava sentar em frente ao apartamento dele para mais confirmação.

Estágio três tinha chegado logo depois de eu ter finalizado minha segunda taça de vinho. E bateu na minha cara com vingança: raiva. Eu estava puta. O que me fez criar meu próprio estágio de cura, que decidi chamar de passo 3B. Era meu preferido, e mal podia esperar para praticá-lo.

Vingança.

CAPÍTULO 11

Dex

Bandit começara a arranhar a porta cinco minutos antes das onze, então me atrasei para pegar o laptop. Tinha ficado ansioso depois da besteira que fiz aparecendo como Jay na porta dela depois da nossa última conversa. Quando voltei de uma caminhada rápida com o cachorro, fiquei aliviado ao ver que a janela de mensagem já estava aberta e com uma mensagem esperando.

Bianca: Olá, Dex.

Dex: Olá, Bianca. Como está hoje?

Bianca: Acho que meio ansiosa.

Você e eu.

Dex: Ansiosa? Por quê? Está tudo bem?

Demorou alguns minutos para ela responder. Mas eu estava intrigado pra caramba quando ela finalmente respondeu.

Bianca: Tem uma coisa que quero te perguntar. Mas não sei como se sentiria para conversar sobre o assunto.

Eu já tinha lavado tanto da minha roupa suja. Estava curioso para ver o que ela sentia que era passar do limite naquele momento.

Dex: Sou um livro aberto para você, Bianca. Do que quer falar?

A resposta veio rápido.

Bianca: Sexo. Quero falar de sexo.

Desta vez, fui eu que precisei me recompor para responder.

Dex: É assunto para o artigo ou está perguntando mais por uma curiosidade pessoal?

Bianca: É pessoal.

Deus, meu pau estava inchado só de pensar em falar de sexo com ela. Mas com certeza eu estava mais do que pronto se ela estivesse.

Dex: Manda ver. Presumo que nossas regras ainda estejam valendo, e vou te fazer uma pergunta a cada uma que você fizer.

Bianca: Claro.

Tinha servido uma bebida para mim mais cedo, e agora estava grato por isso. Os pontos estavam pulando enquanto eu bebia metade da taça em um gole.

Bianca: O quanto você tem a mente aberta?

Bianca gostava de fantasias? Eu nunca tinha chegado muito longe nessa área, mas acho que não me oporia com a parceira certa. Pensar em amarrá-la na cama, bater um pouco nela e usar um brinquedo anal só a fez parecer muito mais sexy para mim.

Dex: Está me propondo algo, srta. George?

Bebi a outra metade do meu drinque, mas isso não amenizou o aço dentro da minha calça.

Bianca: Estou.

Dex: Uma mulher que sabe o que quer. Acho isso incrivelmente atraente. O que tinha em mente?

Foram os sessenta segundos mais longos da minha vida esperando sua resposta.

Bianca: Um ménage.

Ergui os dedos para o teclado três vezes a fim de digitar uma resposta, mas não consegui. Estava mudo... sem palavras. Que cara não queria um ménage com uma mulher linda e uma amiga? Ainda assim, por algum motivo, o fato de ela ter sugerido isso me deixava bravo. Eu gostava dela — acho que minha mente não era tão aberta quando eu gostava de pensar que era. Para mim, compartilhar era para foder, não com alguém em que realmente estava interessado. Eu não sabia como responder. Após alguns instantes, Bianca digitou de novo.

Bianca: Está aí?

Dex: Sim.

Bianca: Te ofendi?

Na verdade, sim. Mas, com o risco de soar carente, eu precisava explicar por quê.

Dex: Estou interessado em você, Bianca. Por mais que pensar em ficar com você de qualquer jeito seja extremamente atraente, não sei se um ménage é o jeito certo de começar as coisas.

Bianca: Que pena. Acho que nós três seríamos perfeitos juntos.

Dex: Talvez possamos tentar dois e depois chegarmos a três.

Dada a oportunidade, eu tinha certeza de que conseguiria agradá-la para ela não sentir a necessidade de convidar uma amiga.

Bianca: Não sei se é uma boa ideia...

Dex: Já fez esse tipo de coisa?

Ela ignorou minha pergunta.

Bianca: Sexta às sete. Pense nisso. Vou estar no lobby do Library Hotel se resolver se juntar a nós.

Dex: E se eu não for?

Bianca: Terminei o artigo. Vou te enviar uma cópia dentro de uma semana para a aprovação final. Acredito que nossas entrevistas chegaram ao fim. Se resolver não ir, tenha uma boa vida, sr. Truitt.

Eu deveria estar trabalhando. Ou dormindo, na verdade, considerando que não tinha dormido muito desde a noite anterior depois da conversa com Bianca. Mas estava sentado à minha mesa encarando uma foto dela no site do seu empregador.

Bianca George é graduada com méritos de Wharton Business School e passou cinco anos de sua carreira como corretora de derivativos. Entrou para a Finance Times *em 2015 como uma freelancer expert da indústria, e escreve artigos de um ponto de vista interno.*

Em nenhum lugar, em sua biografia, mencionava que ela tinha uma queda por ménage. Joguei minha caneta do outro lado da sala.

Por que isso me incomodava? Que tipo de homem recusa um ménage com uma mulher por quem é atraído? Claro que uma mulher que não era territorialista quanto a um homem com quem planejava dormir conseguiria superar o simples fato de eu fingir ser duas pessoas. Estranhamente, eu estava menos preocupado com ela aceitar minhas desculpas agora que me contara no que estava pensando. Mesmo assim, estava decepcionado.

Decepcionado por uma proposta de ménage.

Sua cabeça precisa ser examinada, Truitt.

Havia simplesmente alguma coisa que eu pensava que pudesse ser especial com essa garota. E não do tipo de especial que inclui ela não se importar comigo enfiando meu pau nela *e* em sua amiga em uma noite só.

Fechando a página, mergulhei no trabalho. Sempre foi a única coisa em que conseguia me perder. De alguma forma, tinha conseguido me concentrar o suficiente para analisar as previsões financeiras de uma empresa que estava pensando em comprar. Era fim da tarde quando fiz uma pausa bem necessária. Josephine deixara um sanduíche de peru na minha mesa há algumas horas, e eu não quis arriscar sair para tomar um ar e ser distraído por pensamentos em Bianca de novo.

Se resolver não ir, tenha uma boa vida, sr. Truitt.

Suas palavras repassavam em minha cabeça repetidamente. Comecei a devorar o sanduíche e olhei as mensagens no celular enquanto comia. A primeira era de Caroline.

Caroline: Jantar no sábado à noite? Tenho um banquete de caridade para ir.

Já fazia umas semanas que estava ignorando-a, e minha cabeça definitivamente não estava pronta para ter uma conversa com ela ainda. Sem responder, fui para a próxima. Era do meu pai perguntando como eu estava. Digitei uma resposta amena e voltei ao restante das mensagens enquanto acabava o sanduíche.

Enterrada sob dúzias de outras mensagens, tinha uma de Bianca. Só que ela achava que estava enviando mensagens para Jay, não Dex. Primeiro, quando abri, fiquei confuso.

Bianca: Ei. Tem planos para sexta à noite?

Jay imediatamente respondeu.

Jay: Não. Pensou em fazer o quê?

Bianca: Quer me encontrar e mais uma pessoa para nos divertirmos no Library Hotel às 7?

Que porra era essa?

Não caiu minha ficha até aquele minuto. Pegando meu laptop, abri a caixa de mensagens de ontem à noite e rolei freneticamente por nossa conversa inteira. Quando ela sugerira um ménage, eu tinha *presumido* que a terceira pessoa fosse uma mulher.

Mas não tinha nenhuma mulher.

Bianca estava convidando Jay para um ménage com ela e Dex.

Quando a sexta à noite chegou, eu não estava mais preparado do que estava no instante em que ela lançou a bomba pela primeira vez.

Me barbeando diante do espelho do banheiro, lamentava para meu cachorro como um doido.

— Sua amiga é louca, Bandit. Sabia disso? Uma louca total! — Parei e chacoalhei a lâmina para tirar a água. Gesticulando para ele com ela, eu disse: — O negócio é que a proposta toda simplesmente parece não combinar com ela. Mas acho que é aquela coisa de você nunca realmente conhecer alguém. Você pode ter inúmeras conversas íntimas com uma mulher que acha que é equilibrada, e então descobre que é uma depravada.

— *Ruff!*

— O esquisito, e só vou admitir para você e mais ninguém, é que isso meio que me excita ao mesmo tempo. É como se eu quisesse *ser* os dois homens e transar com ela simultaneamente. Doente, certo?

— *Ruff!*

— É. Já ouviu o termo "a curiosidade matou o gato"? Está prestes a acontecer comigo esta noite. Estou tão curioso para ver o que ela planejou fazer comigo que *não posso* não aparecer. Porque sou um cachorro, Bandit. Exatamente como você. Todos os homens são. Mas, *diferente* de você, não consigo lamber minhas próprias bolas. Então, tomo decisões malucas, como aparecer para um ménage em que eu sou dois terços da festa.

Passei pós-barba no rosto.

— Quer saber a outra parte louca? — Rindo de mim mesmo no espelho, continuei: — Ainda não sei se vou aparecer como Dex ou Jay.

Bandit uivou e se deitou.

— Eu sei. Patético. Aposto que você preferiria estar brincando no norte do estado agora, hein? Em vez disso, está aqui na fazenda errada... na fazenda maluca.

Bandit me seguiu para o closet. Encarei a fila de camisas de designer perfeitamente engomadas e organizadas por cor, da mais clara para a mais escura. Meus olhos, então, pousaram em uma fila menor de roupas no canto – o guarda-roupa de Jay, que consistia em jeans, camisas casuais e uns moletons. Já que eu ainda não sabia o que iria dizer ou fazer quando chegasse lá, precisava me vestir em um meio-termo. Escolhi uma blusa justa caramelo e usei uma camisa polo debaixo. Calça escura finalizou o visual. Passei perfume e coloquei o relógio.

— Seja bonzinho, Bandit. Não seja como seu mestre, que deixa o pau arruinar a vida dele.

— *Ruff!*

Me ajoelhei e acariciei entre suas orelhas.

— Me deseje sorte. Se eu não voltar até de manhã, será porque Bianca George me deu um chute no saco tão forte que tive que ir para o hospital.

Lá fora, meu motorista estava apoiado no carro, me esperando.

— Para onde, sr. Truitt?

— Library Hotel, Sam.

Do carro, olhei para cima em direção às luzes da minha cobertura, pensando em como as coisas estariam da próxima vez que eu voltasse para casa.

Quando Sam me deixou no hotel esquisito e com temática de livro que Bianca tinha escolhido em Midtown, resolvera que iria ser discreto e tentar observá-la antes que ela me visse.

Não tínhamos conversado por mensagem, exceto quando Jay respondeu que concordava em encontrá-la na hora marcada. Eu estava tentando minimizar a comunicação com ela como Jay porque, bem, era para ele estar morto.

Me escondendo atrás de um pilar, finalmente a vi. Meu coração quase parou. Bianca estava sentada em uma cadeira no lobby com as pernas cruzadas, usando um vestido preto tomara que caia que erguia seus peitos em duas montanhas de pele cremosa que eu queria devorar. A cor mais aberta de vermelho cobria seus lábios lindos. Ela tinha colocado uma presilha de flor de seda vermelha, combinando, na lateral do seu cabelo escuro. Estava absolutamente maravilhosa, mais linda do que eu já a tinha visto.

Mais alguma coisa me chamou atenção. Para alguém que tinha pedido, descaradamente, que dois homens a encontrassem naquele hotel para sexo, Bianca parecia estranhamente tensa. Ela parecia estar inspirando e expirando de maneira pesada e verificando o relógio a cada dez segundos. Tinha alguma coisa errada.

Eu não tinha palavras, nem fazia ideia do que iria fazer ou dizer. O único plano era seguir o fluxo e, então, pensar em como lidar com o resto a cada minuto. Era Jay ou eu que estava prestes a aparecer para ela como Dex? *Ninguém sabia.*

Andando devagar na direção dela com as mãos nos bolsos, fiz uma oração para isso não acabar tão feio quanto eu esperava.

Quando ela me viu, levantou-se, alisando o vestido.

— Oi.

— Olá, Bianca.

Ela assentiu.

— Jay.

Engoli o nó em minha garganta. O nome saiu da sua boca de um jeito quase amargo. Sua linguagem corporal não era convidativa, então optei por não me inclinar para um beijo.

Pigarreando, eu disse:

— Tenho que admitir. Fui realmente pego de surpresa por seu convite.

— Bom, já é hora de você saber tudo sobre mim, Jay.

Pensei que eu soubesse.

Encarando seus lábios luxuriosos, de repente, me senti possessivo e bravo.

— Uma porra de um ménage, Bianca? Como viemos parar aqui? Explique por que sente a necessidade de mais de um homem para te satisfazer de uma vez? Um homem de verdade deveria conseguir fazer tudo isso sozinho.

— Quer saber a verdade?

Irônico, mas sim.

— Quero.

— Cada um de vocês tem qualidades diferentes que me atraem.

— Explique.

— Sabe... ele tem o cérebro mais incrível. É inteligente, ambicioso e poderoso. E, ainda assim, tem um lado que é humano, a ponto de ele *me* fazer querer ser uma pessoa melhor. Também expressa interesse em *mim*, não apenas fisicamente, mas em tudo em mim.

Engoli em seco.

— E eu?

— Você é misterioso. E estou extremamente atraída fisicamente por você. Mas, ultimamente, penso nele quando estou com você. Então, achei que... o melhor jeito de satisfazer todas as minhas necessidades seria convidar vocês dois para esta noite.

Minha pulsação acelerou.

— Não consigo acreditar que quer baratear o que temos trazendo outra pessoa à equação. Como se eu conseguisse relaxar e assistir, passivamente, o pau de outro homem entrar e sair de você.

— Veio aqui para me interrogar... para me julgar?

— Meio que quero saber o que está pensando, sim. Pensei que tivesse te conquistado, e isso me pegou de surpresa de verdade. Como pôde *pensar* que eu estaria disposto a dividir você?

Ela deu dois passos para a frente e falou na minha cara.

— Se as melhores partes de vocês dois estivessem unidas em um homem, não teríamos esse problema.

Porra.

Não conseguia mais segurar nem um minuto. Chegou a hora.

— Bianca, tem uma coisa que preciso...

— Deixe-me te perguntar uma coisa, *Jay*. Como sabia que a pessoa que eu ia encontrar aqui era um homem, de qualquer forma?

— Sua mensagem.

— Não. Nunca mencionei o *gênero* da pessoa. Nem uma vez.

Seus olhos me perfuravam.

Caralho. Fiquei pensando que, com base em sua mensagem para Jay, ela nunca tinha *falado* que a terceira pessoa era homem. Ficara tão louco com tudo isso que me esquecera que ela não tinha realmente especificado.

Tinha finalmente acontecido. Eu estragara tudo.

— Você escorregou, Dex.

Dex?

Ela tinha acabado de falar meu nome ou eu que tinha finalmente enlouquecido o suficiente para começar a ouvir coisas?

— Do que me chamou?

— Dex... como em Dexter Truitt.

Ela sabe?

Ela sabe.

Isso era uma armadilha.

Meu coração estava batendo descontrolado.

— Há quanto tempo você sabe que sou eu?

Seus olhos estavam brilhando.

— Importa?

— Preciso saber há quanto tempo tem me...

— Enganado? — ela berrou. — Como se sente, Dexter? — ela gritou ainda mais alto. — Como se sente sendo manipulado?

De repente, percebi que todos os olhos do lobby estavam na gente.

— Oh, temos uma plateia, Dex! — Erguendo a mão, ela gritou: — O famoso Dexter Truitt, pessoal! CEO multimilionário da Montague Enterprises. Acabou de aparecer para um ménage comigo e com outro homem. Sintam-se livres para tirar fotos. Vão render um bom dinheiro.

Felizmente, ninguém deu a mínima.

— Pare, Bianca.

— Quer que eu pare? Tem medo de que todo mundo saiba como você é mentiroso?

Sentindo que não tinha outra opção, peguei-a pela cintura e a ergui por cima do ombro.

Ela balançou as pernas.

— O que está fazendo?

— Não está me deixando falar. Precisamos ir a algum lugar e conversar em particular.

— Me coloque no chão!

— Você realmente reservou um quarto? — perguntei.

— Não, não reservei um quarto. Não sou uma prostituta de verdade... diferente de você, que concordou com um ménage.

— Não se engane, eu não tinha intenção de compartilhar você, Bianca. Não com uma mulher. Nem com um homem. Nem com ninguém. — Ainda segurando-a por cima do ombro, cheguei na recepção. — Precisamos de um quarto, por favor!

— Oh, não precisamos, não!

— Duas camas ou uma? — a recepcionista perguntou, sem graça.

— Uma, por favor.

— Como assim? — Bianca perguntou.

— Não vamos usar, Bianca. Só precisamos de um lugar para conversar.

— Não vou entrar no seu quarto.

— Vai, ou o artigo não vai ser publicado.

— Tarde demais. A entrevista acabou.

— Vou retirar minha permissão de publicá-lo. Vou processar a revista. Melhor ainda, vou *comprar* a revista. — Quando a recepcionista me entregou a chave, assenti. — Obrigado.

Carreguei-a para o elevador e a coloquei no chão apenas depois de as portas se fecharem. Prendendo-a contra a parede, eu disse:

— Não vou deixar você ir embora esta noite até me ouvir. Preciso te carregar para fora daqui ou vai andando comigo?

CAPÍTULO 12

Bianca

A porta do quarto estava fechada. Com as costas contra ela, cruzei os braços de forma defensiva à frente do peito. Dava para ouvir um grampo cair no chão.

Dex estava sentado na beirada da cama com a cabeça apoiada nas mãos, então passou os dedos no cabelo. Mesmo ali em pé cheia de raiva, queria que fosse eu passando os dedos em seu cabelo. Quando ele olhou para mim, não havia nenhum sinal de brincadeira em seus olhos azuis brilhantes. Na verdade, mostravam uma seriedade que eu nunca tinha visto nele.

Bom, nunca em Jay.

— Como descobriu? — ele finalmente perguntou.

— Não preciso divulgar isso para você.

— Justo. — Dex respirou fundo. — Precisa saber que sempre planejei te contar, Bianca. Sempre.

— Então por que mentir para mim em primeiro lugar? — Minha voz fraquejou. — Tenho tentado entender, mas não consigo. Não poderia ter sido para dormir comigo, porque você passou essa. Então por quê? Só para bagunçar minha cabeça?

— Não! — Sua expressão se transformou em um tom de vermelho raivoso. — Caralho... não, Bianca.

— Então por quê?

— Foi simplesmente por querer ter a experiência de te conhecer melhor sem as ideias preconceituosas que tinha sobre mim. Você deixou muito claro o que pensava sobre o "Milionário Arrogante" naquele elevador. Foi uma decisão de segundos da qual me arrependo de verdade. Uma mentira idiota.

— Mentira idiota? Você fingiu ser *outra pessoa*, Dex. Realmente não há uma mentira maior do que falsificar quem *você* é.

— A cada segundo da nossa entrevista, você estava com meu eu verdadeiro.

— E eu preferia você, Dex. Preferia aqueles momentos íntimos conversando com você de verdade mais do que qualquer coisa. Você arruinou o que poderia ter sido uma coisa boa ao trazer esse alter ego à tona.

— Não tinha como eu saber que você e eu iríamos nos dar tão bem. Você parecia ter a cabeça bem fechada naquele elevador. Na época, não enxerguei como poderia quebrar essa barreira.

— Bom, eu não sabia que estava falando merda na sua cara. Poderia não ter sido tão direta.

— E é por isso que a coisa toda foi bem notável. Eram seus sentimentos verdadeiros... na época. — Dex se levantou e se aproximou de mim. — Olha... não tem uma desculpa de verdade para justificar o que fiz. Não espero perdão. Me culpe para sempre por isso. Mas faça isso na minha cara. Comigo. Grite comigo. Berre comigo. Fique brava comigo... mas comigo.

Com seu rosto perto do meu, podia sentir as pernas fracas e os mamilos enrijecidos. Sempre fora atraída por ele, mas saber que esses rosto e corpo pertenciam à pessoa que também habitou minha mente por tanto tempo era demais para suportar. Odiava o quanto ainda o queria.

Seus olhos eram penetrantes e tive que desviar o olhar.

— Como pode pensar que um dia conseguirei confiar que não vai mentir para mim de novo? — perguntei.

— É um risco que vai assumir. Não importa o quanto eu jure, sei que não vai acreditar em mim agora. Tenho que ganhar sua confiança, e isso só vem com o tempo. Precisa decidir se quer explorar as coisas comigo o suficiente para assumir o risco.

Seu celular tocou, e ele escolheu ignorar.

— Quem é?

— Não me importo — ele disse, desdenhando.

— Se não tem nada a esconder, me mostre.

Sem hesitar, ele entregou o celular para mim.

O monstro ciumento se apossou de mim quando vi quatro mensagens da mesma pessoa.

Caroline: Por que não responde minhas mensagens?

Caroline: Estou começando a ficar complexada.

Caroline: Estou com saudade do seu pau lindo dentro de mim.

Caroline: Me ligue ou eu vou aí esta noite.

Soltando fumaça, devolvi a ele.

— Caroline. Essa é sua amiga de foda?

— Acredito que já disse a você em nossas conversas que tive relacionamentos casuais com mulheres.

— Por que não tem ligado para ela?

Dex se inclinou e falou sobre meus lábios.

— Não é óbvio?

Por mais brava que eu estivesse com ele, não conseguia suportar pensar nele indo até outra mulher naquela noite. Pela primeira vez, me mexi, indo até a janela.

Ele me seguiu.

— Bianca, não estive com ninguém desde que me pediu para esfregar suas bolas naquele elevador. Você me consumiu totalmente, e estou com um puta medo de te perder por causa de uma decisão burra que tomei antes de realmente te conhecer.

— Foi uma decisão bem ruim, Dex. Simplesmente não sei. Preciso de um tempo para absorver isso. — De repente, me sentindo emotiva, eu disse: — Entende que eu gostava daquela outra pessoa que criou? Ele era uma parte da minha vida, e simplesmente... desapareceu. Nunca mais vou ver Jay. É uma sensação esquisita, e é quase como se ainda acreditasse que ele realmente existe.

— Entendo. Adorava o jeito que você olhava para ele. Ser Jay era o único jeito de eu poder ter essa experiência. Daria meu braço direito para conseguir um pouco disso neste momento.

Meus pensamentos se voltaram para o doce greyhound que eu o tinha visto levar para casa.

— Por que adotou o cachorro? Era uma parte doentia da piada também?

Seus olhos se arregalaram.

— Como soube disso?

— Foi assim que descobri sobre você. Vi você saindo com ele. Fui ao abrigo e verifiquei o nome da pessoa que o adotou.

Dex coçou o queixo e assentiu, compreendendo.

— Eu não tinha pensado nisso.

— Então, está usando o cão também?

— Comecei a me voluntariar lá na esperança de aprender mais sobre o que você ama. Eu sabia que, quando abrisse o jogo para você, iria precisar de toda a ajuda que pudesse ter. Mas, logo depois, realmente me conectei a Bandit. Me fez sentir mais perto de você, mas, para ser sincero, me apaixonei por ele. A adoção aconteceu porque eles iam mandá-lo para uma fazenda ao norte. Fiquei preocupado com a segurança dele, apesar das garantias do abrigo, e resolvi levá-lo para casa.

— Então ele está morando com você agora...

— Está. Ele é meu. É meu cachorro.

— Bem, você foi muito bom para ele.

— O prazer foi meu, na verdade... com exceção do bafo dele. Preciso fazer alguma coisa quanto a isso.

Não consegui evitar abrir um sorriso. Fechando os olhos por um instante, eu disse:

— Achei uns petiscos especiais. Eles ajudam. Vou te mandar o nome por mensagem.

— Seria bom. — Dex sorriu, e foi um lembrete de que eu realmente precisava me distanciar naquele noite antes de cair na armadilha do charme dele.

— Preciso ir para casa. Foi muita coisa para uma noite.

— Venha para casa *comigo*, Bianca. Juro que vou consertar isso.

— Não posso.

— Pelo menos me deixe levar você para casa, então.

Hesitei, depois disse:

— Ok. Mas me leve direto para lá. Sem voltas.

Andar no carro luxuoso de Dex era estranho; um lembrete de como a vida dele era diferente comparada à de seu alter ego defunto. Dava, praticamente, para sentir o cheiro de dinheiro misturado com o de couro. Dex não tirava os olhos de mim, mas manteve distância. Só o peso do seu olhar fazia meu corpo inteiro pinicar. Eu estava morrendo de vontade de ser tocada, apesar da minha raiva.

— Então, quais são seus planos depois daqui? Ir até Caroline para dar a ela seu "pau lindo"? — quebrei o gelo.

Ele sorriu impiedosamente para minha pergunta.

— Isso te deixaria chateada?

— Não tenho que falar nada sobre o que você faz.

— Não foi o que perguntei. Perguntei se isso te deixaria chateada.

— O que acha?

— Acho que o fato de seu rosto estar corado agora prova que pensar em mim transando com outra mulher te chateia, independente do que admita ou não. — Ele se esticou e colocou a mão no meu joelho. O toque firme fez meus músculos entre as pernas pulsarem. — Não vou ver Caroline hoje, Bianca. Vou para minha casa deitar debaixo das cobertas com um animal de quatro patas que parece pensar que minha cama é dele. Vou rezar para Deus para que você encontre em seu coração o perdão para mim. E vou acordar amanhã, aguardando o novo dia e tentando fazer você me dar uma segunda chance.

Quando chegamos à minha casa, Dex deu a volta para abrir a porta para mim e acariciou suavemente minha face enquanto eu ficava ali em pé. Fechei os olhos e tentei absorver tudo.

Caramba, Dex. Não sei se vou conseguir confiar totalmente em você algum dia.

Embora eu quisesse dizer bastante coisa, a noite tinha esgotado minha energia, então eu disse apenas:

— Me dê um tempo.

— Ok — ele sussurrou.

Quando fui para a porta, um pensamento me ocorreu, me fazendo parar e virar.

— Você ao menos entalha de verdade?

Ele olhou para baixo brevemente para os pés, depois para mim.

— Eu tentei. Aqueles cortes foram reais.

Balancei a cabeça.

Duas horas depois, meu celular sinalizou que tinha recebido uma nova mensagem. Aquela noite tinha sido tão cheia de eventos que eu tinha quase esquecido de como era cedo. O relógio mostrava onze em ponto.

Dex: Sei que é para nossas entrevistas terem acabado, mas preciso me certificar de que está bem.

Depois de alguns minutos debatendo se deveria responder, fui até meu laptop e digitei.

Bianca: Estou bem.

Dex: Não está. Mas não espero que esteja. Só estou aliviado por estar me respondendo.

Bianca: Ligou para Caroline? A mensagem dela dizia que, se não ligasse, ela iria até aí.

Dex: Não liguei, mas ela veio aqui.

Teclei, brava.

Bianca: Deu a ela seu "pau lindo"?

Dex: Não. Disse que não podia mais sair com ela.

Bianca: Não deveria ter se livrado do seu segundo plano.

Dex: Ela nunca foi um plano a longo prazo. Não tenho sentimentos por ela como tenho por você.

Bianca: O que ela falou?

Dex: Ficou brava. Mas não posso me concentrar nisso agora. Minha prioridade é você.

Bianca: Aposto que ela é linda.

Dex: Sou mais atraído por você... de todas as formas.

Bianca: É uma pena.

Dex: Porque não vou conseguir ficar com você?

Bianca: Não posso responder isso.

Dex: Então vou passar minhas noites imaginando, como tenho feito toda noite desde que nos conhecemos. Fico mais excitado só de pensar em você do que realmente estar com outra pessoa. Quer ver?

Alguns segundos depois, Dex enviou uma foto. Mostrava a ereção enorme em sua boxer cinza. Os músculos entre minhas pernas começaram a se contrair. Parecia que ele estava escondendo a porra de uma cobra ali. Fiquei boquiaberta. Nem sabia o que dizer.

Dex: É isso que faz comigo, Bianca. Fico tão duro que até dói.

Bianca: Da próxima vez que me enviar uma foto de um pseudopau, pode querer garantir que a pata de Bandit não esteja na foto. Meio que arruína o efeito.

Dex: É melhor você ir dormir. Precisa descansar para amanhã.

Bianca: O que tem amanhã?

Dex: Vai me encontrar em meu escritório. Contratei um fotógrafo para tirar quantas fotos seu coração desejar para o artigo. Foi o que prometi inicialmente. Vou a público.

CAPÍTULO 13

Dex

Josephine entrou no meu escritório.

— O sr. Aster chegou.

Olhando para o relógio pela décima vez em minutos, respirei fundo, frustrado. Esperando ter alguns momentos sozinho com ela, tinha falado para Bianca que a sessão de fotos estava marcada para 9h30, apesar de Josephine ter marcado para o fotógrafo chegar às 10 da manhã. O sr. Aster estava quinze minutos adiantado e a srta. George, quinze minutos atrasada. Estava começando a perder a esperança de que Bianca iria aparecer.

— Diga a ele que já vou em alguns minutos, Josephine.

— Sim, sr. Truitt.

Tamborilei meus dedos na mesa esperando mais dez minutos e, então, me rendi e enviei uma mensagem para Bianca.

Dex: Já que parece que você não vem, tem alguma pose específica que quer para o artigo?

Depois de cinco minutos e nenhuma resposta, com relutância, fui encontrar o sr. Aster. Ele estava acompanhado de duas mulheres, cada uma de um lado.

— Sr. Truitt. Sou Joel Aster. É uma honra conhecê-lo. Fiquei muito empolgado quando recebi a ligação do seu escritório ontem.

Apertei a mão dele.

— Surgiu uma coisa, e vou precisar que seja rápido. Espero que não se importe.

— Claro que não. Sei que é ocupado. — Ele olhou para a mulher à sua esquerda e assentiu. — Cheri vai preparar o senhor com um pouco de maquiagem enquanto Breena ajusta a luz.

Depois de mostrar minha sala a eles, os três entraram em ação. Joel e Breena começaram a redecorar a mobília do escritório e arrumar as luzes, enquanto Cheri enfiou um papel branco no meu colarinho.

— Só vou passar um pouco de hidratante no senhor e, depois, um pouco de base matte — ela disse. — Você não precisa de quase nada. Sua estrutura óssea é incrível, e a câmera vai adorar.

Enquanto Cheri trabalhava, passou um bom tempo parada diante de mim com seus peitos na altura dos meus olhos. Era difícil não dar uma olhada em sua blusa decotada.

— Sua esposa se juntará a nós para a sessão?

— Não sou casado.

Ela se inclinou para aplicar alguma merda no meu queixo e sorriu. Observando seu rosto pela primeira vez, vi que ela era bem atraente. Um cabelo bagunçado, loiro e ondulado emoldurava seu rosto pequeno. Cheri me falou para olhar para baixo a fim de poder esfregar algo que não refletiria luz em minhas pálpebras, e tive quase certeza de que ela se posicionou para uma grande visão dentro da sua blusa. Por mais que fosse tentador, fechei os olhos.

Ainda estavam fechados depois de alguns minutos quando ela passou pó em meu rosto, então tentei, em vão, usar esses momentos para relaxar. Joel e Breena estavam fazendo bastante barulho trocando as coisas de lugar, então não ouvi Josephine entrar até estar parada do outro lado da minha mesa.

— Sr. Truitt. A srta. George chegou. Devo deixá-la entrar?

Assustei a pobre Cheri, rasgando o papel branco de maquiagem do rosto e me levantando.

— Preciso falar com ela primeiro. Está na recepção?

— Sim.

Meu escritório era na última curva do andar, e tinham dois corredores compridos para chegar à recepção. Meu coração martelava no peito conforme virei e vi Bianca sentada em um sofá na sala de espera. Ela estava olhando para seu celular, então não me viu até eu estar quase diante dela.

— Bianca. Estou feliz que resolveu se juntar a nós.

Ela se levantou e eu soube imediatamente que havia algo errado pelo seu olhar.

— O que aconteceu?

— Meu táxi sofreu um acidente. Um idiota bateu atrás da gente e, quando o motorista louco saiu e começou a gritar com ele, o cara recuou e bateu uma segunda vez em nosso carro.

Comecei a apalpá-la, sem saber o que esperava encontrar. Buracos em algum lugar, talvez?

— Você está bem?

Ela deu risada.

— Sim. Mas estou bem atrasada.

— Quem se importa? Tem certeza de que está bem? Está doendo alguma coisa?

— Meu pescoço está um pouco duro. Mas não é nada de mais. Provavelmente foi somente pelo impacto.

— Deveríamos ir ao hospital para verificar se está tudo certo.

— Estou bem. De verdade.

Segurei seu rosto e olhei em seus olhos.

— Tem certeza?

— Tenho, sim.

Sem pensar, puxei Bianca contra mim, envolvendo-a firme em meus braços, e inalei profundamente, permitindo exalar uma respiração tranquila. Estivera tentando relaxar a manhã toda e isto... *isto*... é do que eu precisava.

Beijei o topo da sua cabeça.

— Fico feliz que esteja bem.

Eu não estava nada pronto para soltá-la.

Mas ela pareceu desconfortável e sussurrou:

— Dex. Sua recepcionista está encarando a gente.

— Deixe-a encarar.

— Não, sério. Estou bem. É melhor... é melhor começarmos a trabalhar.

Senti o corpo dela enrijecer em meus braços e, com relutância, a soltei. Pigarreando, eu disse:

— O fotógrafo e sua equipe estão arrumando meu escritório. Venha. Vou te mostrar o lugar rapidinho antes de te levar para minha sala.

Meu pai era um fanfarrão natural. Eu costumava me sentir desconfortável exibindo minha riqueza, mas ficava desesperado quando se tratava de Bianca. Faria qualquer coisa para impressioná-la. Antes de ir para minha sala, levei-a pelo andar e lhe mostrei todos os diferentes departamentos, apresentando-a às pessoas conforme passava. Para ser sincero, minha presença provavelmente assustava muita gente. Devia fazer, no mínimo, um ano que eu não passava por algumas áreas. Na maior parte dos dias, eu estava mergulhado em pilhas de contratos na minha sala ou fora para alguma reunião.

— É muito maior do que eu pensava — Bianca disse quando saímos da área de análises.

Arqueei uma sobrancelha.

— Espero que esteja se referindo a Montague, e não à foto que te enviei ontem à noite.

Sua pele linda corou.

— Gostaria de manter isto profissional, sr. Truitt.

Parei a algumas portas da minha sala. Bianca parou poucos passos depois de mim quando percebeu que eu não estava mais me mexendo.

— Sr. Truitt? — questionei.

— Estou tentando ser profissional.

Me aproximei dela e me inclinei para sussurrar em seu ouvido.

— Então é melhor tentar me chamar de outra coisa. Porque ouvir você me chamar de sr. Truitt me deixa duro igual a uma pedra. Criei um catálogo visual enorme de encenação durante as semanas que passamos nos falando, *srta. George.* E ouvir *sr. Truitt* dos seus lábios é uma das minhas cenas preferidas.

Quando recuei para olhar para ela, seus olhos estavam dilatados, e vi sua garganta trabalhando para engolir. Eu estava certo de que ainda causava um efeito físico em Bianca George — esse não era o nosso problema. Era sua confiança que eu precisava ganhar de volta.

— Vamos, vou te apresentar para Joel Aster.

Permiti que Joel e sua equipe fizessem o que quisessem por quase uma hora. Bianca ficou nos bastidores e, em certo momento, eu a vi conversando com Cheri, a srta. Peitos Grandes. Tentei identificar o que as duas estavam falando conforme posava para foto atrás de foto, mas era quase impossível. Apesar de poder jurar que havia uma tensão no maxilar de Bianca que não tinha antes. Em certo instante, pedi uma pausa.

Puxando Bianca de lado, eu disse:

— Está se sentindo bem?

— Simplesmente maravilhosa.

Isso não é bom.

— Qual é o problema?

Ela deu de ombros.

— Nenhum. Estava pensando em ir embora agora. A sessão parece ter quase terminado, e *Cheri* está mais do que feliz em cuidar de tudo que você possa precisar.

Segui meu instinto.

— Na verdade, preciso de você. Estamos quase acabando aqui, mas pensei que a revista provavelmente devesse tirar umas fotos exclusivas de onde moro.

— Onde mora?

Me virei para o fotógrafo, que estava ajustando as lentes da câmera.

— Joel, o que acha de tirar umas fotos no meu apartamento em Central Park West?

Ele quase salivou.

— Seria ótimo. Acho que tiramos fotos boas aqui no escritório. Algumas de onde você mora realmente dariam às pessoas uma ideia do verdadeiro Dexter Truitt.

É exatamente o que estou esperando.

— Ótimo. Vou ligar para o meu motorista. Tem bastante luz natural lá. Acho que não vamos precisar dos serviços de maquiagem e luz. — Me virei para Bianca. — A srta. George pode nos falar o que gostaria de ver no meu apartamento.

— Garoto esperto — murmurei baixinho. Bandit nos encontrara na porta, veio para um carinho rápido e foi logo para Bianca. Ela se abaixou e ele enterrou a cabeça em seu peito, quase derrubando-a.

Por isso nos damos tão bem. Você é meu novo braço direito, Bandit. Deixe-a feliz, mas guarde um pouco para mim, certo, amigão?

— Bandit. Deixe Bianca entrar, pelo menos.

— Seu cachorro parece gostar mesmo dela. Nem percebeu que estávamos aqui — Joel disse.

— E a culpa é dele?

Lá dentro, dei um rápido tour a Joel da cozinha e da sala de estar. Enquanto ele admirava a vista do Central Park, voltei à porta da frente onde Bandit ainda estava maltratando Bianca. Segurando sua coleira, dei um leve puxão.

— Venha, rapaz. Vou te subornar com um petisco.

Isso comprou meu braço direito, ele pegou o biscoito e saiu correndo para o quarto nos fundos. Parece que ele fez daquele espaço seu lugar para esconder seus prêmios.

Bianca estava batendo nos pelos cinza minúsculos de sua saia preta, e vi que sua blusa verde-escura tinha um círculo molhado no seio esquerdo.

— Parece que meu cachorro deixou a marca dele em você.

Minha vez.

Ela olhou para baixo e riu.

— Ele é babão.

— Nem me fale. Não consigo fazê-lo dormir em nenhum lugar a não ser na minha cama. Em algumas manhãs, fico preocupado de a minha empregada pensar que desenvolvi um problema que deixa a cama molhada.

— Acho que é muito fofo você deixar que ele durma na cama com você. Mas é um hábito difícil de tirar, e cachorros podem se tornar territoriais quando... sabe... você tem companhia.

— Talvez ele precise se acostumar com isso a partir de agora mesmo. Está disponível para ficar esta noite?

Bianca revirou os olhos para mim.

— Vai me dar um tour ou não?

Joel estava ocupado tirando fotos para testar lugares diferentes na sala de estar a fim de verificar a luz natural das janelas, então coloquei a mão na lombar de Bianca.

— Claro. O que acha de eu te mostrar o quarto primeiro?

— Que surpresa você sugerir isso.

Dei a Bianca o tour completo; ela parecia curiosa conforme andávamos, apesar de ter notado que ela permaneceu na porta no meu quarto. Estava tentando manter distância e, por mais que eu entendesse, meu desejo de avançar era igualmente tão forte quanto o dela de me afastar. Eu tinha a sensação de que nosso impasse era um teste de paciência. O que ela não percebia era que havíamos travado nossa primeira batalha e, graças ao meu eu burro, eu tinha perdido. Mas era uma guerra que eu planejava vencer.

Quando chegamos ao escritório, abri a porta e fechei rapidamente. Ir ao meu apartamento não era algo que eu tinha planejado antes, e havia me esquecido da bagunça que deixara na mesa.

— Está uma bagunça lá dentro — sugeri e comecei a andar na direção da porta seguinte. Mas Bianca não se moveu.

— O que está escondendo lá dentro?

— Nada.

Ela semicerrou os olhos.

— Mais segredos?

— Não é assim.

— Então me mostre. O que está escondendo de mim agora, Dex? Ou devo te chamar de Jay quando mente? — Ela cruzou os braços à frente do peito.

Não tinha como passar ileso por essa. Respirei fundo.

— Está bem.

CAPÍTULO 14

Bianca

Eu não sabia o que dizer. Simplesmente fiquei ali parada, olhando. A mesa enorme estava uma bagunça. Havia pilhas de lascas de madeira, vários blocos de madeira entalhados e descartados, um livro aberto ao lado de um telefone fixo e todo tipo de ferramentas para se trabalhar com madeira espalhados pela mesa. Mas não foi isso que me chamou atenção. Foi o kit de primeiros socorros aberto, junto com um monte de papel-toalha amassado e ensanguentado e, no mínimo, meia dúzia de curativos.

Dex estava atrás de mim. Nenhum de nós tinha falado uma palavra desde que ele acendera a luz. Me virei para encará-lo.

— Por quê? — perguntei.

— Por que o quê?

— Por que me disse que entalhava?

— Quer a verdade?

— Lógico que sim.

Ele passou a mão pelo cabelo escuro.

— Não faço a mínima ideia. Acho que queria parecer um cara normal.

Meu lábio se curvou.

— Você não faz ideia de quais são os hobbies de caras normais, não é?

— Fui criado com privilégios, Bianca. Se te falasse que fazia esgrima no Ensino Médio e passava os fins de semana em regatas de vela, o que teria pensado?

Ele tinha razão. Uma mentira pode se transformar facilmente em muitas.

— Só para você saber, a maioria dos caras com quem saí eram *normais* e nenhum entalhava, Dex.

— Anotado.

— Também tenho quase certeza de que nenhum falava coisas como "anotado".

Ele sorriu sem graça. Vi que ele se sentia mal pelo que fizera. Na verdade, eu tinha certeza de que ele estava se torturando diariamente mesmo quando mentia para mim todos os dias. Parei na porta quando Dex apagou a luz.

— Admito que você se comprometeu com o personagem.

— Ou deveria *ter* me comprometido — ele resmungou.

Quando meu tour acabou, Joel já estava pronto para tirar as fotos. Fez uma série de Dex em pé na janela com a vista do Central Park, seguida de algumas com ele parado diante da lareira enorme que havia no meio da sala de estar. Mas as que gostei mais foram as que ele tirou de Dex sentado no sofá.

Joel tinha acabado de fazer uma pausa quando o celular de Dex tocou. Ele pediu licença e se sentou no sofá para conversar com o que presumi, pela parte da conversa que ouvira, que fosse sua secretária. Enquanto Dex conversava, Bandit subiu no sofá e se deitou ao seu lado, apoiando o focinho comprido no colo do seu dono. Ele acariciou, distraído, a cabeça do cachorro enquanto falava com Josephine. Do outro lado da sala, Joel ergueu sua câmera e começou a tirar fotos do que nós dois estávamos vendo. Só pude imaginar como as fotos ficariam íntimas.

Quando Dex desligou, Joel começou a guardar seus equipamentos.

— Acabou? — Dex perguntou.

— Acho que tenho mais do que suficiente. O senhor vai ficar bem feliz com os resultados.

Dex assentiu, depois olhou para mim.

— Me faça um favor, Joel? Tire mais uma. Gostaria de uma foto com a srta. George.

— Claro.

Dex estendeu a mão na minha direção, e me senti tola por criar problema com uma foto boba, então fui ficar parada ao seu lado. Ele envolveu minha cintura com o braço e me puxou para perto. Joel tirou algumas fotos e, então, Bandit resolveu entrar em ação. Pulou entre nós, uma pata no meu peito e a outra, no de Dex. Demos risada, e Joel tirou mais algumas.

Ficou estranho quando Joel terminou de guardar suas coisas e a câmera. Bom, pelo menos, eu me senti estranha. Joel estendeu a mão.

— Foi um prazer conhecê-lo, sr. Truitt. Enviarei estas fotos para seu escritório daqui a duas semanas.

Dex assentiu.

— Obrigado.

— Vai para Uptown? — Joel se virou para mim. — Talvez possamos dividir um táxi.

Antes de eu poder responder, Dex se intrometeu.

— Na verdade, preciso verificar umas últimas coisas do artigo, Bianca. Acha que pode ficar por mais alguns minutos?

Não era inteligente da minha parte ficar sozinha com ele.

— Adoraria, mas tenho um compromisso.

Dex não iria facilitar.

— Dois minutos. Peço para meu motorista te levar aonde precisar depois de terminarmos para não ter que perder tempo pegando táxi.

Ele acompanhou Joel até a porta antes de eu poder responder. Quando voltou à sala, eu estava sentada no sofá massageando meu pescoço. Estava realmente começando a doer.

— Seu pescoço ainda está te incomodando?

Assenti.

— É muscular. Nada que um banho quente ou uma compressa não conserte.

— Vá mais para lá.

— O quê?

Dex apontou para eu me sentar na ponta do sofá.

— Estes dedos não conseguem entalhar, mas sabem dar uma boa massagem. Deixe, pelo menos, eu te ajudar com isso.

De novo, ele não esperou minha resposta. Tirou os sapatos, subiu no sofá e colocou uma perna de cada lado meu. Então, se acomodou atrás de mim, me envelopando entre suas coxas abertas.

Eu ia reclamar, mas seus dedos apertaram meu pescoço.

Deus, isso é bom. Dois minutos não vão fazer mal.

Dex não estava mentindo; ele sabia mesmo fazer massagem. Seus polegares subiam e desciam nas laterais da minha coluna, e ele aplicava uma pressão firme, massageando em círculos para aliviar a tensão em meus músculos. Relaxando, minha cabeça caiu até meu queixo ficar praticamente no peito. Perdi a noção do tempo conforme ele massageava e pressionava todos os lugares certos. Em certo ponto, ele guiou minha cabeça para o lado esquerdo e focou em uma área à direita no topo da minha escápula. Um pequeno gemido escapou dos meus lábios antes de eu conseguir impedir. Depois disso, apesar de o meu pescoço estar relaxado, comecei a sentir *outras coisas* ficando tensas. Dex estava ficando excitado e, como eu estava sentada entre suas pernas, podia literalmente sentir sua ereção aumentando em minha bunda.

Nossa, isso é muito bom.

Grande parte de mim queria curtir, apreciar a sensação dos seus dedos pressionando meu pescoço dolorido e seu pau duro cutucando minha bunda conforme crescia. Mas, então, me lembrei da *outra vez* que senti Dex em minha bunda. Só que não era Dex... *era Jay.* A noite em que ele tinha aparecido na minha casa sem avisar, e eu praticamente me rocei nele. Ele havia passado uma hora on-line comigo como Dex e, então, deve ter corrido para o meu apartamento a fim de passar a meia hora seguinte como Jay. Ele nem deu um tempo entre suas mentiras. Perceber isso foi como um balde de água fria.

Me levantei de repente.

— É melhor eu ir.

Dex se levantou comigo.

— Desculpe. Não vá. Tentei de tudo. Até pensei na vez em que peguei minha avó transando com meu avô, mas nem *essa* calamidade conseguiu impedir meu corpo de reagir à sua proximidade. Não pedi para ficar para ter contato físico com você. Não ia tentar te seduzir.

Estranhamente, acreditei nele.

— Por que me pediu para ficar então, Dex?

— Queria me certificar de que estava bem depois do acidente nesta manhã.

Mas também queria ver se conseguia te convencer a sair comigo. Podemos começar de novo? Sei que fodi com tudo totalmente... só me dê a chance de te mostrar que sou um homem em quem pode confiar.

Essa era metade do problema. Confiança era uma questão, para começo de conversa, para mim. Eu sabia que tinha uns problemas com meu pai que eram a raiz de muitas das minhas dúvidas. Mas também sabia que era quase impossível ficar perto de Dex sem que algo físico acontecesse entre nós. E ter contato físico com ele antes de ser capaz de perdoá-lo e realmente confiar nele de novo seria um erro.

— Preciso de um tempo, Dex.

— Quanto tempo?

— Não sei.

Ele pareceu ficar em pânico.

— Podemos, pelo menos, continuar conversando à noite?

— Não é uma boa ideia.

— Bianca... o que posso fazer?

Na verdade, me sentia mal por ele. Estendendo a mão, toquei sua face.

— Me dê tempo. Pelo menos algumas semanas.

Ele procurou em meus olhos. Vendo que eu estava falando sério, seus ombros caíram.

— Certo.

Fiquei na ponta dos pés e o beijei na bochecha.

— Cuide-se, Dex.

CAPÍTULO 15

Dex

— Vá se ferrar, Clement.

Às vezes, quando ficava frustrado com a situação de Bianca, passava o tempo assistindo a vídeos no YouTube do meu deus da escultura. O garoto sabia entalhar qualquer coisa com precisão sem sair com um único corte nas mãos. Isso me irritava, mas também me revigorava.

Faça melhor, Dex.

Eu precisava evoluir.

— Belo corte de cabelo, aliás — falei para a tela do computador, me referindo ao seu cabelo loiro liso que estava exatamente do mesmo comprimento, como uma tigela.

Não deveria estar me torturando assim, mas, ultimamente, parecia cada vez mais difícil ocupar meu tempo de forma sã fora do trabalho. Bianca não queria continuar nossas conversas noturnas nem me ver por algumas semanas. Isso basicamente significava muitos dias de enlouquecer lentamente e quase ficar cego por me masturbar.

Jurei usar esses dias com sabedoria. Só porque ela não queria me ver, não significava que eu não poderia avisá-la de que estava pensando nela. Gostei de me referir a esse período de tempo como *Operação Reconquistar Bianca.*

Passo um: aprender a realmente entalhar para poder fazer coisas românticas de madeira para ela. Todas as coisas de madeira! Aposto que, se me esforçasse, poderia entalhar uma cabra melhor do que a que comprei no mercado do Brooklyn.

Me virei para Bandit, que estava sentado ao meu lado assistindo a Clement.

— Genial, certo? Mostrar a ela que estou me esforçando. É sincero e original ao mesmo tempo.

— *Ruff!*

Digitei: *como entalhar uma cabra.*

Infelizmente, não havia vídeos que se encaixassem exatamente em minhas especificações. Cliquei aleatoriamente no primeiro que apareceu na busca.

Era um cara com um sotaque australiano segurando uma bebê gordinha. Havia uma cabra de verdade ao lado deles.

— *Vamos, Bree, fale Dada.*

Toda vez que o homem falava "Dada", a cabra soltava um "*Baa*" comprido.

A bebê dava uma gargalhada quando a cabra emitia um som.

— *Fale Dada.*

A cabra respondia:

— *Baa.*

Gargalhada.

— *Fale Dada... Dada* — o homem repetiu.

— *Baa.*

Gargalhada. Gargalhada.

O que eu estava assistindo?

O homem se virou para a cabra.

— *Amigo, pode parar um pouco? Ela não vai falar se você continuar fazendo-a rir.*

— *Baa!*

Gargalhada. Gargalhada. Gargalhada.

O vídeo acabou. Imediatamente, apertei play de novo. Era viciante e, ouso dizer, minha boca doía de tanto sorrir.

Virando para Bandit, eu disse:

— Imagina? Conversar com um bicho como um ser humano e esperar que ele entenda?

— *Ruff!*

O título do vídeo era *Pixy e Bree falam Dada.*

— É muito ridículo — eu disse, discretamente marcando o vídeo. Esse cara, Chance Bateman, tinha um canal inteiro no YouTube com vários vídeos de seus dois filhos e a cabra. Algum dia, isso seria útil quando eu quisesse garantir que não era o único no mundo que não batia bem. *Foda-se*. Me inscrevi no canal.

Apesar de ter jurado não ligar para Bianca, não significava que não poderia usar uns truques que tornariam impossível ela resistir a me contatar. Quando o telefone tocou, desconfiei que pudesse ser ela.

Atendi.

— Bianca... Eu...

— Você está louco. — Ela fungou. Estava rindo ou chorando. *Ela estava rindo*.

— Mas você está rindo.

— Dex Truitt... Posso ter que editar o artigo para incluir um aviso no fim de que você ficou completamente maluco.

— É, mas você está rindo.

— Como conseguiu entrar no meu apartamento?

— Vamos dizer que seu zelador vai ter um Natal muito bom este ano.

— Me deu um baita susto. Pensei que fosse uma pessoa de verdade, que alguém tinha arrombado meu apartamento e estava se preparando para me matar.

— Mas você está rindo! — repeti.

— Estou — ela concordou. — Você é completamente louco.

Tinha comprado a estátua de Liza Minnelli do proprietário do apartamento falso de Jay e resolvido levá-la para a casa de Bianca. Havia pedido a ele para colocar de um jeito que ela veria no segundo em que entrasse em casa. Trazer de volta as palhaçadas malucas de Jay era definitivamente um risco, mas fiz isso na esperança de ela, eventualmente, aprender a olhar para aquela época com humor.

— Bom, agora precisa descobrir um jeito de tirar o cheiro que tinha naquele lugar de naftalina do meu apartamento.

Eu já estava rindo, mas agora estava gargalhando.

— Vou cuidar disso amanhã.

— Tchau, Dexter.

— Tchau, Bianca.

Depois que desliguei, olhei para Bandit e sorri vitorioso.

— Ela adorou.

No domingo, fui ao mercado do Brooklyn. Algumas pessoas tinham traficantes de drogas; eu tinha um traficante de madeira. Indo até a barraquinha que tinha a placa Jelani Artesanato do Quênia, fui até o vendedor familiar.

— Oi, eu comprei uma cabra de você há um tempo. Não sei se lembra.

Ainda usando o chapéu colorido da última vez, o idoso me olhou de cima a baixo.

— Sim. Lembro de você — ele disse com um sotaque africano forte. — Está interessado em mais alguma coisa?

— Na verdade, preciso te pedir um favor estranho.

— Ok.

— Tenho tentado de tudo on-line e nada parece estar funcionando. Preciso aprender a entalhar e estava pensando se poderia pagá-lo para me ensinar.

Ele jogou a cabeça para trás, rindo.

— Levei anos para aprender a fazer isso, aperfeiçoando minha habilidade desde que era um garotinho no Quênia.

— Posso imaginar que fazer isso tão bem quanto o senhor levaria anos, mas só estou querendo conseguir alguma coisa, nem precisa ser metade, sem cortar os dedos. Mesmo que fique patético, contanto que dê para reconhecer, serve.

— Menino, por que se incomoda com isso? — Ele estreitou os olhos para mim. — Se trata daquela mulher?

— O senhor é esperto, Jelani.

— Ah. Faz mais sentido.

— Olha, sei que parece loucura. Quando comprei aquela cabra de você, disse a ela que eu mesmo tinha feito. Mas ela acabou descobrindo a verdade. Me arrependo de mentir e estava torcendo para provar o quanto sinto muito mostrando, realmente, um esforço de verdade para fazer algo similar para ela.

Basicamente, estou desesperado, bem perto de perder a única mulher pela qual já senti algo verdadeiro. Faria ou pagaria qualquer coisa pela sua experiência.

Ele suspirou antes de escrever um endereço.

— Me encontre às duas da tarde aqui.

Não tinha tempo de atravessar a ponte para Manhattan e voltar antes do encontro, então fiquei no Brooklyn, tomei um café e andei sem destino até chegar a hora de ir para o endereço em Williamsburg.

Às duas em ponto, bati na porta e aguardei.

O idoso abriu e não disse nada ao sair do caminho para eu poder entrar. Sua cabeça era totalmente careca, o que só percebi agora, já que normalmente ele usava aquele chapéu típico africano. Ele me levou a uma oficina de madeira em um porão sujo.

— Não sei por que, mas imaginei o senhor com a cabeça cheia de cabelo debaixo daquele chapéu — eu disse, apenas tentando conversar.

Ele não pareceu achar engraçado. Foi um início meio esquisito, então olhei em volta.

— Então é aqui que a mágica acontece, hein? Como o senhor começou a entalhar madeira?

— Meu avô me ensinou. Costumávamos vender para turistas lá em Nairóbi.

Ele tinha organizado umas ferramentas em uma mesa e gesticulou para eu me sentar ao seu lado.

— As três coisas principais a lembrar são sempre ir devagar, ter uma faca bem afiada e proteger as mãos. — Ele me entregou umas luvas resistentes. — Não vou te falar o que fazer. Vou te mostrar. Observe e faça enquanto eu faço.

Jelani já tinha desenhado com lápis o molde do animal em duas peças de madeira. Em silêncio, segui cada movimento que ele fez. Praticamente não falamos nada o tempo todo. Demorou quase duas horas porque essa era a velocidade com que estávamos cortando a madeira.

Quase no fim, Jelani se virou para mim.

— Não tenho cabelo por causa da quimioterapia. Estou na metade do tratamento. Câncer de cólon.

Oh, não.

— Sinto muito. Não sabia.

— Tudo bem.

— Como está se sentindo?

— Tem dias bons e uns bem ruins. Hoje é um dia bom.

— Fico feliz em saber disso.

Pensei no fato de que quase nunca se sabe quais cruzes as pessoas estão carregando. Meus problemas com Bianca pareciam banais comparados a isso.

Ao final, acabei com uma cabra meio decente, apesar de estar patética comparada à de Jelani. Mas, mesmo assim, era minha, e eu podia levar todo o crédito com orgulho.

— Não sei como te agradecer por gastar seu tempo fazendo isso.

Enfiando a mão no bolso, peguei um maço de dinheiro.

Erguendo a mão, ele disse:

— Não.

— Por favor...

Jelani empurrou minha mão.

— Tenho que te dar alguma coisa — insisti.

— Então volte uma vez por semana.

Ele acabou de falar o que pensei que falou?

— Quer que eu volte e faça isto de novo?

— Sim. Gosto de companhia. Ajuda a distrair minha cabeça. Quando se vive sozinho, você pensa demais. Foi meio que uma terapia para mim.

Seu pedido me surpreendeu, mas havia apenas uma resposta.

— Posso fazer isso.

CAPÍTULO 16

Bianca

Saindo do meu apartamento a caminho do trabalho, vi um carro preto estacionado em frente. Meu coração pulou. Dex tinha quebrado sua promessa de não me ver, e eu não podia dizer que estava decepcionada.

O motorista saiu e deu a volta.

Ele assentiu.

— Srta. George.

Aguardei a janela descer ou Dex sair, mas nada disso aconteceu.

— Cadê Dex?

— O sr. Truitt me instruiu a estar à sua disposição esta semana.

— Ele não está aqui?

— Não. Ele gostaria que eu a levasse em segurança ao seu destino.

— Oh. Hum... ok. Obrigada.

Ele abriu a porta de trás e me deixou entrar. Depois de lhe dar o endereço do prédio, imediatamente atendi ao celular.

— Bianca — Dex respondeu.

O som da sua voz grave e tranquila me dava arrepios.

— O que está fazendo?

— É mais confortável do que a garupa da minha bicicleta, não é?

— É, da bicicleta do *Jay*. — Balancei a cabeça. — Nem imagino o quanto teve que ser rápido para fazer a bicicleta aparecer naquele dia, aliás.

— Vamos dizer que eu estava extremamente motivado.

— Qual é a do serviço de motorista?

— Pensei que gostaria de um descanso dos táxis perigosos. E eu estava querendo mudar a rotina. Estou indo de táxi para o trabalho. Sam está à sua disposição a semana inteira.

— Não é necessário, de verdade.

— Sei disso. Mas, se não posso estar com você, pelo menos sei que está sã e salva em boas mãos.

— Não posso usá-lo esta noite — eu disse.

Como deveria contar a ele que tinha aceitado sair com um colega de trabalho?

Um dos editores no trabalho, Eamon Carpenter, tinha me convidado para sair. A palavra "não" estivera na ponta da língua até eu perceber que talvez fosse bom, para mim, sair com alguém além de Dex. Estaria quebrando minha própria regra autoimposta de não me envolver com homens com quem trabalho, mas seria um teste para ver o quanto meu coração estava envolvido com Dex. Não éramos exclusivos, então conseguiria justificar. Sabia, com certeza, que não deixaria as coisas chegarem a um nível físico com Eamon, de qualquer forma. Então, pensei que não faria mal algum.

Me senti obrigada a ser sincera com ele.

— Tenho um encontro esta noite. Sinto que não é certo ir no seu carro.

Não houve mais nada, exceto um silêncio mortal do outro lado da linha. Eu jurava que ele tinha desligado.

— Está aí?

— Estou. — Ele começou a se atrapalhar com as palavras. — Só estou um pouco surpreso, para ser sincero. Não tenho... Quero dizer, eu...

— Não tem o quê?

— Não tenho saído com ninguém. Só presumi que...

Ele estava com dificuldade em dizer.

— Presumiu que eu não sairia com ninguém durante essa pausa?

— Acho que só estava com esperança. — Mais silêncio antes de ele perguntar: — Aonde ele vai te levar?

— Bistro Nince. — Suspirei. — Não é nada sério, Dex. Não planejo deixá-lo...

fazer nada.

Sua respiração ficou mais pesada.

— Você está bem?

— Tenho que ir — ele respondeu abruptamente.

— Está bem, eu... — Ele tinha desligado antes de eu ter a chance de falar mais alguma coisa.

Mais tarde, quando cheguei ao escritório, havia um pacote na minha mesa. Ao abri-lo, percebi que continha as fotos da sessão de Joel na casa de Dex. Era para Dex ter escolhido suas preferidas para serem usadas no artigo. Daquelas que ele escolhesse, eu iria escolher três ou quatro.

As duas primeiras eram de Dex em frente à janela olhando para o parque. Fiquei maravilhada com sua beleza; seu cabelo preto brilhante, sua estatura alta, suas roupas impecáveis, suas mãos grandes e másculas. Em uma das fotos, ele me lembrou uma versão mais bonita de James Bond quando interpretado por Pierce Brosnan, mas com mais pelo no rosto.

Havia mais duas com ele diante da lareira. As duas seguintes eram dele e de Bandit no sofá.

Meu coração apertou. A última estava emoldurada e tinha um bilhete.

O sr. Truitt quis que esta ficasse com você. Não é para o artigo.

Era a foto de Dex, eu e Bandit, aquela em que o cachorro colocou uma pata em mim e outra em Dex. Estava me deixando emotiva. Claramente, ele havia enviado isto antes da nossa conversa naquela manhã. Me sentia culpada.

Caramba, Dex.

A realidade era que eu não queria sair com Eamon. Estava me obrigando a fazê-lo a fim de provar que ainda tinha capacidade de me conectar com outra pessoa, mesmo que meu coração estivesse prestes a ser destruído pelo sr. Milionário Arrogante. Era um mecanismo de autoproteção. Lá no fundo, eu sabia disso... mas Dex não.

Eu sabia que Eamon percebeu que eu estava preocupada. Ficava verificando meu celular para ver se Dex tinha enviado mensagem. Ele não tinha falado uma palavra desde a revelação do meu encontro, e fiquei pensando que tinha estragado as coisas.

Me repreendi mentalmente por ficar obcecada por Dex enquanto estava em um encontro com outro homem.

Tentando conversar para levar minha mente a outro lugar, perguntei:

— Qual é a novidade na sua parte da revista? Qual é o próximo projeto?

— Vou entrevistar Harry Angelini, da Markel Corporation, na semana que vem. Mas, sinceramente, todo mundo só fala da sua exclusiva com Truitt.

Ótimo. Muito bom para parar de pensar nele.

— É. Foi muito boa.

— Não consegui ler o primeiro rascunho, mas as pessoas falaram que está bem completa, como se você tivesse passado meses com ele.

— Foi... um formato contínuo. — Pigarreei. — Achei melhor assim do que fazer com pressa.

— Acho que conseguiu bastante coisa.

O garçom se aproximou com um pratinho.

— Uma sobremesa para você.

— Não pedimos sobremesa.

— Sim. Bem, na verdade, foi cortesia de alguém que ligou e queria que lhe desse.

Quando olhei para o prato, quase arfei. Em cima de uma calda de caramelo havia duas bolas gigantes de chocolate.

— O que é isto?

— É tartufo. Bolas de sorvete.

Bolas.

Meu rosto ruborizou. *Dexter*. Tinha que ser.

— Ok. Obrigada.

— O que foi isso? — Eamon perguntou.

— Não sei — menti. — Pode me dar licença? Tenho que ir ao banheiro. Por favor, comece a comer a sobremesa sem mim.

Assim que entrei no banheiro, enviei mensagem para ele.

Bianca: As bolas de sorvete foram de você?

Três pontos apareceram imediatamente na tela.

Dex: Sim. Aproveite.

Bianca: Não deveria ter feito isso.

Dex: Bom, sei que gosta de bolas. E queria me desculpar por meu comportamento estranho esta manhã. Você tem todo direito de sair com quem quiser.

Bianca: Obrigada, mas não precisa se desculpar. Sua reação é compreensível.

Dex: Instruí Sam a esperar do lado de fora do restaurante no caso de você precisar de carona. Se ele não estiver estacionado, estará dando a volta no quarteirão. Não preciso dele esta noite, de qualquer forma. Se resolver não aproveitar a carona, tudo bem. Mas ele está aí se precisar.

Bianca: É muito gentil da sua parte. Obrigada. O que está fazendo esta noite que não precisa de carro?

Dex: Resolvi ficar em casa.

Bianca: Ok. Bom, tenha uma boa noite.

Dex: Você também.

Sua mudança repentina de atitude pareceu esquisita. Quase pensei que ele estivesse usando psicologia reversa, embora nunca poderia saber com certeza.

Quando voltei à mesa, Eamon tinha devorado sua bola e pagado a conta.

— Estava bom? — perguntei.

Ele lambeu os lábios.

— Estava ótimo.

Alguns minutos mais tarde, olhei para a hora e disse:

— Hoje foi muito divertido. Mas tenho que acordar cedo amanhã, então acho que vou para casa, se não tiver problema.

— Podemos dividir um táxi?

— Na verdade, tenho que parar em um lugar na volta, então vou para casa sozinha.

— Ok, claro.

Ele pareceu bem decepcionado, mas, na verdade, era melhor não lhe dar esperanças. Eu realmente não deveria nem ter saído, se meu coração não estava bem com isso.

Disse a Eamon que precisava ir ao banheiro, então ele saiu primeiro do restaurante.

Lá fora, claro que vi o carro estacionado do outro lado da rua.

Acenei.

— Olá, Sam.

— Boa noite, srta. George — ele cumprimentou ao abrir a porta para mim.

Quase tive um infarto quando vi quem estava no banco de trás.

Primeiro, pensei que fosse Dex. Mas não. Era a estátua de Liza Minnelli. Entrando no banco de couro, comecei a rir histericamente.

— Desculpe, senhorita. Ele me mandou fazer isso. — Ouvi Sam dizer. — Para onde?

Para onde eu iria?

Havia apenas um lugar para onde eu queria ir naquela noite.

— Casa do sr. Truitt, por favor.

CAPÍTULO 17

Dex

Bandit estava latindo igual a um doido. Virei o registro do chuveiro para fechar a água e ouvir o que o estava enlouquecendo. Geralmente, ele não latia. Entre seus *ruffs*, o som baixo da campainha ecoou por debaixo da porta do banheiro.

Merda.

Saindo, peguei uma toalha, enrolei na cintura e fui para a porta da frente. Quando olhei pelo olho mágico, não tinha ninguém do outro lado. Mas Bandit ainda estava doido, então abri a porta e coloquei a cabeça para fora no corredor. Meu coração começou a martelar quando vi Bianca parada diante das portas do elevador, olhando para baixo.

— Bianca?

Ela olhou para cima.

— Dex. Você não atendia. Pensei que tivesse saído.

— Estava no banho. — As portas do elevador se abriram, e ela se virou para encará-las, depois olhou de volta para mim, e de volta para o elevador aguardando. Claramente, ela estava pensando se ia embora. Após alguns segundos, tomou sua decisão.

— É melhor eu ir. Foi um erro vir aqui. Desculpe.

— Bianca! Espere!

Ela congelou com um pé dentro do elevador. Não dava a mínima se ainda estava encharcado e só de toalha, e saí correndo pelo corredor atrás dela.

— Não vá. Por favor. — Segurei seu cotovelo e esperei enquanto ela pensou de novo.

Quando finalmente assentiu, respirei fundo. Nunca que lhe daria tempo para mudar de ideia de novo, então a conduzi rapidamente para longe de qualquer fuga disponível e para dentro do meu apartamento.

Apesar de ter conseguido fazer com que entrasse em minha casa e fechasse a porta, ela ficou apenas ali parada e olhando para os pés.

— Bom, essa é uma boa surpresa — eu disse.

— Não deveria estar aqui.

— Acho que está errada. *Aqui* é exatamente onde deveria estar. Onde não deveria ter ido esta noite era naquele encontro.

Bandit estivera em pé ao meu lado e escolheu esse momento para ir até Bianca. Ele se sentou em cima dos seus pés e empurrou a cabeça em sua virilha. Ela sorriu e acariciou o topo da cabeça dele.

Bom garoto. Me lembre de comprar um osso para você. De elefante.

— Parece que nosso cachorro concorda comigo.

Ela ergueu a cabeça rápido.

— *Nosso* cachorro?

— É. Sinto que ele pertence a nós dois, já que ajudou a nos unir.

— Se não estou enganada, na verdade, ele ajudou a nos separar. Vi você no abrigo. Foi assim que descobri quem realmente era, lembra?

Dei um passo para mais perto.

— Não enxergo assim.

Ela bufou.

— Então precisa de óculos, Truitt.

Outro passo.

— Não preciso de óculos para saber que você está linda agora. — Seu cabelo estava solto e cacheado, com um estilo esvoaçante. Ela estava absolutamente esplêndida usando um simples vestido preto tomara que caia. Seus lábios estavam pintados com um vermelho-sangue e, quando sua língua saiu para molhá-los, não consegui parar de olhar.

— Dex... — Sua voz era baixa, mas havia um alerta nela. Ela devia saber o quanto me afetava olhar para ela.

— Bianca… — imitei-a e dei um passo hesitante para mais perto.

Quando ela não fugiu, não que tivesse algum lugar *para* onde fugir, já que estava com as costas contra a porta da frente, entendi como um sinal para continuar avançando. Ela olhou para baixo, e tive a sensação de que estava tentando se controlar. Que pena que a única coisa que eu queria era fazê-la perder o controle.

— Seu encontro acabou cedo. Eamon não foi bom para você como eu sou?

Ela semicerrou os olhos.

— Como sabia que o nome dele era Eamon?

Merda.

— Não importa. Você foi embora cedo. O que importa é que está aqui agora, e não com aquele limpador de bunda.

— Ele não é limpador de bunda, e *importa*. Como sabia o nome dele?

— Meu motorista pagou ao maître para conseguir o nome da sua reserva.

— Por quê?

— Porque eu precisava saber quem era meu concorrente no caso de você gostar dele o suficiente para sair com ele por outros motivos, que não uma tentativa de me esquecer.

Ela arregalou os olhos.

— Você é tão convencido. Acha que meu encontro teve algo a ver com você? *Novidade, Dexter Truitt*: o mundo não gira em torno de você.

— Sério? Que pena. Principalmente porque o meu parece girar em torno de você ultimamente.

Nos encaramos. Claramente, havia milhões de pensamentos percorrendo sua cabeça conforme seus olhos iam de um lado a outro. Infelizmente, ela parou em um que eu esperara que já tivesse esquecido.

— É melhor eu ir — ela sussurrou.

Fiquei desesperado e acabei com o pequeno espaço que sobrou entre nós. O calor dos nossos corpos estava irradiando, e o cheiro do seu perfume engolia meus sentidos. Quando olhei para baixo, percebi que seu peito estava subindo e descendo tão rápido quanto o meu. Não podia deixá-la ir. Simplesmente não podia.

— Não vá.

— Preciso ir.

Reconhecendo que eu estava sem tempo e ela estava prestes a correr, usei a única coisa que eu sabia que era sua fraqueza: sua atração por mim. Segurando seu rosto, suas bochechas, plantei meus lábios nos dela.

— Fique. Não vá.

Então devorei sua boca. Ela abriu sem hesitação, e minha língua mergulhou para encontrar a dela. Sentir que se rendeu fisicamente a mim facilmente foi um tesão completo. Pressionei meu corpo no dela, prendendo-a entre a porta e meu peito nu. Seus peitos se empinaram, implorando para serem libertados do seu vestidinho tomara que caia, e a sensação da sua pele nua na minha era incrível pra caramba. Queria erguê-la e segurá-la nos braços enquanto a carregava para o meu quarto.

Estava prestes a fazer isso, quando Bianca se aconchegou em meu peito. Sua voz estava sem fôlego, e ela não parecia querer dizer uma palavra.

— Dex. Precisamos ir devagar.

Apoiei minha testa na dela.

— Estou tentando ir devagar desde quando te conheci. Parece que só tenho uma velocidade quando se trata de você, Georgy.

Seu lábio se curvou.

— Georgy? Não é assim que Jay costumava me chamar?

— É. Mas é do que te chamo na minha cabeça desde quando te conheci.

Ela pensou nisso por um instante.

— Eu gosto. É fofo.

— Sempre tem a primeira vez. Não sei se alguma mulher já me chamou de fofo.

— Essa é a questão com você, Dex. Por fora, você parece ser algo bem diferente do que vislumbro em seu interior.

Seu batom vermelho sexy estava borrado. Limpei seu rosto com o polegar.

— Ah, é? Isso é bom ou ruim?

— É bom. Significa que, lá no fundo, você não é o idiota que mostra às pessoas por fora. Aquele que mente para mulheres em elevadores.

Um flash do que vi quando as luzes do elevador se acenderam naquele dia me veio à cabeça.

— Te achei linda quando te vi pela primeira vez.

— Achei que você não era tão ruim assim.

— Sou tão inacreditavelmente atraído por você. Por semanas, não consegui pensar em você sem ficar duro.

Bianca corou.

— Acho que sinto essa atração pressionando meu quadril neste momento.

Sorri, mas não tentei me mover.

— Sinto muito.

— Não sente, não. — Ela empurrou meu peito. — Vá colocar umas roupas. Precisamos sentar e conversar. E você não pode estar de toalha.

— Posso tirá-la.

Ela gesticulou na direção da minha bem visível ereção, depois balançou a cabeça e apontou para o corredor, para o meu quarto.

— Essa coisa me distrai. Vá. E não volte a menos que esteja... menor.

Precisei de dez minutos para colocar a cabeça no lugar. Sem contar que tive que controlar minha ereção. Bianca estava ali, em vez de com seu encontro. Era um começo. Se eu conseguisse controlar meu pau, talvez tivesse uma chance, afinal.

Vesti uma calça jeans e uma camiseta escura, depois passei perfume e penteei meu cabelo úmido para trás. Então verifiquei de novo se minha ereção estava adequadamente murcha e voltei para a sala. Bianca estava olhando pela janela.

— Quer algo para beber? — perguntei.

— Vai beber alguma coisa?

— Eu ia abrir uma garrafa de vinho. Gosta de tinto?

— Gosto.

Demorei duas vezes mais para abrir a maldita garrafa, já que o balcão da cozinha dava para a sala onde Bianca estava olhando para fora. Não conseguia parar de olhar para ela. Ela era linda – um homem teria que ser cego para não ver isso. Mas era mais do que isso. Sentia uma atração por ela que estava ali desde quando a conhecera, mesmo antes de as luzes se acenderem naquele elevador escuro. Estávamos conectados de alguma forma, eu sabia. Só precisava mostrar a ela que era mais do que físico.

— Aqui está. — Entreguei sua taça.

— Obrigada. — Ela se virou de costas para a janela.

— Você está bem longe nos pensamentos.

Ela deu um gole no vinho.

— Acho que estou.

— Bom, estou sem ereção e sou todo ouvidos.

Bianca olhou para baixo e suspirou.

— Que pena ter desperdiçado isso.

Tentando meu máximo para ficar no melhor comportamento, mordi a língua.

— Por que não nos sentamos para podermos conversar?

Depois de nos sentarmos, esperei que ela falasse primeiro. A chave para conseguir que Bianca me perdoasse era ser paciente, então pensei em começar a praticar com coisas fáceis. Ela traçou a beirada da taça algumas vezes com o dedo, então disse:

— Meu encontro era um cara legal.

Fechei os olhos rapidamente e os abri.

— Suponho que, se vai sair com alguém que não seja eu, gostaria que, no mínimo, fosse um cara legal, para o seu bem.

— Obrigada.

Não consegui me conter.

— Para deixar claro, só porque ele pode ser um cara legal, não significa que não gostaria de dar uma surra nele neste momento.

Ela balançou a cabeça, mas sorriu.

— Não precisa se preocupar. Não vou sair com ele de novo.

Bebi meu vinho, observando-a por cima da taça.

— Posso ter perdido a vontade de bater nele de repente, não sei por quê.

Estávamos sentados no sofá um ao lado do outro, e Bianca virou o corpo para me olhar de frente.

— Queria gostar dele. Sentir os sinos conforme ele falava no jantar, e queria *querer* ir para casa com ele depois de comermos, para transarmos loucamente.

Sei que provavelmente eu merecia que ela se sentisse assim depois do que eu tinha tramado, mas ouvi-la dizer isso realmente doía.

— Bom, só você queria.

— Não quero querer estar com você.

— É, estou entendendo isso claramente.

Ela colocou a taça na mesa de centro e me olhou nos olhos.

— Mas, por mais que não queira me sentir assim, eu sinto. Tenho tentado me obrigar a parar de pensar em você, tentado me distrair com outro homem. Ainda assim, aqui estou, no fim da noite do meu encontro.

Coloquei minha taça na mesa ao lado da dela.

— Olha, Bianca. Eu estraguei tudo. Sei disso. Já me desculpei e vou continuar me desculpando. Mas não pode negar que há algo acontecendo aqui que vale a pena dar outra chance. — Acariciei sua bochecha. — Dê uma chance para mim, Georgy. Dê uma chance.

CAPÍTULO 18

Bianca

Finalmente, admiti para mim mesma que estava mais com medo de *não* dar uma chance do que de me machucar de novo. Às vezes, a recompensa vale o risco.

Olhei nos olhos de Dex.

— Sempre será sincero comigo?

— Juro que sim.

Mordi o lábio inferior. A verdade era que não conseguia imaginar nunca mais ver esse homem. Havia algo entre nós. Algo que eu nunca tinha sentido. Nossa conexão era muito forte; era impossível seguir em frente.

— Ok.

O rosto de Dex se iluminou, como se eu tivesse simplesmente acendido as luzes na manhã de Natal e ele tivesse visto a sala cheia de presentes.

Foi realmente adorável.

— Ok? Então vai me dar outra chance?

Eu precisava ficar séria, mas não consegui me conter e sorri, pois ele parecia muito feliz.

— Isso. Mas... precisamos ir devagar. Quero começar de novo.

— Posso fazer isso.

— Começar de novo significa sair. Nos conhecermos. Quero conhecer o verdadeiro Dexter Truitt.

Ele se aproximou de mim no sofá.

— Sou um livro aberto.

— Ótimo. Provavelmente é melhor começarmos saindo para um encontro.

— Adoraria. — Ele se aproximou mais, e nossos joelhos agora se tocavam. Eu estava de vestido e, quando sua mão encostou no meu joelho nu, senti em todo o corpo. Seu polegar acariciou gentilmente minha pele.

Seu toque estava provocando arrepios, ainda assim, consegui dizer:

— Não transo no primeiro encontro.

Ele se inclinou.

— O que você *faz* no primeiro encontro?

Minha mente podia querer ir devagar, mas meu corpo tinha outras ideias quando ele começou a mexer no meu cabelo comprido.

— Nada muito interessante.

— E beijo? Você beija no primeiro encontro? — ele falou sobre meus lábios.

Não havia nada que eu quisesse mais do que beijá-lo de novo. Bem, talvez houvesse *outras* coisas que eu quisesse ainda mais, mas isso definitivamente teria que esperar também. Me levantei abruptamente.

— Preciso ir.

Dex se levantou.

— Porque não confia em si mesma para ficar no meu apartamento comigo?

— Não, e sabe disso. Sabe que sou atraída por você fisicamente, e estou vendo que vai dificultar bastante para mim, se eu ficar. Então vou me retirar desta situação. Porque vamos devagar.

Ele não escondeu sua decepção.

— Quando vou te ver de novo?

— Sexta à noite. Pode me levar para sair em um jantar adequado como Dexter Truitt. Acho que é mais seguro um lugar público, por enquanto.

O sorriso de Dex foi malicioso.

— Se pensa que ficar em público comigo vai me impedir de provocar você, então acho que precisa desse encontro para me conhecer melhor.

Revirei os olhos, apesar de secretamente adorar que ele admitisse não conseguir se controlar perto de mim também.

— Boa noite, Dex.

— Boa noite, Georgy.

Estava com o pior nervosismo de primeiro encontro da vida – que devia estar relacionado com o fato de não ser realmente nosso primeiro encontro. Tinha acabado de descartar o terceiro vestido que provava e agora estava sentada na cama só de sutiã e calcinha, pausando para relaxar. De olhos fechados, respirei fundo algumas vezes e comecei a me concentrar no som das minhas bolas de meditação, murmurando enquanto as massageava na palma da mão. Girei o pescoço algumas vezes, relaxando minha postura, e, bem quando comecei a encontrar minha calma, a campainha tocou.

Merda. Peguei o celular e fiquei chocada por ver que já faltavam dez minutos para as sete. Devo ter desperdiçado quase uma hora provando roupas e tentando meditar, quando pensara que tinha sido uns quinze minutos.

Merda. Merda. Merda.

Me cobrindo com um robe, fui até a porta e apertei o botão do interfone.

— Dex?

— O próprio.

Apertei para abrir para ele. Não havia tempo de me vestir, mas fui rapidamente para o espelho do banheiro me arrumar. Mesmo que tivesse feito o cabelo mais cedo, colocar e tirar vestidos o tinha bagunçado.

Quando terminei, destranquei a porta e aguardei. Dex saiu do elevador, e o vi caminhar no corredor comprido até a porta do meu apartamento. Deus, ele estava muito bonito. Usava um blazer preto com calça preta e uma camisa cinza, sem gravata. Mas era o jeito que ele andava até minha porta, cheio de estilo e confiança, que fazia minha pulsação acelerar. Havia realmente um friozinho na minha barriga conforme ele se aproximou da porta.

Dex segurou meu rosto com uma mão e me deu um beijo casto. Depois, falou sobre meus lábios:

— Pensei que quisesse ir devagar.

— Eu quero.

— Atender à porta nesse robe me olhando assim não é exatamente o jeito de ir devagar.

Balancei a cabeça, torcendo para acordar meu cérebro.

— Desculpe. Perdi a noção do tempo. Entre. Só preciso de alguns minutos. — Abri a porta e entrei no apartamento, mas, ao me virar de novo, vi que Dex não tinha me seguido para dentro. Ele estava parado na minha porta aberta.

— Acho que é melhor eu esperar aqui fora.

— O quê? Não seja ridículo. Entre.

Seus olhos baixaram para os meus seios. Eu estava totalmente coberta, mas meu robe de seda não fazia nada para esconder meus mamilos atrevidos. Eles estavam aparecendo através da renda do sutiã e do tecido fino, parecendo tão ansiosos e empolgados quanto eu estava. Cruzei os braços à frente do peito.

— É culpa sua.

— Minha?

— É. Se você não estivesse todo... — Balancei a mão para cima e para baixo. — Todo estiloso e sexy, eles não estariam lhe cumprimentando. E você me beijou. O que queria?

Ele sorriu.

— Estiloso e sexy?

Revirei os olhos.

— Só entre e se sente.

— Ok. Mas não posso garantir que não ficarei sexy.

Despareci no meu quarto e deixei Dex sentado na cozinha. Depois de outra vasculhada no armário, finalmente escolhi um vestido vermelho que adorava. Era uma das cores de enlouquecer, e a única vez que o tinha usado foi quando saí para um barzinho com minhas amigas do trabalho. Eu tinha atraído mais atenção do que nunca naquela noite. Então, por isso mesmo, nunca mais o usara. Mas, naquela noite, eu estava me sentindo ousada e queria que Dex não conseguisse tirar os olhos de mim da mesma forma que eu parecia não conseguir parar de olhá-lo.

A expressão de Dex me disse que eu tinha tomado a decisão certa quando entrei na cozinha. Ele estava olhando algumas fotos das minhas sobrinhas que eu tinha grudadas na geladeira e se virou ao me ver.

— Você está... — Ele parou de falar. Depois fez uma careta. — Talvez devesse se trocar.

Franzi o cenho.

— Não gostou do meu vestido?

— Adorei.

— Então não entendi.

Dex veio até mim.

— Você está linda. Vermelho é definitivamente a sua cor. Mas esse vestido... Vou me meter em encrenca esta noite, e sei disso.

Dex me levou a um dos lugares mais exclusivos do Upper West Side. The Chapel era uma antiga igreja convertida em um restaurante sofisticado. Com vitrais originais, era popular não apenas pelo ambiente, mas por sua cozinha eclética. Demorava semanas, senão meses, para conseguir uma reserva.

Desdobrando meu guardanapo de pano, eu disse:

— Perguntaria como conseguiu uma reserva, mas presumo que consegue praticamente qualquer coisa que quiser nesta cidade.

— Bom, essa deve ser a frase mais irônica do ano. Com certeza, *não consigo* o que eu quiser. Se isso fosse verdade, eu estaria debaixo desta mesa agora mesmo com a cabeça entre as suas pernas.

Apertei meus músculos.

— Você é um desgraçado tarado.

Ele brincou com seu relógio.

— Nunca tentei esconder esse fato de você. E seu rosto está ficando mais vermelho do que seu lindo vestido. Sabe que ama a ideia da minha cabeça debaixo da sua saia, minha boca te fazendo gozar. Admita.

Eu amava.

— É uma ideia prazerosa, sim.

— Você aprendeu, ao longo das nossas conversas, que sou muito bom no meu trabalho, mas o que ainda não sabe é que sou bom demais com a língua. Claro que não é uma coisa que eu poderia ter dito em uma entrevista. É só algo que vou te mostrar quando a hora certa chegar.

Dex tinha uma capacidade inacreditável de parecer controlado quando estava falando safadezas em lugares públicos. Apostaria que qualquer um que o visse de longe poderia ter suposto, facilmente, que estávamos falando apenas de negócios. Eu, por outro lado, estava me contorcendo na cadeira.

Ele mexeu as sobrancelhas.

— Aliás, trouxe uma coisa para você.

— Sim? — Sorri.

Ele tirou algo do bolso interno. Parecia um animalzinho de madeira. Diferente do último que ele me dera – que Jay me dera –, esse estava longe de ser perfeitamente entalhado.

— Fiz para você — ele disse, orgulhoso.

— O que é?

— É uma cabra. Não dá para identificar?

— Oh, claro — menti. Não conseguia identificar o que era. — Foi você que fez?

— Sim. Estou fazendo aula com um mestre do entalhe. Quando ele terminar comigo, planejo entalhar o mundo para você, baby.

— Não é necessário. Por que sente a necessidade de continuar essa parte da sua fachada?

— Não se trata disso... não mesmo. Acho que, sem querer, desenvolvi respeito pela arte da qual antes zombava. E, agora, realmente gosto de tentar pôr a mão na massa. Também estou em uma competição bem perturbadora, sozinho, com um YouTuber de dez anos. — Ele abriu um sorriso. — Isso é estranho?

— É. — Dei risada. — Mas você é meio estranho e excêntrico... de um jeito bom. Então, combina. — Olhei para a quase irreconhecível cabra. — Mas isto é precioso. Vou guardar ainda melhor do que a primeira, porque realmente veio de você.

— Que bom. — Ele deu uma piscadinha.

Quando terminamos de comer, minha atenção se voltou para um casal que tinha acabado de chegar. Estavam sentados na nossa diagonal. A mulher era alta, linda e bem mais jovem do que o homem. Seu cabelo loiro estava repartido de lado e puxado em um coque baixo. Sua blusinha sem manga de cetim champagne era decorada por um colar de pérolas. Havia uma bolsa vermelha Birkin que eu sabia que deveria ter custado milhares de dólares no chão ao lado da sua cadeira.

Quando o homem se levantou da mesa, os olhos dela travaram nos meus antes de ela começar a digitar alguma coisa.

O celular de Dex de repente vibrou, fazendo-o olhar e verificar. Então ele se virou e olhou diretamente para a loira. Agora ela estava sorrindo diretamente para nós.

O que é isso?

— Porra — ele sussurrou.

— Aquela mulher acabou de te mandar mensagem?

Ele cerrou os dentes.

— É Caroline.

Caroline.

Meu estômago se revirou. De repente, a mulher que parecera atraente segundos antes se tornou dez vezes mais linda em minha mente – mais ameaçadora. Percebi que a boca que estava curvada em um sorriso era a mesma que estivera habituada a envolver o "pau lindo" dele.

Confusa com ciúme, perguntei:

— O que ela acabou de te escrever?

Dex sabia que não conseguiria esconder, então simplesmente me entregou o celular.

Caroline: Então é por isso que não vai mais transar comigo...

Devolvi a ele.

Caroline viu que ele tinha me mostrado a mensagem e começou a digitar de novo.

Quando seu celular tocou, perguntei:

— O que diz?

Com relutância, ele virou a tela para mim.

Caroline: Certifique-se de contar a ela que você gosta de brincadeira anal.

Uma onda de adrenalina me acertou.

— Oh, sério? — Bufei. — Bom saber.

Parecia que Dex estava ficando bravo.

— Ela está te zoando, Bianca, porque viu que está olhando meu celular.

Quando o encontro de Caroline voltou à mesa, as mensagens pararam, e sua atenção se voltou para o homem mais velho com quem ela estava jantando.

— Desculpe — Dex pediu.

— Tudo bem. Não podemos mudar nada do que aconteceu antes de nos conhecermos.

Ele viu claramente que eu não estava realmente bem e disse:

— Vamos sair daqui.

— Não. Aí ela vai saber que me chateou. Não quero lhe dar essa satisfação.

— É, bem, a alternativa... ficar... vai te deixar arrasada. Não vou aceitar isso. — Dex colocou dinheiro na mesa para pagar nossa conta e sinalizou para que eu o seguisse.

Me obriguei a não olhar para Caroline quando passamos por sua mesa, e saímos do restaurante.

Fomos até o carro, e Dex instruiu Sam a apenas dirigir por um tempo até sabermos aonde gostaríamos de ir.

Dex pegou minha mão na dele.

— Sinto muito mesmo por isso.

— Não precisa se desculpar de novo.

— Fico feliz que, pelo menos, conseguimos comer antes de ela aparecer.

Olhei para fora pela janela um pouco antes de dizer:

— Nunca fui muito ciumenta. Queria que não tivesse me magoado tanto.

Era difícil admitir como me sentia, mas vê-la – principalmente como ela era linda – realmente me pegou desprevenida. De uma maneira estranha, me fez querê-lo mais porque, de repente, me sentia insegura e possessiva.

— Acho que é adorável você estar com ciúme. E também me alivia um pouco, porque mostra que gosta de mim em um momento que realmente preciso dessa garantia.

— Eu que estou constrangida agora. Ela era absolutamente maravilhosa.

— Ela é linda fisicamente. Mas muitas mulheres são. É preciso mais do que um rosto bonito para me deixar obcecado. É o que sou por você, Bianca. Você não apenas é a mulher que gosto fisicamente no momento, me apaixonei por sua mente bem antes de ser impossível de controlar meu pau. — Ele apertou minha mão. — E quer falar sobre ciúme? Tem ideia de como fiquei arrasado a cada segundo que estava naquele seu encontro? Mas é bom ser claro com esse tipo de coisa. Devemos ser sinceros quanto aos nossos sentimentos, principalmente quando nos ajuda a determinar onde estamos em relação ao outro.

Falando em sinceridade, algo estivera me incomodando há um tempo. Era o único segredo que eu tinha escondido. Tinha lhe repreendido por sua fraude, quando eu mesma escondia algo. Pareceu a hora certa para confessar o que me levou a ele, em primeiro lugar.

Minhas mãos estavam suando.

— Tenho que te contar uma coisa.

Parecendo preocupado com meu tom, ele soltou um pouco minha mão.

— Certo...

Aqui vai.

— Te repreendi por sua desonestidade, mas não fui totalmente verdadeira com você quanto a uma coisa. Há uma informação que estive escondendo de você desde o dia em que nos conhecemos.

— Não me diga que tem a ver com outro homem.

— Não.

— Ainda bem.

— Bom... não do jeito que está pensando.

— Do que está falando?

— Houve um motivo para eu ter me voluntariado para te entrevistar. Não foi apenas para matar a curiosidade.

— Ok... então o que foi?

— Seu pai foi o motivo.

— Meu pai...

— É.

— O que tem meu pai?

— Minha mãe costumava trabalhar para ele.

— Sua mãe... trabalhou para o meu pai? O que ela fazia na Montague?

— Foi secretária dele por um tempo.

— Está brincando?

— Não.

— Deus, ele teve tantas secretárias. Por quanto tempo ela trabalhou para ele?

— Não sei muito bem. Muitos anos.

— Bom, certamente é mais do que a maioria.

— Eu sei. Mas seu pai a demitiu, e isso gerou muitos problemas sérios de dinheiro para minha família porque dependíamos daquele salário. Dexter pai aparentemente pagava muito bem. Tínhamos nos acostumado a ter aquela segurança.

— O que aconteceu depois disso?

— Bom, eu era muito nova para lembrar, mas, pelo que minha mãe me conta, a empresa do meu pai passou por dificuldades na mesma época, e ele perdeu uma boa parte da renda. Esse foi meio que o ponto em que os problemas conjugais dos meus pais realmente começaram. Meu pai teve um caso nessa época. Então o fato de a minha mãe perder o emprego realmente foi o início do fim.

— E você associa todas essas coisas ruins com o que meu pai fez. Foi meio que catalisador.

— É. Sei que não foi diretamente culpa dele, mas me fez querer, de alguma forma, me vingar dele ao conduzir a entrevista com você. Originalmente, eu tinha planejado dificultar para você. Mas isso nunca aconteceu, claro, porque logo vi que você não era nada igual ao seu pai.

— Não acredito que escondeu isso de mim.

— Bem, acho que entende a necessidade de esconder uma verdade desconfortável.

Ele assentiu.

— Com certeza, e não a culpo por não querer admitir suas intenções originais. Só queria que tivesse se aberto antes. Não teria usado isso contra você. Não me conhecia na época e, sinceramente, meu pai foi um ser humano de merda, então você tinha toda razão em querer retaliação.

— Nunca iria querer fazer algo para te magoar agora, Dex. Por favor, acredite nisso. Me sinto tola, pensando bem nessa época.

— Sabe o que acho?

— O quê?

— Nós dois cometemos erros... principalmente eu. Acho que cansamos de mentir e de pedir desculpa um para o outro. Por que não paramos de revirar o passado? Vamos parar de deixar outras pessoas atrapalharem nossa felicidade também, que seja o Jay fictício, Caroline ou meu pai. Vamos apenas seguir em frente. — Ele beijou minha testa. — A menos que tenha mais coisa a confessar.

— Não tenho. — Sorri. — Obrigada por entender. E tem razão. Não vamos mais focar no passado.

— Poderia ter me contado algo bem pior e, sinceramente, neste momento, Bianca, eu teria compreendido, porque te quero demais. Não posso voltar atrás. Poderia ter me contado que matou alguém, e, quando eu visse, estaria abrigando uma fugitiva.

— Você é louco, Dex.

— Sei que tem problemas de confiança, e que contribuí para isso. Mas realmente quero ajudar a desfazer um pouco do prejuízo.

— Vai muito além do que aconteceu entre nós. O caso do meu pai e o fato de ele nos abandonar quando eu era muito nova realmente me fizeram ser uma pessoa desconfiada, em geral. Não tem homem que uma garota deve confiar mais do que seu pai. Ele trair minha mãe quando os tempos ficaram difíceis me condicionou a sempre esperar a máscara cair. Não vou deixar você assumir toda a culpa por minha hesitação com você. Vai bem além de você ou... de Jay.

— Ok, então estabelecemos que nós dois temos o mesmo medo.

— O mesmo?

— É. Você teme que eu vire nossos pais, e esse é exatamente meu medo. Fico preocupado que, apesar de eu saber diferenciar o certo do errado, esteja, de alguma forma, geneticamente predisposto a ser uma má pessoa. Honestamente, a fachada de Jay me fez pensar mais do que nunca. O fato de eu ser capaz de interpretá-lo... de te enganar... serviu como prova em minha própria mente de que meu medo é garantido. Quanto controle realmente tenho sobre minhas ações se consegui tomar uma decisão rápida como essa? Então, também me preocupo. Mas, em algum momento, simplesmente temos que esquecer e ver o que acontece.

Ele tinha razão.

Olhei para baixo nesse instante e vi que parecia que ele estava guardando uma cobra na calça.

— Oh, nossa. Você está duro?

— Estou.

— Como pode ter tido uma ereção quando estamos no meio de uma conversa séria?

— Realmente precisa perguntar? Quando *não* estou duro perto de você? — Ele apontou para a cabeça. — Estava conversando com você com esta cabeça. Minha outra lá embaixo tem mente própria.

— Que pena que você não é o Jay — brinquei.

— Como assim?

— Bom, se esse relacionamento fosse real, estaríamos saindo há um tempo agora. Provavelmente estaríamos em casa fazendo todas as coisas que está imaginando neste instante — provoquei.

— Isso é cruel. Já odeio esse cara o bastante. — Ele colocou a mão na minha nuca e levou meu rosto ao dele, falando sobre minha boca. — Deixe-me te perguntar. O que posso conseguir esta noite?

— Bom, não confio em mim sozinha com seu "pau lindo", então não vamos para a sua nem para a minha casa.

— Ok... então onde posso ter meu contato limitado com você?

— Para ser sincera, o único lugar em que provavelmente confio em deixar você me tocar é em um cinema cheio. Pelo menos, lá, sei que só poderia ir até certo ponto com pessoas em volta.

Sem hesitar, ele gritou para o motorista:

— Sam, siga para o Lincoln Square Loews Cinema.

CAPÍTULO 19

Dex

Perfeito. A fileira inteira do fundo estava vazia. Tínhamos chegado tão tarde que todos os filmes estavam esgotados, mas não importava. Não estava ali para isso.

Quando as luzes diminuíram, coloquei a mão no joelho de Bianca. Pelo menos, tentamos assistir ao comecinho do filme — uma comédia de assalto a banco.

Alguns minutos depois, ela virou a cabeça para mim. Bianca estava me olhando quando deveria estar assistindo ao filme, e eu sabia que era minha deixa; ela estava me dando a permissão silenciosa para começar o que tínhamos vindo fazer.

Me sentia um adolescente, muito empolgado pela possibilidade de senti-la pela primeira vez. Virando meu corpo em sua direção, segurei sua nuca ao trazer seus lábios aos meus e rosnei em sua boca quando comecei a beijá-la, faminto. Havia algo selvagemente erótico em testar os limites em um cinema lotado. Ter a fileira de trás só para nós era o melhor dos dois mundos; não tinha ninguém olhando, mas você ainda sentia a adrenalina de fazer algo indecente em um local público.

A cada lambida da minha língua na dela, eu queria mais. Minha mão subiu por sua coxa e por debaixo do seu vestido até chegar ao elástico da calcinha. Seus quadris rebolavam sob minha mão conforme deslizei o dedo para debaixo. Sua calcinha estava molhada; ela estava tão excitada que me perguntei se estivera assim a noite toda.

Fechei os olhos em euforia ao enfiar e tirar o dedo indicador e o médio em sua boceta molhada. Estava tudo fácil demais para imaginar como seria envolver meu pau dolorosamente duro. Eu não tinha dúvida de que não poderia demorar muito mais sem saber como era.

Ansiava para sugar seus seios, mas seu vestido não me permitia acesso sem abrir o zíper nas costas. Então baixei a boca e os devorei através do tecido antes de beijar de volta até sua boca.

— Mal posso esperar para te foder — sussurrei em seu ouvido.

— Eu deixaria, se não estivéssemos aqui. É por isso que *estamos* aqui.

— Eu sei.

Ela passou os dedos por meu cabelo ao me beijar mais forte. Continuei fodendo-a com o dedo enquanto massageava seu clitóris com o polegar. Quando ela enrijeceu repetidamente em minha mão, eu sabia que estava gozando. Não tinha precisado de muita coisa.

Não tinha nada mais sexy do que vê-la gritar em silêncio enquanto gozava. Mal podia esperar para saber como soaria quando ela gozasse comigo dentro dela na privacidade do meu quarto.

Quando ela parou de se mexer, tirei o dedo e o coloquei na boca, saboreando seu gosto.

Ela colocou a mão na minha ereção e sussurrou no meu ouvido:

— Se tivéssemos algo para nos cobrir, eu retornaria o favor.

Foi aí que eu soube que uma peça de roupa seria sacrificada.

Tirei meu blazer e me cobri. Sua mão deslizou para dentro e abriu o zíper da minha calça. Meu pau determinado se libertou e Bianca começou a massageá-lo lentamente. Relaxando a cabeça para trás, pensei em como iria conseguir fazer isso em silêncio quando estava melhor do que qualquer coisa que eu conseguia me lembrar, com exceção de que eu acabara de fazê-la gozar momentos antes.

Simplesmente me perdi quando ela lambeu a mão para reposicioná-la em volta do meu pau. Ela massageou mais forte e, em segundos, eu gozei na mão dela até meu corpo mole relaxar na poltrona. Sua mão molhada me enlouqueceu.

Bianca sorriu maliciosamente quando usei meu paletó de marca para limpar meu gozo discretamente. Eu não fazia essa merda desde os meus anos de Ensino Médio.

— Não vou levar isto para a lavanderia.

— Espero que não seja seu blazer preferido.

— Só custou dois mil dólares. Mas essa masturbação valeu mais.

— Eu não sabia que era tão caro. Deveria ter simplesmente usado a boca.

— Você é maldosa, Georgy — falei antes de beijá-la.

— Quando vou te ver de novo? — Estávamos no banco de trás do meu carro e quase em seu prédio. Não me importava que parecia desesperado, e quase tinha lhe feito a mesma pergunta no outro dia. A bola estava na quadra dela... por que fingir que não?

— Bem, amanhã à noite tenho um compromisso de trabalho. Vou chegar em casa bem tarde.

— Esse compromisso não é Eamon, é?

Ela sorriu.

— Não. Mas, se fosse, seria trabalho, não encontro. Eu não disfarçaria um encontro com um compromisso de trabalho.

Nossos dedos estavam entrelaçados e estávamos sentados um ao lado do outro.

— Espero que queira dizer que não disfarçaria um encontro porque não está planejando ir a algum. Além de comigo, claro.

Ela bateu o ombro no meu.

— Esse é seu jeito de pedir para eu ser exclusiva?

— Espero que, se não estou transando com você, que ninguém mais entre em você também.

— Você é tão grosseiro.

Dei de ombros.

— Talvez. Mas pode realmente me dizer que pensar no meu pau dentro de outra mulher não te afeta?

— É. Definitivamente afeta.

— Então está combinado. Meu pau vai continuar o relacionamento apenas com minha mão até a hora em que sua boceta decidir acabar com esse tormento.

Ela deu risada.

— Você é tão romântico.

Chegamos do lado de fora do seu prédio, e não tentei abrir a porta.

— Não vou deixar você sair do carro até me falar quando vou te ver de novo.

— O que acha de depois de amanhã? Na quinta.

— Tenho um jantar de negócios em Boston.

— Bom, na sexta, tenho um jantar com minha mãe na casa dela. Ela vai cuidar das minhas duas sobrinhas à noite para minha irmã e o marido poderem sair e depois terem a casa só para eles. Mas você é mais do que bem-vindo para vir, se quiser.

— Está marcado — eu disse imediatamente.

Ela riu da minha ansiedade.

— Talvez, antes de concordar em vir comigo, eu deva te alertar que as filhas da minha irmã são terroristas.

Não deixei de notar que Caroline, certa vez, tinha me convidado para ir a uma reunião de família. Uma desculpa saiu da minha boca antes de o convite ter saído totalmente da dela. Mas, com Bianca, não hesitei nem um pouco. O mais louco era que, enquanto ela falou de algo do qual eu normalmente fugiria, me vi pensando que, talvez, ver as filhas da sua irmã em ação pudesse ser um vislumbre do meu próprio futuro.

Trouxe nossas mãos entrelaçadas para minha boca e beijei o topo da dela.

— Não me assusto com tanta facilidade.

— Fale isso depois que conhecer as gêmeas do inferno e ficar no trânsito na hora do rush para Staten Island.

Me virando para olhar para ela, segurei suas bochechas.

— Você falou hora do rush? Consigo pensar em algumas formas de passar o tempo aqui atrás a caminho de Staten Island na sexta à noite. Vou vestir um blazer barato dessa vez.

CAPÍTULO 20

Bianca

Havíamos tido uma mudança de planos para sexta à noite. Minha entrevista da tarde acabou sendo em Nova Jersey, então falara para Dex me encontrar na casa da minha mãe, em vez de eu voltar por Staten Island até Manhattan na hora do rush só para dar meia-volta e voltar. Além disso, depois de pensar na possibilidade de a minha mãe conhecer Dexter *Truitt*, resolvi que seria melhor contar para ela sozinha quem era o pai de Dexter. Fazia muitos anos que minha mãe tinha perdido o emprego, e meus pais, se divorciado, mas, se, inicialmente, eu sentia um rancor por Dex pelas atitudes do seu pai, havia uma probabilidade de a minha mãe se sentir igual. Ou pior.

— Oi, mocinha número um. — Entrei na casa da minha mãe e uma das filhas da minha irmã, Faith, correu para me receber na porta. Ela agarrou minhas pernas e eu ergui a criança de quatro anos que tinha o peso de uma pena no ar. Seu rosto estava coberto de chocolate e ela estava usando uma faixa com chifrinhos, do tipo que vem com uma fantasia de diabo. — Os chifres finalmente apareceram, hein? Eu sabia que estavam aí em algum lugar, e era só uma questão de tempo. — Apoiei-a no quadril e fui encontrar a outra monstrinha. Estava silêncio; esperava que elas não tivessem amarrado minha mãe em algum lugar.

— Mãe?

— Aqui, querida! — A voz da minha mãe veio da cozinha.

Entrei e vi Hope, a gêmea de Faith, em pé em uma cadeira mexendo algo na mesa, enquanto usava asas de anjo. Minha mãe estava pegando a tigela prateada enorme da batedeira. Ela sorriu calorosamente.

— Tenho duas assistentes hoje.

— Estou vendo. E uma delas está fantasiada.

— Sou um anjo, tia Bee!

— Longe disso. Mas suas asas são bonitas. A vovó levou vocês à loja de fantasia hoje?

Faith assentiu rapidamente.

— Ela falou que você iria fazer nossa maquiagem depois também.

— Oh, ela falou, não é?

Minha mãe beijou minha bochecha.

— Na verdade, não falei isso. Não falamos de maquiagem hoje. — Ela se virou para minha sobrinha. — Faith, o que a mamãe disse para você quanto a mentir?

Faith cobriu o nariz com as mãos.

— Não estou mentindo.

Minha mãe e eu demos risada. Então Faith derramou o que quer que estivesse mexendo em toda a mesa e no chão, e Hope grudou o cabelo na colher de pau que minha mãe tinha lhe dado para ocupar sua boca enquanto limpávamos a bagunça que sua irmã tinha feito. Depois de, finalmente, terminarmos de limpar a cozinha e as duas terroristas, coloquei um DVD de *Full House* e servi uma taça de vinho para mim e para minha mãe.

Ficamos sentadas na ilha da cozinha, onde ainda conseguíamos ficar de olho nas meninas assistindo à TV na sala.

— Então, me conte sobre esse homem com quem está saindo.

Dei um gole grande na minha taça antes de responder.

— Bom... ele é lindo, inteligente e bem-sucedido.

— Parece perfeito até agora.

— Definitivamente, não é perfeito. Na verdade, saímos de um começo bem conturbado, mas conseguimos superar. Acho que é disso que mais gosto nele. Ele não finge ser perfeito. Quando cometeu um erro, não tentou dar desculpas. Assumiu a responsabilidade.

O sorriso da minha mãe foi triste quando ela olhou para baixo.

— Assumir a responsabilidade dos erros é importante em um relacionamento.

Eu sabia que ela estava falando do meu pai. Mesmo depois de todos esses anos, o que ele fizera ainda a entristecia. Cobri a mão dela com a minha.

— Posso te perguntar uma coisa, mãe?

— Claro.

— Se meu pai tivesse falado a verdade sobre o que tinha feito, tivesse assumido a responsabilidade, acha que poderiam estar juntos? Será que conseguiria realmente confiar nele de novo depois que ele quebrou sua confiança?

— Querida, não foi culpa do seu pai não termos ficado juntos.

Nunca, nos quinze anos desde a separação, minha mãe tinha falado claramente sobre o que meu pai tinha feito com ela. Mas minha irmã e eu havíamos ouvido bastantes brigas sobre o caso dele para saber a verdade.

A campainha tocou, e olhei no relógio do micro-ondas. Devo ter perdido a noção do tempo.

— Acho que é Dex. Não sabia que estava tão tarde.

— Dex?

— É. O nome dele é Dexter, mas ele atende por Dex. — Eu teria que falar do sobrenome dele outra hora. Talvez fosse melhor assim. Ela o conheceria independente de qualquer sentimento negativo que ainda pudesse ter em relação ao pai dele. — Eu atendo.

— Vou tirar os brownies do forno.

Respirei fundo antes de abrir a porta da frente. Fazia apenas alguns dias que não via Dex, mas tinha pensado nele sem parar desde nossa noite no cinema. Na verdade, estava com dificuldade de me concentrar em qualquer coisa *além* de Dexter Truitt nos últimos dias. As batidas do meu coração estavam descontroladas quando abri a porta e vi seu rosto lindo.

Dex sorriu, e juro que meus joelhos bambearam como uma adolescente. Ele segurava um buquê grande de flores coloridas em uma mão e uma garrafa de vinho na outra. Inclinando-se, me beijou suavemente nos lábios, depois olhou por cima do meu ombro para dentro da casa. As gêmeas estavam vidradas na televisão.

— Elas ficam bem por um minuto ali? — ele sussurrou.

— *Full House* é melhor do que fita adesiva e corda.

De repente, Dex enganchou o braço na minha cintura e me puxou para fora na varanda, fechando a porta atrás de mim. Antes de eu ver o que estava acontecendo, minhas costas foram pressionadas na porta. Ele me deu um beijo profundo.

— Fiquei com saudade — ele gemeu quando se afastou.

— Também fiquei.

Ele apoiou a testa na minha e, então, seus olhos baixaram para o meu decote. Eu tinha escolhido um vestido com um decote maior do que normalmente usava.

— Minha boca precisa muito prová-los. Pulamos a segunda base e fomos para a terceira.

— Não aqui.

— Não. Não aqui. Mas esta noite.

Pigarreei.

— Ok.

— Ok?

Assenti.

— Segunda base depois, mas não tente me provocar.

Ele fechou os olhos.

— Estou prestes a conhecer sua mãe. Pode, por favor, não falar disso? Já estou com bastante desvantagem em ser um Truitt, não preciso que ela pense que nem consigo controlar minha própria ereção.

Olhei para baixo.

— É... sobre isso...

Dex estava agindo estranho. Não sabia se estava bravo por eu ter decidido não contar à minha mãe quem ele era antes de chegar ou se só de estar na casa da minha mãe o deixava desconfortável, em geral. Mas sua linguagem corporal estava rígida, e eu conseguia enxergar a tensão em seu rosto. Ele também estava incomumente quieto. Quando minha irmã ligou para saber das meninas, minha mãe foi para a sala a fim de colocá-las na linha, e aproveitei a oportunidade para ver como Dex estava enquanto colocava as flores que ele levou para minha mãe em um vaso com água.

— Está tudo bem?

— Está.

— Por que sinto que está chateado comigo? Está bravo porque ainda não contei para minha mãe quem seu pai é? Porque estava planejando contar… Ainda estou. Acho que só estava enrolando e não tive mais tempo, depois pensei que realmente quero que ela o conheça por si mesmo e não manchado por algo que não tem nada a ver com a pessoa que você é.

Dex fechou os olhos.

— Não é isso.

— Então o que está te incomodando?

— Qual é o primeiro nome da sua mãe mesmo?

— Eleni.

— Eu a reconheci. Não ia com frequência ao escritório, mas devo tê-la conhecido em algum momento porque, assim que a vi, soube que já a tinha visto.

— Bem, ela não pareceu te reconhecer. Você fica desconfortável por saber quem ela é, mas ela não saber quem você é de verdade? Porque vou contar para ela agora mesmo se quiser.

— Enxerga a ironia nessa pergunta?

Ainda não tinha percebido até ele indicar.

— Sim, mas desta vez é culpa minha que você não está sendo sincero. Eu te coloquei nessa posição. Não é igual quando não foi sincero comigo.

— Me sinto um merda igual.

— Então vou contar para ela. Não quero te deixar desconfortável.

— Não vai, não. Não enquanto eu estiver aqui, de qualquer forma. Já me sinto bem mal colocando um rosto em uma das muitas pessoas que meu pai tratou miseravelmente. Sinto muito por ele ter afetado sua família, Bianca. De verdade.

Meu coração se partiu um pouco. Eu sabia como era crescer com um pai de cujas atitudes não tinha orgulho. E, até onde eu sabia, meu pai somente magoava minha mãe. Não podia imaginar ter que viver nas sombras de um homem que constrangia abertamente a esposa com casos e demitia funcionários leais sem pensar duas vezes.

— Você não é seu pai. Falamos que iríamos deixar nosso passado para trás. Por favor, não se sinta mal por uma coisa que não tem nada a ver com você. No fim, até meu próprio ressentimento em relação ao seu pai foi algo deslocado. Claro que minha família passou por dificuldades quando minha mãe perdeu o emprego. Mas muitas famílias passam por dificuldades financeiras. Foram as atitudes do meu pai que destruíram minha família. Acho que só queria culpar outra pessoa. É hora de crescer e botar a culpa em quem realmente precisa.

Terminei de arrumar as flores, e Dex estendeu o braço e me puxou para perto. Acariciou minha bochecha e, então, se inclinou para me beijar, mas o momento foi interrompido por uma certa diabinha. Sem medo, ela correu direto para Dex.

— Quem é você?

Ela estivera tão hipnotizada assistindo à TV que nem tinha percebido que ele passara pela sala e entrara na cozinha comigo. Dex se levantou da cadeira e se abaixou para falar com Faith na altura dela.

— Sou Dex. Amigo da sua tia Bianca.

— Vocês dormem na mesma cama?

Arregalei os olhos.

— Faith! Que tipo de pergunta é essa?

Ela me ignorou e continuou falando com Dex.

— Quando vou para a casa da tia Bee, ela deixa eu dormir na cama dela. Quando papai sai para trabalhar, mamãe me deixa dormir na cama dela. Se você for dormir na cama da tia Bee, aí eu vou ter que dormir no chão.

O lábio de Dex se curvou, mas ele respondeu com sinceridade.

— Não vai ter que dormir no chão.

— Vai se casar com a tia Bee?

Dex respondeu antes de eu falar algo.

— Se eu tiver sorte, talvez um dia.

— Posso ser a menina das flores? Porque só tem uma, e minha irmã põe o dedo no nariz. Então você não vai querer ela.

Comecei a rir, até perceber que Hope tinha entrado e ouvido a irmã.

— Não ponho mais o dedo no nariz!

Faith se inclinou com um sorriso diabólico e sussurrou para Dex:

— Ela parou ontem. — Essas meninas serão endiabradas quando ficarem adolescentes.

O jantar foi um monte de comentários e brigas entre o anjo e o diabo. Quando dava, minha mãe e Dex conversavam. Ele definitivamente era encantador, e era interessante vê-lo em ação. Ela tinha colocado um CD antigo de Duke Ellington de fundo durante o jantar, e ele tinha aproveitado rapidamente a sua afinidade por jazz. Então a ganhou falando das suas músicas preferidas de artistas de jazz, como Lester Young e Bill Evans, ambos dos quais eu nunca tinha ouvido falar. Quando o jantar terminou, o sobrenome de Dex poderia ser Manson, e eu não estaria preocupada. Ele tinha insistido que minha mãe e eu nos sentássemos enquanto ele e as meninas arrumavam tudo. A cena toda foi cômica de assistir. Bebemos vinho enquanto ele erguia cada vez uma para guardar a louça no armário. Se eu já não o conhecesse, até pensaria que ele tinha capacidade de domar monstros selvagens de quatro anos.

— Gosto dele. Parece genuíno — minha mãe disse.

Dex estava se agachando para colocar algo na máquina de lavar, e meus olhos grudaram na forma como sua calça jeans agarrava sua bunda dura.

— Também gosto dele.

Eu estava quase dando um gole no vinho, ainda aproveitando a vista, quando minha mãe suspirou.

— Ele tem um pai legal para sua velha mãe querida?

Engasguei, tossindo um pouco do vinho, que saiu pelo nariz. Queimou pra caramba.

Minha mãe deu risada quando finalmente parei de cuspir e recuperei o fôlego.

— O que foi? Sou velha. Não estou morta.

No caminho de volta ao apartamento, deixei Dex chegar à segunda base. Demos risada enquanto ele, discretamente, mexia em mim na parte de trás do carro. Ele até conseguiu baixar a cabeça e provar o que queria enquanto, de alguma forma, me protegia do motorista e dos veículos passando. Quem diria quantas utilidades um blazer poderia ter?

Quando chegamos ao meu apartamento, percebi que havia uma ereção considerável em sua calça.

— Quer... entrar?

— Depende de para que está me convidando para entrar. Está falando para eu subir e não poder encostar em você ou está pedindo para eu *entrar*?

Meu corpo queria a segunda opção mais do que eu podia explicar. Apertei as coxas para diminuir o desejo queimando entre as pernas. Ainda assim... simplesmente não estava pronta para chegar lá com Dex. Não que eu estivesse segurando porque não confiava mais nele – meu coração parecia ter superado a desconfiança que ele me fazia sentir inicialmente. Mas... eu estava percebendo que transar com Dex iria significar alguma coisa... possivelmente alguma coisa monumental em minha vida. E, talvez, só estivesse com um pouco de medo. — Quero você mais do que já quis qualquer um.

Dex olhou em meus olhos.

— Que bom. Porque o sentimento é mútuo. Apesar de estar sentindo que esse não foi o fim da sua frase e que há um *mas* vindo...

Sorri.

— Queria que não tivesse. É só que... — Eu não fazia ideia de como colocar em palavras o que estava sentindo. Estava confusa com minhas próprias emoções, então dificultava bastante a explicação.

Olhei para baixo, tentando organizar meus pensamentos em sentenças coerentes, e Dex colocou dois dedos no meu queixo e o ergueu até nossos olhos se encontrarem.

— Vou esperar o quanto precisar. Não importa o motivo de não estar pronta. Estarei aqui quando estiver.

— Obrigada.

Nos agarramos um pouco depois que Dex me levou até a porta. Quando, enfim, nos despedimos, apoiei a cabeça na porta fechada e ouvi seus passos se afastarem até não conseguir mais escutá-los. Não pensava nisso há anos, mas surgiu um flash do meu pai na noite em que saiu de casa. Eu estava sentada no meu quarto, chorando, enquanto ele estava indo e voltando, carregando caixas até o carro. Não queria vê-lo, mas também não conseguia parar de ouvi-lo. Me lembrei de escutar seus pés baterem no piso do corredor a cada ida e volta. Na última vez que saiu para ir ao carro, não percebi que seria a última. Tinha ouvido seus passos conforme ia até a porta, o som se tornando cada vez mais distante. Então esperei o som voltar. Nunca voltou. Ele nunca mais entrou na nossa casa. Havia ido embora.

CAPÍTULO 21

Dex

Bianca viajara para ficar três dias em West Coast para uma entrevista. Apesar de eu ter sentido que nosso relacionamento realmente começara a deixar para trás as besteiras que fiz no passado, algo ainda não estava certo comigo. Tinha vasculhado meu cérebro, tentando descobrir por que a mãe de Bianca era tão familiar, mas não conseguia identificar onde nos conhecemos. E ela certamente também não me reconheceu, embora tivesse passado anos e eu não fosse mais um adolescente.

Ao longo do dia, fiquei mergulhado no trabalho. Apesar de conseguir ficar imerso nos afazeres, uma sensação inquieta ficava à espreita. No fim do dia, ela tinha crescido e me feito perder a concentração. Sem conseguir focar, peguei o celular e resolvi ligar para o meu pai. No segundo toque, minha secretária entrou e colocou uma pilha de papéis que tinha acabado de tirar cópias na minha mesa. Desliguei o celular, pensando melhor em ligar para ele para rodeá-lo por detalhes e, então, falei para Josephine.

— Antes de ir embora, pode fazer umas compras de viagem de última hora? Preciso voar no primeiro horário amanhã. Também vou precisar de um carro alugado quando pousar.

— Claro. Para onde precisa ir?

— West Palm Beach. Vou ver meu pai.

O aeroporto internacional de Palm Beach era o oposto total do JFK, com certeza. Tudo parecia se mover em um ritmo mais lento. Era estranho me sentir quase relaxado em um aeroporto. O clima era, definitivamente, diferente lá para baixo.

Como eu não ia ficar mais do que uma noite, não tinha despachado bagagem. Liguei para o meu pai assim que saí das portas de vidro deslizantes. O calor e a umidade do lado de fora quase derreteram instantaneamente meu rosto.

— Pai, onde você está? Acabei de pousar no PBI.

— Será que estou morrendo e não sei? — ele brincou.

— Como assim?

— Por que mais você me visitaria? Há quanto tempo que não vem para cá?

— Bom, tenho que falar uma coisa importante com o senhor, e pensei em matar dois coelhos com uma cajadada só, e vim te ver pessoalmente. Faz um tempo.

— Certamente.

— Está em casa?

— Na verdade, não. Estou no Breakers.

— Vou te encontrar aí. Só estou pegando meu carro alugado, e já vou.

— Ok, filho. Até mais tarde.

Após pegar a Mercedes, dirigi pela ponte que conectava West Palm Beach à ilha exclusiva de Palm Beach. Passando pelo famoso Mar-a-Lago Club com suas torres altas, me lembrei dos meus pais me arrastando para uma festa lá quando criança e de ver Donald Trump. Passamos muitos invernos e férias nessa comunidade particular e chique.

Entrando na avenida, à minha direita tinha uma vista do oceano verde-azulado. À minha esquerda, havia as mansões — umas com estilo espanhol, outras com uma arquitetura mais moderna envidraçada. Turistas e residentes passeavam pela calçada ao lado da praia, parecendo não se importarem com o mundo; eu tinha inveja deles.

Finalmente cheguei ao Breakers, um resort estilo renascentista em que meu pai normalmente se encontrava com outros CEOs aposentados para almoçar. Eu sabia que ele passava muito tempo em um clube de milionários no fim da Peruvian Avenue.

A brisa das palmeiras era um contraste bem-vindo à vida urbana. Não consegui evitar desejar que Bianca estivesse ali para respirar um pouco daquele ar fresco comigo. Isso me lembrou de marcar férias para nós assim que ela estivesse pronta. Imaginei como teria sido maravilhoso dar uns amassos com ela ali na praia.

Sabia que sua bunda gostosa ficaria incrível em um biquíni.

Entrar no hotel me lembrou do motivo de o meu pai adorar ali. A ilha inteira esbanjava glamour. Ele estava totalmente em seu habitat. Era uma explosão suntuosa de elegância e dinheiro.

Tinha enviado uma mensagem para ele no estacionamento, e ele me encontrou no lobby.

Meu pai me abraçou rapidamente, dando um tapinha nas minhas costas.

— Dex... muito bom te ver, filho.

— Você também.

Não sabia se era a luz, mas meu pai parecia bem mais velho do que quando o vi pela última vez. Apesar disso, estava em ótima forma para sua idade, porque fazia exercícios todos os dias.

— Estamos almoçando na varanda. Salmão defumado com alcaparras preparado pelo chef Jon. Por que não se junta a nós?

— Quem são "nós"?

— Myra e uns amigos.

Myra era a esposa mais recente do meu pai. Ela era igual a muitas das mulheres dali: bem loira, vestida de Chanel e repuxada por várias cirurgias plásticas. E não vamos nos esquecer do cachorrinho peludo ao lado dela o tempo todo. Eu tinha quase certeza de que Caroline iria se transformar em uma Myra um dia.

— Na verdade, estava esperando que o senhor e eu pudéssemos conversar em particular.

— Aconteceu alguma coisa?

— Não. Só tenho umas perguntas.

— Está certo. Só deixe-me falar para eles que já vou voltar. Podemos dar uma caminhada na praia.

— Legal.

Eu tinha me vestido para a ocasião, com calça cáqui e uma polo cor-de-rosa. Bem como as pessoas daqui se vestem.

Quando ele retornou, fomos até a água. Arregaçando minha calça e segurando os sapatos em uma mão, caminhei ao lado do meu pai em meio às ondas que quebravam na areia. Conchas eram esmagadas sob os meus pés, e algumas gaivotas quase bicavam minha cabeça ao passarem voando.

— Então o que aconteceu com a situação pela qual me ligou? A garota para quem mentiu sobre sua identidade — ele perguntou.

— Bom, milagrosamente, ela resolveu me perdoar. Estamos acertando as coisas. Ainda não ganhei a confiança dela cem por cento. Na verdade, ela é o motivo para eu ter vindo aqui. Bem, mais especificamente, a mãe dela.

— O que tem a mãe dela?

— Ela costumava trabalhar para o senhor, que a demitiu há uns anos.

Meu pai deu risada.

— Então é uma de uma centena de pessoas.

— Conheci-a em certa noite e, imediatamente, a reconheci, o que foi esquisito. Ela deve ter trabalhado para o senhor por mais tempo do que a maioria, porque não me lembro de muita gente daquela época.

— Qual é o nome dela?

— Eleni George.

De repente, ele parou de andar e se virou para me olhar nos olhos.

— Eleni Georgakopolous.

— Não, Eleni George.

— Georgakopolous. É Georgakopolous. — Ele andou até uma pedra. — Venha se sentar. Preciso descansar um pouco.

— Tem certeza de que o nome era Georgakopolous?

— Tenho.

— Espere um pouco.

Digitei rapidamente uma mensagem para Bianca.

Dex: Pensamento aleatório. Nunca te perguntei... George não parece ser um nome grego. É abreviação de alguma outra coisa?

Ela respondeu imediatamente.

Bianca: É. Abreviei há um tempo por questões de trabalho. Ninguém

conseguia escrever meu sobrenome. Na verdade, é Georgakopolous.

Dex: Bom saber.

— O que ela falou? — meu pai perguntou.

— Falou que seu sobrenome realmente é Georgakopolous.

Ele assentiu.

— Deixe-me adivinhar... sua garota... tem olhos grandes castanho-claros, cabelo escuro lindo e curvas matadoras?

— Tem.

— A maçã não cai longe da árvore...

— Se tinha tanta afinidade com a mãe dela, por que a demitiu?

— Demiti? — Meu pai deu risada, incrédulo. — Foi isso que ela te contou?

— Foi. Bianca disse que o senhor demitiu Eleni e que isso devastou a família dela financeiramente e abriu portas para uma série de acontecimentos dos quais eles nunca se recuperaram.

— Vou te contar uma coisa sobre Eleni Georgakopolous. Posso te contar isso porque nós dois somos adultos, e também porque não estou mais com sua mãe.

— O quê?

— Aquela mulher... tinha um fogo... Nunca na vida convivi com alguém como ela.

— Fogo? Fogo sexual?

— Eleni foi, sim, minha secretária. E eu fui chefe dela. Mas também fomos amantes, Dex. Ela estava traindo o marido comigo.

— O quê?

— Foram muitos anos disso. Ela não foi a única mulher daquela época, claro... você conhece seu velho... mas foi uma memorável.

Me enojava pensar no meu pai e na mãe de Bianca juntos.

— Espere... precisa voltar um pouco.

— Certo. Vou explicar o que precisar.

— Ela estava traindo o marido... com o senhor? E aí o senhor a *demitiu* além de tudo?

Ele balançou a cabeça.

— Não. Nunca a demiti. O marido dela descobriu sobre o caso e a obrigou a se demitir. Podem ter contado uma história diferente para as filhas. Nunca a teria demitido, porque não conseguia deixá-la. Nunca a teria deixado ir embora. Ela era muito viciante.

— Deus, que louco. Isso aconteceu por anos?

— Entre idas e vindas, sim.

— Não acredito.

— O que é tão difícil de acreditar? Se a filha dela é tão linda quanto ela, com certeza consegue entender.

— Não. Para começar, não consigo entender o fato de trair sua esposa... minha mãe. Mas acabar com o casamento de *outra pessoa*? Definitivamente não consigo entender isso.

— O marido dela nunca lhe deu o que precisava.

— Ela te contou isso?

— Contou. Havia muito mais nela do que ele via. Ele a queria para ser apenas uma esposa complacente. Mas ela era uma pistola com fogo dentro. O marido aparentemente era bom e trabalhador, mas não a *entendia* e não era... carinhoso.

— E o senhor era... carinhoso? Não parece nada com o senhor.

— Talvez aventureiro seja um termo melhor. Eu lhe dava o que ela *precisava*. Quer mesmo que eu fale como?

— Não. Me poupe. Por favor.

— O que tivemos foi uma paixão... às vezes, volátil. No fim, ela resolveu que queria salvar o casamento pelo bem das filhas. Foi quando as coisas acabaram entre nós. Mas, aparentemente, pelo que está me contando, não deu certo para ela, afinal. Presumo que qualquer confiança que foi quebrada não pôde ser recuperada. Sinto muito por qualquer papel que eu tenha desempenhado em destruir a estrutura familiar dela, mas não me arrependo do nosso caso. Foi uma das épocas mais memoráveis da minha vida. Ainda penso nela de vez em quando, e isso é raro, para mim.

— Nem sei o que dizer. Quero ficar bravo com o senhor, mas suponho que não poderia saber que eu conheceria a filha dela um dia e me apaixonaria por ela.

— Com certeza, não.

— Isso é muito ruim. Bianca e eu prometemos um ao outro que não haveria mais segredos. Como vou contar a ela que a mãe não é exatamente a santa que ela pensou que fosse? Como se conta a alguém que sua visão inteira da infância está errada?

Meu pai pareceu refletir sobre minha pergunta.

— Ok, olha. Agora pode não concordar com o que vou dizer, mas direi mesmo assim.

— O quê?

— Acho que, às vezes, na vida, há exceções à regra "honestidade é a melhor política". Em um caso desse, ninguém vai ganhar nada se você contar o que sabe. Pense nisso, Dex. O que vai acontecer se contar a ela e Eleni negar? E aí?

— Ou, ao contrário, quando Eleni descobrir quem sou... e se ela confessar tudo para a filha, de qualquer forma? — eu o desafiei.

— Então você se faz de bobo. Ninguém precisa saber que tivemos esta conversa. Com certeza eu não vou contar a ninguém.

— Não sei. Realmente acho que não consigo esconder isso dela.

— Uma coisa é falar a verdade quando é para o bem de alguém. Mas nada bom pode sair disso. Tudo que estou dizendo é para pensar. Não faça nada com pressa. Não há motivo lógico para jogar essa bomba agora. Faz muitos anos. Deixe quieto. Essa é a minha sugestão. Se Eleni quiser falar a verdade, deixe. Mas não é sua responsabilidade explicar.

Olhando para um avião voando acima das nossas cabeças, eu disse:

— Vou ter que pensar muito.

— Tente não se estressar. A vida é muito curta. Estou aprendendo isso cada vez mais todo dia que vejo amigos morrendo de infartos a torto e a direito. — Ele se levantou da pedra e tirou a areia dos pés. — Venha. O que acha de uma partida de golfe?

Entalhar o pescoço da girafa não era fácil. Segui o máximo que consegui conforme Jelani demonstrava os movimentos corretos da faca enquanto estávamos sentados no porão dele. Minha mente simplesmente não estava ali hoje.

Depois de uma noite na Flórida, tinha voltado bem a tempo da minha sessão semanal de entalhe em seu apartamento no Brooklyn. Além de as aulas de Jelani serem sempre uma experiência silenciosa e meditativa, passar um tempo ali também me fazia sentir que estava contribuindo para a sociedade ao cuidar dele.

Jelani nunca reclamava, mas eu sabia que seu tratamento de câncer o deixava acabado. Provavelmente ele ficava mais em casa, além de armar a barraquinha no mercado do Brooklyn aos fins de semana. Também tinha alguns membros da família que passavam para ver como ele estava. Um sobrinho o levava para seus compromissos, porém, às vezes, tinha que cancelar. Insisti para ele me ligar da próxima vez que isso acontecesse. Como ele não aceitava dinheiro de mim, eu estava preparado para pagar com o que quer que ele precisasse, se me deixasse.

— Como está se sentindo? — perguntei.

— Tenho que me forçar. Se me permitir ficar remoendo, vou me sentir pior. É parte do motivo de pedir para você vir. Observar você tentar entalhar é como arrancar um dente, mas me distrai. A mente tem um poder incrível sobre o corpo. Falando nisso, me conte o que está na *sua*.

— Dá para ver que estou pensativo?

— Você deixou o pescoço da girafa tão fino que parece um lápis. Não está concentrado hoje.

Dei risada.

— Você me pegou.

— Então, me conte. O que é? Tem a ver com a deusa grega?

— Como sabia?

— Palpite. Me conte o problema.

Passei os minutos seguintes resumindo minha viagem à Flórida, explicando a descoberta sobre meu pai e Eleni.

— Então, agora meu pai me deixou em dúvida quanto a contar a Bianca a verdade, se nesse caso é uma boa ideia ou não. O argumento dele foi bom. Por que fazê-la passar por isso se ninguém vai ganhar nada?

Jelani balançou a cabeça.

— Seu pai está enganado. E este é o motivo. — Ele pegou a girafa de mim, andou até uma caixa de ferramentas e pegou uma pequena serra. — Este é você agora — ele disse, mostrando o animal patético. Depois cortou o pescoço lentamente até a cabeça e o pescoço da girafa caírem no chão.

O quê?

— Por que fez isso?

— Estou livrando-o da miséria. Você não conseguiu se concentrar hoje porque esse segredo que está guardando já começou a apodrecer. Está te devorando mais rápido do que o pescoço da girafa desapareceu. Segredos e mentiras sempre farão isso lentamente até saírem em certo momento.

— Como a cabeça caindo — concluí.

Ele assentiu.

— Isso. Nunca tem motivo para esconder a verdade sobre nada. A verdade o libertará. Já ouviu isso?

— Já.

— Não pode arriscar que Bianca descubra que você sabia sobre isso. Mesmo que não conte a ela, você tem olhos muito sinceros, Dex. Ela vai conseguir te interpretar. E aí será o fim de vocês. Já mentiu uma vez. Não existe segunda chance aqui. Não vale a pena o risco. Esqueça o que seu pai disse. Pelo que me conta, ele é um viciado em mentiras. É da natureza dele. Só conte a ela a maldita verdade, e não volte para entalhar a menos que esteja concentrado. — Ele me entregou um pedaço novo de madeira para começar outra girafa. — Agora, concentre-se.

Peguei.

— Sim, senhor.

Às vezes, a verdade era difícil de ouvir, mas gostei do choque de realidade que ele me deu.

No fim da tarde, ainda não tinha absoluta certeza do que fazer.

Bandit ficou empolgado ao me ver. Eu o tinha pego na creche canina chique, e nós dois estávamos indo para a casa de Bianca.

Precisando pensar para tomar uma decisão rápida, acariciei sua cabeça enquanto falava com ele no banco de trás do carro.

— Ok, então meu pai falou que vou criar uma confusão trazendo esse passado à tona, mas Jelani acha que serei tolo de esconder qualquer coisa de Bianca neste momento. Sabe, se pudesse falar, ajudaria bastante. Uma terceira opinião confiável seria muito boa nesta hora.

— *Ruff!*

Eu sabia o que queria fazer, o que meu instinto me dizia para fazer.

— Se latir mais uma vez, Bandit, eu juro… vou contar a verdade a ela.

— *Ruff!*

— Está bem. Se isso explodir na minha cara, vou culpar você.

Tinha me decidido: iria contar para ela naquela noite.

CAPÍTULO 22

Bianca

Uma girafinha de madeira estava me encarando quando abri a porta.

— Você está melhorando — elogiei, analisando-a.

— Acha mesmo?

— Vou ter que abrir espaço em uma prateleira para todas elas. — Bandit tinha entrado correndo em meu apartamento. — Ele nem me deixou cumprimentá-lo — eu disse, observando o cachorro correr para o meu quarto.

— Não tem problema ele entrar lá?

— Não. — Sorri, olhando de cima a baixo para o homem lindo diante de mim.

Dex estava vestido casualmente com calça cáqui e uma polo branca. A camisa caía como uma luva nele. Era realmente difícil não deslizar as mãos por debaixo do tecido e acariciar seus músculos. Seu relógio enorme completava o visual de milionário casual. Respirando fundo seu perfume, percebi o quanto sentia falta dele. Fiquei só imaginando aquelas mulheres na Flórida secando-o.

— Você definitivamente parece alguém que acabou de voltar de Palm Beach.

— Não tive tempo de me trocar. Pousei, fui para a casa de Jelani, peguei Bandit e vim direto para cá.

Era muito bom mesmo vê-lo, mas Dex parecia aéreo; eu não sabia por quê. Parecia preocupado com alguma coisa. Não pude deixar de me preocupar, porque ele nem tinha me abraçado nem me beijado ainda. Meu corpo doía para tocá-lo, porém meu orgulho me impedia de agir.

— Está tudo bem? — perguntei.

Coçando o queixo, ele disse:

— Preciso conversar com você.

Meu coração afundou.

Logo depois de ele falar isso, a campainha tocou.

— Merda — xinguei.

— Está esperando alguém?

— Estou.

— Quem?

— Meu pai.

Dex pareceu em pânico.

— Seu pai?

— É. Não tinha certeza se você ia passar aqui. Ele vai jantar comigo.

— Não contou a ele sobre mim, contou?

— Não.

— E sua mãe? Já contou a ela?

— Não. Não falei disso ainda. — Andei até a porta. — É melhor abrir para ele.

Quando estava prestes a abrir para meu pai, Dex sussurrou atrás de mim:

— Bianca, *não* conte a ele sobre minha identidade, ok?

— Então você tem um negócio? É algo que talvez eu conheça? — Meu pai estava tentando puxar conversa com Dex, que estava estranhamente quieto. O que quer que ele tivesse vindo falar estava, claramente, pesando em sua mente.

— Provavelmente, não. É uma empresa de finanças. Nada muito chamativo.

Ainda não havia tido a chance de contar a Dex, mas o artigo que eu escrevera estava prontinho e tinha entrado na programação da revista. Originalmente, fora agendado para publicação no outono, mas a editora-chefe gostou tanto que mudou para o mês seguinte. Dex dissera que não queria que meus pais soubessem quem ele era quando entrou, porém o artigo cuidaria disso para nós mais cedo ou mais tarde. Também não queria que ele mentisse para o meu pai. Olhando entre Dex e meu pai, pensei comigo mesma que mentiras arruinaram o início do meu relacionamento com ambos.

— Dex está sendo modesto, pai. Ele tem uma empresa muito bem-sucedida. Na verdade, foi assim que nos conhecemos. Eu o entrevistei para um artigo na *Finance Times*. — Olhei para Dex, que estava olhando para o nada até eu chamar sua atenção. — Na verdade, você vai saber *tudo* sobre ele daqui a duas semanas. A revista vai anunciar meu artigo na capa no mês que vem.

Dex arregalou os olhos.

— Mês que vem? Pensei que seria publicado no outono.

— Eles adiantaram. Aparentemente, minha editora acha que o mundo já esperou o bastante para te conhecer. Neste momento, daqui a algumas semanas, todos os seus segredos serão contados ao mundo. — Dei uma piscadinha. Lógico que estava brincando, mas pareceu que a ideia deixou Dex pálido.

— Podem me dar licença um instante? Preciso ir ao banheiro.

Dex estava no banheiro já há alguns minutos, então, depois de pegar uma cerveja para o meu pai, fui ver como ele estava. Bati levemente na porta.

— Dex? Está tudo bem aí?

Ele abriu a porta.

— Na verdade, não estou me sentindo muito bem.

Coloquei a mão em sua testa. Sua pele normalmente bronzeada estava amarelada e um pouco pegajosa.

— Acha que algo lhe fez mal? Talvez seja melhor ir para o meu quarto deitar um pouco.

— É melhor eu ir. Não quero deixar você e seu pai doentes.

Fiquei decepcionada, mas realmente queria acreditar que, talvez, o comportamento de Dex fosse resultado de ele não se sentir bem. Apesar de, por dentro, meu instinto dizer que esse comportamento era devido a outra coisa totalmente diferente, algo que não caiu bem entre nós a longo prazo. Só tinha essa sensação ruim.

— Ok. Se acha que vai se sentir melhor na sua própria cama...

Os olhos de Dex buscaram os meus. Fui me virar e voltar para a sala quando Dex segurou meu cotovelo e me puxou de volta, segurando minhas bochechas com ambas as mãos.

— Estar na minha cama nunca seria melhor do que na sua. A minha é solitária sem você, apesar de ainda não ter se deitado nela.

Suas palavras foram muito fofas, uma contradição com sua expressão triste.

— Bom, espero que melhore.

Ele assentiu. Quando voltamos para a sala, vimos meu pai fazendo amizade com Bandit. As duas pernas de trás do cachorro estavam no chão, mas o resto do seu corpo estava esparramado no colo do meu pai no sofá.

— Parece que você fez um amigo.

Meu pai acariciou atrás das orelhas de Bandit.

— Sempre quis um cachorro. Você adotou, Dex?

— Sim. Na verdade, adotei.

— Não sabia que você sempre quis um cachorro, pai! Como nunca tivemos um quando criança?

A voz do meu pai foi baixa, do mesmo jeito que ele falava quando éramos obrigados a conversar sobre a minha mãe. Ela era um assunto que evitávamos, apesar de, às vezes, ser inevitável.

— Sua mãe nunca quis um.

Bandit saiu do colo do meu pai e foi se sentar ao lado de Dex.

Meu pai se levantou.

— Que tal uma cerveja, Dex?

— Dex, na verdade, estava indo embora. Não está se sentindo bem — respondi.

— Que pena. Minha filha raramente permite que eu conheça alguém com quem ela sai. Pensei que poderia finalmente ter a chance de contar algumas histórias constrangedoras.

Dex ergueu uma sobrancelha.

— Histórias constrangedoras?

Meu pai andou para a cozinha enquanto falava e pegou uma cerveja da geladeira.

— Na pré-escola, minha princesinha gostava do filho mais velho do nosso vizinho... Tommy Moretti.

Me virei para Dex.

— É melhor você ir, já que não está se sentindo bem.

Sorrindo, meu pai abriu a cerveja e a estendeu para Dex. Ambos me ignoraram completamente enquanto Dex pegou a garrafa da mão do meu pai, que continuou:

— Enfim, Tommy tinha uns dezoito ou dezenove anos. Bianca tinha uns sete. Ela era amiga da irmãzinha de Tommy, então passava bastante tempo na casa dos Moretti.

Dex se virou para mim e sussurrou:

— Homens mais velhos mesmo naquela época, hein?

Revirei os olhos. Meu pai prosseguiu:

— Claro que Tommy estava mais interessado em garotas da idade dele do que de sete anos, mas isso não impediu minha princesinha de gostar dele. Algumas vezes, encontramos coisas de Tommy em nossa casa, e Bianca fingia que devia ter levado para casa sem querer. Encontramos luvas dele, um pós-barba uma vez e um boné de beisebol. Só quando a mãe de Bianca limpou o quarto dela um dia foi que descobrimos que ela era obcecada pelo garoto.

— O que ela encontrou? — Dex perguntou.

Fechei os olhos, sabendo o que viria. O Senhor sabe que minha irmã mais velha me torturou por isso durante anos.

— Aparentemente, Bianca entrava no banheiro depois de Tommy se barbear e pegava todos os pelinhos que caíam na pia. Ela tinha uma bolsa debaixo do colchão com um ano de pelinhos. — Meu pai deu risada e um gole na cerveja.

Depois disso, Dex disse que ficaria mais um pouco. Uma cerveja se transformou em quatro e, quando terminamos de jantar, Dex tinha ouvido histórias constrangedoras sobre mim para uma eternidade. Poderia querer matar meu pai se não achasse estranhamente fofo de quantas maluquices ele se lembrava.

Enquanto guardava as sobras na cozinha, observei meu pai e Dex se familiarizando na sala. Os dois realmente estavam gostando da companhia um do outro. Ao longo das últimas duas horas, descobriram que têm muitas coisas em comum, além da diversão mútua quanto às minhas histórias constrangedoras. Ambos gostavam de pescar, algo que eu não conseguia imaginar Dex fazendo. E os dois curtiam Chevy antigos. Olhar para eles sentados juntos e rindo na sala aquecia meu coração.

— É melhor eu ir. — Meu pai olhou para o relógio. — Tenho que parar na farmácia e comprar um remédio antes que feche — meu pai disse.

— Remédio? Está doente?

Meu pai foi até mim.

— Não, princesa. A pressão está um pouco alta, então me deram remédio. Bem comum na minha idade.

— Ok.

Bandit estava arranhando a porta da frente.

— Por que não acompanho você? Parece que Bandit precisa dar uma volta — Dex sugeriu.

— Deixe-me pegar uma blusa, e vou com vocês.

Fui até o armário do quarto. Antes de conseguir pegar uma blusa da pilha na última prateleira, Dex estava fechando a porta do quarto depois de entrar.

— Seu pai é bem legal.

Queria não precisar diminuí-lo constantemente. Por que um elogio a ele sempre parecia um insulto à minha mãe?

— Ele pode ser, às vezes, sim.

Dex veio atrás de mim quando eu estava vestindo a blusa e apertou meus ombros.

— Gostaria de acompanhar seu pai sozinho, se não se importar.

Me virei.

— Oh. Ok. Eu acho...

Ele beijou o topo da minha cabeça.

— Obrigado. Talvez possa só mencionar que acabou de se lembrar de uma ligação de trabalho que precisa fazer ou algo assim?

— Ok. Mas vai voltar depois de andar com Bandit, certo?

Dex jogou a cabeça para trás, e a expressão relaxada que ele exibira nas duas últimas horas de repente sumiu de novo.

— Vou. Precisamos conversar.

Exatamente como Dex pedira, fingi uma ligação importante de trabalho e me retirei da caminhada com o cachorro. Depois de me despedir do meu pai, os dois homens saíram juntos. A última coisa que Dex disse foi:

— Volto em dez minutos.

Esperei dez minutos. Mas dez viraram vinte, e vinte viraram quarenta. Quando vi, Dex estava fora há mais de uma hora. Finalmente, ansiosa, enviei uma mensagem.

Bianca: Você vai voltar?

CAPÍTULO 23

Dex

— No que está pensando, filho?

Estivera perdido em pensamentos nos últimos dez minutos, sem saber como começar a conversa que queria ter. Tinha pedido ao pai de Bianca para se juntar a mim na caminhada com Bandit, aí fiquei quase em silêncio por cinco quarteirões até o parque.

— Desculpe. Tem uma coisa que está me incomodando.

— Quer conversar sobre isso?

— Não sei por onde começar.

— Que tal pelo início? Não estou com pressa. A farmácia pode esperar até de manhã, se precisar.

Respirei fundo.

— Ok. — Havia um banco no parque à esquerda do caminho em que estávamos. Apontei para ele. — Quer se sentar?

— Estou bem. Podemos continuar andando, se quiser.

Sem saber outro jeito de dar a notícia, desabafei.

— O senhor conhece meu pai. Meu nome é Dexter Truitt.

O pai de Bianca, Taso, parou rápido de andar. Ele me olhou nos olhos. Percebendo que eu estava falando sério, disse:

— Talvez seja melhor nos sentarmos, afinal.

— Ela ia morar com a mãe. Posso ser da moda antiga, mas uma menina precisa ficar com a mãe, se for possível. Nunca houve briga por custódia. Não queria que ela ficasse com rancor da mulher que precisava admirar. — Taso balançou a cabeça e suspirou. — Eleni não queria mentir para ela. Foi tudo minha ideia. Não briguei com ela pela custódia das meninas, concordei com o apoio que ela queria e jurei que nunca faltaria em uma visita às minhas filhas. Em troca, pedi que ela fizesse duas coisas. Eleni não queria contar do nada, não mentiria para as meninas, se pedisse. Mas ela jurou nunca contar tudo para elas. Na noite antes de eu ir embora para sempre, me desculpei com as garotas pelo que tinha feito para acabar com nosso casamento. Em todos os anos que se seguiram, elas nunca perguntaram mais nada sobre meu suposto caso, e Eleni nunca contou a elas outra coisa.

— Bianca guarda um rancor bem pesado contra o senhor ainda.

Os ombros de Taso caíram. Ele tirou os óculos e esfregou os olhos.

— Eu sei. Quando criei o plano há muitos anos, pensei que elas eram crianças e superariam. Mas Bianca nunca conseguiu me perdoar de verdade.

Percebi, naquele instante, o quanto Bianca estava confiando em mim ao me dar uma segunda chance. Ela nunca tinha dado ao pai a mesma oportunidade. Me virei para Taso e olhei diretamente em seus olhos.

— Preciso contar a ela.

Ele me encarou demoradamente.

— Entendo. Ela não é mais uma menininha que precisa de proteção. É adulta e merece a verdade de um homem de quem claramente gosta. Foram as mentiras que acabaram com as coisas entre Eleni e mim. Eu a amava. Parte de mim ainda ama, para ser sincero. Mas, quando descobri o que estava acontecendo, dei uma segunda chance a ela. Pensei que, talvez, conseguisse superar, se tentássemos bastante. Alguns meses depois, as coisas tinham acabado de entrar nos eixos de novo, quando descobri outra mentira dela. Fui ao seu escritório e encontrei... bom... desculpe... você não precisa saber dos detalhes.

Depois disso, ficamos ali sentados conversando um pouco mais. Quando meu celular tocou no bolso, percebi que estivera fora há mais de uma hora. Taso me viu olhar o celular.

— Minha filha?

Assenti.

— É melhor você ir. Desabafar essas coisas. Ela é adulta, ama a mãe. Em certo momento, vai entender que, às vezes, quando uma pessoa comete um erro, nem sempre é culpa apenas daquela pessoa. Vai superar. Só se certifique de estar lá para ela quando precisar passar por isso.

Nós dois nos levantamos, e estendi a mão para Taso.

— Obrigado por entender.

— Cuide da minha menininha.

Saber que era a coisa certa não facilitava. Fiquei do lado de fora da porta de Bianca por alguns minutos antes de, finalmente, tomar coragem e bater. Ela atendeu quase que imediatamente e foi para o lado para eu entrar. Bandit seguiu na frente e desapareceu lá dentro.

— Estava começando a pensar que não voltaria.

— Desculpe. Estava falando com seu pai, e acho que perdemos a noção do tempo.

— Parece que vocês dois se deram bem. Não tinha realmente pensado nisso até vê-los juntos, mas você meio que me lembra do meu pai. — Ela enrugou o nariz. — Isso é estranho?

— Só se ficar estranho para você.

Ela sorriu.

— Quer uma taça de vinho?

— Vou querer algo mais forte, se tiver.

Bianca foi para a cozinha e nos trouxe uma taça para cada. A minha estava com um líquido âmbar. Quando ela se sentou e olhou para mim com expectativa, engoli metade da bebida sem nem cheirar antes.

Ela foi direto ao ponto.

— Tem alguma coisa te perturbando desde que bateu na minha porta mais cedo. O que está havendo?

Respirei fundo.

— Preciso conversar com você sobre uma coisa.

— Ok...

— É algo que não vai te deixar feliz.

Foi a vez dela de beber o líquido encorajador. Ela bebeu metade do vinho e, então, me olhou diretamente nos olhos.

— Prefiro a verdade, mesmo quando é algo que não queira ouvir, Dex.

— Certo. — Não tinha forma fácil de falar, então deixei fluir. — Meu pai teve um caso com a sua mãe.

O chão ia afundar de tanto ela andar de um lado a outro. Bianca estava com as bolas de estresse passeando por sua mão enquanto andava para lá e para cá. Eu tinha explicado o que sabia da conversa com meu pai, e agora ela estava tentando entender as mentiras. Tinha passado do estágio de descrença e entrado no raivoso nos últimos quinze minutos.

— Por que ele mentiria e me deixaria contra ele por quase todos os meus vinte e poucos anos?

— Ele estava tentando te proteger.

Ela congelou.

— Mentindo para mim? Mentir não protege ninguém, além do mentiroso.

— Acho que há dois tipos de mentira. Uma mentira para proteger alguma coisa e uma para fugir de alguma coisa. Ele não estava tentando fugir de nada.

— Então acha que não tem problema ele me deixar passar todo esse tempo pensando que era um traidor?

Esfreguei a nuca. Precisava ser cuidadoso. Bianca só estava começando a confiar em mim de novo, e provavelmente não era uma boa ideia fazê-la suspeitar que eu não via problema em mentir. Então, em vez de lhe dar uma opinião se o pai dela fez o certo em mentir, decidi não ter essa conversa. Estava lhe dando espaço, mas sentia que ela precisava de conforto físico quase tanto quanto eu precisava lhe dar.

Entrando em seu caminho, cobri suas mãos com a minha. O barulho baixo das bolas de estresse se aquietou.

— Venha aqui.

Ela hesitou primeiro, mas depois me deixou abraçá-la forte.

— Deus, Dex. Sinto que toda a minha vida foi uma mentira. Pensei que meu pai fosse o cara ruim, e minha mãe, a boazinha, mas, na verdade, é o contrário.

— Acho que não existe bom e ruim. Acho que uma pessoa apenas cometeu um erro e a outra tentou fazer com que esse erro não te impedisse de enxergar toda a bondade nessa pessoa.

Ela ficou quieta por um bom tempo. Quando, finalmente, falou, sua voz estava trêmula.

— Minha mãe é uma traidora.

— Não deixe isso defini-la. As pessoas cometem erros, Bianca.

Ela colocou a cabeça para trás.

— Você enxerga seu pai como um traidor?

— Sim, mas é diferente. Meu pai não cometeu um erro. A vida inteira dele foi uma série de casos, mentiras e traições. Não foi um erro, foram milhares de mentiras.

— Como sei que minha mãe não é igual? Até onde sei, ela também teve milhares de casos.

— Converse com ela. Você não é mais criança. Ela vai te contar a verdade.

Bianca bebeu outra taça de vinho, e conversamos por mais um tempo. Então ela me pediu para dormir lá. Queria que eu a abraçasse, e eu só queria lhe dar o conforto de que precisava. Tinha tirado minhas roupas, com exceção da cueca boxer, antes de me deitar na cama. Naquela noite, não teria sexo, apesar de que estaria mentindo se dissesse que a bunda dela não estava espetacular ao se moldar em meu corpo atrás do dela. Beijei seu ombro uma vez conforme formávamos conchinha na escuridão.

— Durma um pouco. Podemos falar mais disso pela manhã, se quiser. Ok?

Ela suspirou.

— Ok.

Depois de alguns minutos, sua respiração tinha ficado mais lenta e pensei que ela tivesse dormido. Sua voz foi um sussurro.

— Dex?

— Do que precisa?

— Obrigada por me contar a verdade esta noite. Sei que não deve ter sido fácil.

— Não foi. Detesto pensar em lhe causar dor, e sabia que seria difícil de ouvir.

— Foi. Mas ter você aqui realmente me ajudou a aguentar.

— Fico feliz.

— Estou falando sério. Foi uma verdade horrorosa para enfrentar, e você a tornou suportável.

Beijei seu ombro de novo.

— Agora entendi. Podemos passar por qualquer coisa juntos, contanto que sejamos sinceros um com o outro.

Eu não fazia ideia no momento, mas passar por *qualquer coisa* nem sempre era possível.

CAPÍTULO 24

Bianca

Quando a chama da única vela apareceu para mim, me virei para ele.

— De novo? Sério?

Dex bufou, depois deu uma risada profunda e maliciosa que senti em meu centro. Estava se tornando rotina. Todo dia daquela semana era uma aparente comemoração.

Uns dez garçons se reuniram em volta da nossa mesa e começaram a cantar parabéns para mim. Isso poderia ter parecido normal, exceto por duas coisas. Número um: não era meu aniversário. Número dois: era a terceira vez na semana que Dex tinha falado para os funcionários de diferentes restaurantes que trouxessem um pedaço de bolo para comemorar meu aniversário.

Dex Truitt tinha um senso de humor bem esquisito, o que eu já sabia. Mas realmente gostava de suas tentativas de tentar me distrair da situação com minha mãe. Ele sabia que eu estava protelando confrontá-la sobre o caso e a mentira.

Dex e eu resolvemos apenas curtir a semana sem nos preocuparmos com outra coisa que não fosse nós dois. Afinal, o que estava feito no passado estava feito. Apesar de eu ter que conversar isso com minha mãe, não tinha pressa porque o estrago já tinha acontecido.

Assenti para os garçons quando terminaram de cantar.

— Obrigada. — Me virei para Dex. — Por que continua fazendo isso?

— O bolo de aniversário?

— É.

— Porque quero ouvir a mesma risada constrangida e linda de novo. Só isso já vale a pena. — Dex sempre falava a mesma coisa assim que ficávamos totalmente sozinhos: — Faça um pedido e assopre.

Apesar de sua mente suja, ele continuava se contendo para não me pressionar a transar. Estava sendo ultracuidadoso, quase cuidadoso *demais* para não cometer nenhum erro comigo. Não tínhamos dormido na mesma cama desde a noite em que Dex me contou sobre nossos pais. Mesmo nessa noite, ele tinha sido cauteloso, contendo-se de propósito. Na maioria das noites, ele insistira em dormir na própria casa depois de me deixar na minha.

A voz de Dex me tirou dos pensamentos.

— Você sabe que não é apenas seu problema, Bianca. É *nosso* problema. Envolve meu pai tanto quanto envolve sua mãe. A culpa não recai apenas em uma pessoa. Tire um pouco do peso dos seus ombros e dê para mim. Eu ficaria com todo o fardo, se pudesse.

Foi a primeira vez na vida que senti que tinha um parceiro. Estava começando a perceber que, talvez, Dex pudesse ter vindo para ficar.

— Você não vai a lugar nenhum, não é?

— Não poderia nem se tentasse, Bianca. Por que está perguntando isso? Estava esperando que eu fosse a algum lugar?

— Não sei. Talvez, em algum momento. Acho que acabei de perceber que tenho você, que você não vai me abandonar.

— Finalmente está percebendo isso?

— Acho que sim. — Sorri.

Dex se esticou para o outro lado da mesa e segurou minhas mãos.

— Nunca me senti tão conectado com alguém como me sinto com você. Parece quase químico. Não nos conhecemos por tanto tempo, mas, de certa forma, parece que faz uns cem anos, não é?

Eu concordava totalmente.

— Parece.

— E sei que isso vai soar estranho, mas sinto que tudo isso era para acontecer, até o negócio com nossos pais. Por mais sórdido que possa ter sido na época, eles tinham uma conexão, assim como a gente. E talvez haja algo nisso. Talvez a predisposição em relação ao outro seja genética ou algo assim. Não sei. Tudo que sei é que... — Ele respirou fundo e pareceu se impedir de falar.

— O quê?

Dex balançou a cabeça.

— Nada.

— Você ia falar alguma coisa e parou.

— Eu ia. Ia falar uma coisa... mas é tão importante que acho que agora não é a hora certa. Não quero que seja manchado por sua ansiedade.

Humm.

— Bom, minha ansiedade não vai passar até eu resolver confrontar minha mãe.

— Acho que é melhor eu estar lá quando fizer isso.

— O aniversário da minha mãe é neste domingo. Alexandra quer que a gente se reúna para comemorar. Minha irmã quer muito te conhecer.

Eu tinha contado tudo sobre a identidade de Dex, mas não tivera a chance de jogar a bomba sobre o caso da nossa mãe ainda.

— Bom, então vou com você à festa — ele disse.

— O problema é que não quero fazer uma cena no aniversário da minha mãe, mas não sei se consigo me conter, já que será a primeira vez que vou vê-la depois de descobrir.

— Por que não vivemos um momento de cada vez e vemos como as coisas vão?

— Está bem.

Fazendo um desejo, finalmente soprei a vela.

— Simplesmente não consigo acreditar nisso — Alexandra falou. Sabia que ela estava chorando.

— Eu sei. Desculpe mesmo por te contar isso esta noite, mas não queria que fosse pega de surpresa no domingo, caso eu me descontrole com a mamãe.

Tinha resolvido ligar para minha irmã e lhe contar a história toda sobre nossa mãe e Dexter pai. Ela ficou tão chocada quanto eu em saber a verdade sobre como o casamento dos nossos pais realmente desmoronou.

— Para ser sincera, faz muito sentido agora — ela revelou.

— Como assim?

— Porque papai sempre pareceu tão triste quando supostamente era para ele ter tido o caso.

— Sabe, tem razão. Isso nunca fez muito sentido.

Alex fungou.

— Espero que tenha valido a pena.

— O caso?

— É. Custou o casamento dela e, para nós, custou tudo.

— Mas, de forma estranha, me trouxe Dex. Se não fosse por eu pensar que o pai dele tinha tratado mamãe mal, poderia não ter me voluntariado com tanto afinco para aquela tarefa. É como se o universo me desse algo em troca.

— Realmente gosta dele, não é?

— Passamos por muita coisa, mas, sim, tenho quase certeza de que estou me apaixonando por ele. — Era a primeira vez que admitia isso em voz alta, mas, na minha cabeça, não tinha dúvida de como me sentia em relação a ele. — Na verdade, tenho certeza.

— Uau. Acho que definitivamente chegou a hora de eu conhecê-lo, então.

— É... passou do tempo. Vai adorá-lo. Ele é extremamente carismático e pé no chão. Mamãe gostou dele na hora. Claro que ela não fazia ideia de quem é o pai dele.

— Bom, isso vai mudar. Quanto mais rápido contar a ela, melhor.

— Ok, no domingo, então.

Dex estava parado do lado de fora do meu quarto com os braços cruzados. Com um olhar sedutor, ele me observava intensamente conforme eu amarrava o cabelo.

Usando um vestido preto de botão, poderiam pensar que eu estava indo para uma vigilância em vez de para a festa de aniversário da minha mãe. Definitivamente, eu não estava no clima de comemorar nada, e meus nervos estavam à flor da pele porque eu sabia que, assim que a comemoração acabasse, eu falaria com ela sobre o caso.

— Você está extremamente tensa — ele disse, lentamente se aproximando do meu lugar no espelho.

— Estou.

Dex veio por trás e colocou a mão na minha bunda.

— Não fique. Estou aqui.

Empurrei minha bunda em sua mão.

— Aí não são as minhas costas.

Ele apertou.

— Você tem a bunda mais incrível, mas eu *estava* falando sério.

Me virei para ele e envolvi os braços em seu pescoço antes de lhe dar um selinho nos lábios.

— Eu sei.

Dex olhou em meus olhos por um tempo, depois disse:

— Quero te ajudar a relaxar antes de irmos.

— Como vai fazer isso?

— É hora da sua boceta se familiarizar com a minha boca.

CAPÍTULO 25

Dex

Eu tinha começado só para provocá-la. Quando ela se deitou na cama com o vestido preto erguido até a cintura, beijei-a por suas coxas e barriga. Sua respiração estava pesada, e era difícil dizer se era de ansiedade ou nervosismo.

Havia apenas um jeito de descobrir, que era pressionando minha língua em seu clitóris. O gemido que escapou dela foi toda a confirmação que eu precisava de que ela estava mais do que bem com isso.

A cada movimento da minha língua, queria que ela soubesse o quanto eu queria isso, o quanto era bom finalmente prová-la. Meu pau estava mais do que pronto para explodir conforme mergulhei a boca enquanto ela mexia os quadris debaixo de mim. Puxei suas coxas a fim de trazer seu corpo para mais perto do meu rosto e inspirei.

Era tão bom dar prazer a ela que quase me esqueci de que não era para se tratar de mim. Era para ela gozar tão forte no meu rosto que não teria escolha a não ser relaxar. Ainda assim, era eu que estava com a ereção bem dura e com uma necessidade de continuar devorando-a para prolongar isso.

Sempre gostei de fazer oral, mas podia dizer honestamente que nunca tinha sentido que conseguiria gozar com apenas esse ato. Com Bianca, era diferente. Dar-lhe intenso prazer, ver as sensações do seu corpo tomarem conta dos seus pensamentos, era realmente excitante e fascinante.

Além de uma faixa fininha, ela era quase toda depilada. Sabia que, no dia seguinte, sentiria os efeitos da minha barba por fazer esfregando-a.

Subi para respirar por tempo suficiente apenas de lamber os dedos e deslizá-los para dentro dela enquanto continuava a comê-la. Adorava a sensação de suas mãos segurando firme meu cabelo. Se isso não significava que ela estava curtindo, eu não sabia o que era. Quando senti que ela estava perto, diminuí o ritmo, só para fazê-la empurrar mais minha cabeça nela. Aparentemente, eu era tolo de pensar que estava no controle. Aplicando mais pressão, senti sua linda boceta pulsando durante o clímax na minha língua. Continuei constante até seus quadris pararem de se mover.

O corpo de Bianca estava mole deitado na cama.

— Uau — ela suspirou. — Isso foi... uau.

— Vamos nos atrasar — eu disse com um sorriso convencido. — Depois da festa, vou te levar para a minha casa. E tudo e qualquer coisa que me deixar... vou fazer com você. Vista-se enquanto vou ao banheiro.

Com o gosto dela ainda na língua, fui ao banheiro me masturbar, repassando os últimos minutos na cabeça, sentindo que não havia volta depois daquela noite; eu precisava estar dentro dela mais tarde.

A mãe de Bianca nos recebeu na porta da casa da irmã dela.

— É muito bom te ver de novo, Dex.

— Parabéns, Eleni.

Bianca olhou em volta.

— Cadê Alexandra?

— Ela foi só comprar umas velas para o bolo. Falei para não se incomodar, mas você conhece sua irmã. Quer que tudo seja perfeito. Eu disse para ela que era melhor não queimar a casa com a quantidade de velas no meu bolo este ano.

Bianca olhou timidamente para mim.

— Veja só... um bolo de aniversário que *não* é para mim.

Parecendo confusa, Eleni perguntou:

— O que disse?

— Dex falou para os garçons em todos os restaurantes que fomos esta semana que é meu aniversário. Ganhei quatro bolos e quatro músicas de parabéns.

— Adoro um homem com senso de humor. Por acaso você tem irmão mais velho, Dex? — Eleni brincou.

Que ironia.

Um cara alto e loiro me salvou da bizarrice desse comentário.

— Dex? — Ele estendeu a mão. — Brian... Marido de Alexandra. É um prazer te conhecer.

Apertando a mão dele, eu disse:

— É bom colocar um rosto no nome, Brian. Bianca me falou muito de você.

— Cadê as meninas? — Bianca perguntou.

— Elas saíram com Alex. — Ele apontou para uma abundância de petiscos colocados na ilha de granito. — Comam. Tem um minibar ali no canto.

— Obrigado, Bri. — Bianca sorriu, mas, quando seu cunhado se afastou, vi que ela estava começando a surtar um pouco. Estava olhando para o nada, seu olhar fixo em uma lareira elétrica construída na parede.

Afagando suas costas, perguntei:

— Você está bem?

Ela respirou, trêmula.

— Estou. Não vou conversar com ela antes de a festa acabar. Não quero estragar.

— Ok. Quando se sentir confortável. Deixe-me fazer uma bebida para você. Do que está a fim? — falei baixinho.

— Rum e Coca seria ótimo.

Depois de preparar sua bebida, vi uma movimentação na porta da frente. Aparentemente, a irmã de Bianca tinha voltado com as filhas. Fiquei na cozinha, deixando Bianca ter um tempo com as sobrinhas.

O som dos saltos de uma mulher se aproximando da cozinha me fez endireitar a postura. Dei um sorriso quando a irmã dela se aproximou de mim. Meu sorriso rapidamente se desfez quando percebi uma familiaridade desconfortável.

Eu a conhecia.

Só não conseguia identificar por que parecia conhecê-la.

Nem conseguia me lembrar do que dissera durante nossa apresentação. Foi tudo um borrão porque estava focado demais em seu rosto, tentando decifrar o mistério.

Minha mente estava acelerada, nossa conversa entrando e saindo do meu cérebro como carros de Fórmula 1 correndo em uma pista.

Sorria.

Assinta.

Fale.

Repita.

Por que ela era tão familiar? Droga, Dex. Pense.

Em algum momento durante o jantar, conforme continuei a olhar Alexandra, a identificação me atingiu como várias tijoladas. Parecia que minha garganta estava se fechando.

Sem pedir licença, me levantei para fugir, a fim de que Bianca não sentisse meu pânico repentino. Dentro do banheiro, me olhei no espelho. Gotas de suor estavam se formando em minha testa. Meu coração batia tão rápido que parecia que ia explodir.

O rosto de Alexandra era familiar porque lembrava um que eu olhei todos os dias por metade da minha vida.

Ela parecia exatamente com meu pai.

Demorei dez minutos para reunir energia suficiente para voltar à sala de jantar.

Bianca me olhou e pareceu confusa.

— Você está bem, Dex?

— Não... acho que estou com uma virose.

— Ah, não!

— É.

— Isso. Hum... Preciso ir. Me desculpe. Sei que estava contando comigo para ficar aqui, mas realmente não quero deixar ninguém doente.

E lá estava eu, de volta às mentiras. Mas, falar a verdade, nesse caso — nesse exato momento —, simplesmente não era uma opção.

Contar a Bianca que eu suspeitava que a irmã dela pudesse ser filha do meu pai baseado somente pela semelhança *não* era uma opção.

Mas mais do que isso, o inimaginável – que a paternidade de Bianca pudesse ser questionada – também não era uma opção. Eu nem poderia tocar nesse assunto antes de fazer as contas e confrontar meu pai. Nem conseguiria entender.

— Tem certeza? — O medo em seu olhar pareceu encontrar o meu, embora ela estivesse preocupada por uma razão totalmente diferente.

— Tenho. Sinto muito mesmo.

— Tudo bem. Não sinta.

Ao sair, só conseguia pensar que queria ter falado para ela que a amo no início da semana no restaurante. Tinha me contido, pensando que era muito cedo. Agora queria ter contado a ela como me sentia antes de tudo mudar de uma hora para a outra.

Atordoado, nem tinha ligado para o meu motorista antes de sair, então fiquei parado do lado de fora sem carro para entrar. Estava começando a chover quando comecei a andar, passando pelas pessoas e pelo tráfego. Pegando o celular, liguei para o meu pai.

— Alô? — sua esposa atendeu.

— Myra, meu pai está em casa?

— Sim. Está tudo bem?

— Por favor, coloque-o na linha.

A voz do meu pai veio alguns segundos depois.

— Dex?

— Pai... Preciso que pense, ok? — As palavras estavam saindo mais rápido do que minha mente conseguia organizá-las. — Quando o senhor e Eleni Georgakopolous tiveram o caso... foi há exatamente quantos anos?

— Te falei que ia e voltava...

— Vinte e sete... vinte e oito anos atrás? Hein? Pense!

— Espere. — Ele pausou. — Começou há uns vinte e nove anos e durou uns seis anos.

Meu estômago estava se revirando.

— Quando transava com ela... vocês usavam proteção?

Por favor, diga que sim.

Depois de uma pausa, ele disse:

— Não consigo me lembrar de todas as vezes, filho.

— Como pode *não* lembrar?

— Acho que ela disse que tomava pílula, mas, sinceramente... foi há muito tempo.

— Nunca usaram camisinha? — Ergui a voz.

— Não. Nunca.

— Como pôde fazer isso?

— Acho que confiava nela. Não fui responsável. Enfim, por que está me perguntando tudo isso?

— Vi a irmã de Bianca pela primeira vez esta noite.

— E?

— Pai... — Engoli em seco. — Ela parece com o senhor.

Silêncio.

— Acha que é minha filha?

A chuva começou a me castigar.

— Acho que há uma chance.

— Como pode ter certeza de que não está apenas procurando similaridades por causa do que te contei sobre o caso? Pode simplesmente estar paranoico e querendo se meter em encrenca.

— Não. Queria que fosse esse o caso. Nunca nem pensei nisso até ver o rosto dela. Ela lembra demais o senhor. Mas, Deus, nunca poderia ter imaginado que tivesse sido tão irresponsável para haver essa possibilidade. Como pôde fazer isso?

— Não tem nada confirmado. E, mesmo que seja verdade o que está dizendo... por que está tão preocupado?

— Não pode estar me perguntando isso. Está me dizendo que tecnicamente poderia ser o pai da irmã da minha namorada, que estava dormindo com a mãe delas quando ambas foram concebidas. Há somente uns dois anos entre elas. Agora, nem consigo ter certeza se estou apaixonado por minha própria irmã! Como pode não saber por que estou preocupado?

As pessoas na rua estavam me olhando conforme eu gritava no telefone.

— Acalme-se, Dex.

— Não me fale para me acalmar. A única coisa que vai me acalmar é acordar deste pesadelo!

Nem conseguia me lembrar de desligar. Quando vi, estava em uma loja de bebidas, saindo com uma garrafa grande de Fireball em um saco de papel marrom.

Quando Sam estacionou, havia um único lugar que eu queria ir.

— Para onde, sr. Truitt?

Dei um gole e apreciei a queimação do álcool deslizando por minha garganta.

Brooklyn.

CAPÍTULO 26

Dex

Esta merda é nojenta.

Não que eu me importasse. Quando cheguei ao Brooklyn, já tinha bebido grande parte da garrafa de álcool horrorosa. Tinha falado para meu motorista não esperar, então, quando Jelani não atendeu à campainha, me apoiei na coluna da sua casa e continuei bebendo do saco marrom como um mendigo. Estranhamente, ao ficar ali sentado por mais de uma hora no escuro, comecei a pensar se era assim que um mendigo se sentia por dentro. Na verdade, eles não tinham uma cobertura multimilionária com vista para o parque como lar, mas me sentia mendigo naquele instante, como se não tivesse âncora, ninguém que me apoiasse. Nos meses em que convivera com Bianca, de alguma forma, ela tinha se abrigado em meu coração, e ter realmente um lugar para ir não tinha mais sentido. Dei outro gole grande e saboreei o calor que percorreu meu corpo. Entendia como as pessoas usavam a bebida para substituir o calor em suas vidas frias.

Devo ter pescado, porque em um minuto estava contemplando o significado da vida enquanto bebia minha melhor amiga com gosto de canela e, no outro, meus pés estavam sendo chutados.

— Tentando enxergar como a outra metade vive, meu amigo? — Jelani estava em pé diante de mim, sorrindo enquanto me fazia voltar à consciência. Cambaleei para ficar em pé, sentindo o efeito absoluto do álcool em meu equilíbrio agora.

— Não sabia mais para onde ir.

Jelani assentiu como se entendesse e me convidou para entrar.

— Problemas com mulher ou família? — ele questionou enquanto tirava algumas compras de uma bolsa de lona que estava pendurada em seu peito.

Isso não é irônico?

— Ambos.

— Que tal um café? — Ele apontou para a garrafa que eu ainda estava segurando. — Acho que é uma ideia melhor do que o que quer que tenha nesse saco de papel.

Jelani pegou uns grãos e colocou uma cafeteira com um coador antigo prateado em seu fogão a gás. Enquanto ele estava ocupado, eu me sentei e olhei as novas peças entalhadas que ele tinha organizado na mesa da cozinha. A primeira era uma morsa pequena, o mesmo espírito animal que Jelani tinha sugerido que eu comprasse da primeira vez que nos vimos.

— Comprei a cabra, mas você tinha razão em sugerir a maldita morsa.

— Ah. A guardadora de segredos. — Ele colocou duas canecas de café preto na mesa e deslizou uma para mim. — Sua amiga tem uns segredos que te fizeram questionar se é a mulher certa para você?

— Pode-se dizer que sim.

Jelani bebeu seu café, me observando por cima da caneca.

— Temos um velho ditado de onde venho. *Mares tranquilos não fazem um bom marinheiro*. Como homens, ficamos mais fortes aprendendo a navegar as ondas enquanto mantemos o navio no caminho certo.

— É... bem... — Bufei. — Esse está mais para uma tsunami. Vocês têm um monte de marinheiros que sobrevivem a uma tsunami?

— Não tem problema tão grande que Deus não possa resolver.

Bebi o café preto e amargo e resolvi que precisava de alguma coisinha se Deus seria envolvido na conversa. Estava bem irritado com o cara lá no céu naquele momento. Colocando um shot de Fireball no café, mexi com o dedo enquanto Jelani observava. Após um gole medicinal, coloquei a caneca na mesa e olhei para meu amigo improvável.

— Me apaixonei por uma mulher.

Jelani sorriu.

— E esta noite descobri que ela e eu... podemos ter o mesmo pai.

O sorriso de Jelani sumiu. Então ele deslizou sua caneca para mim e apontou para eu servi-lo de Fireball.

— Quer saber de uma coisa louca? — Eu tinha acabado de explicar a confusão sórdida com meu pai para Jelani.

Ele arqueou as sobrancelhas.

— Tem alguma coisa mais louca que essa? O quanto de bebida ruim você ainda tem nesse saco de papel?

Nós dois demos risada.

— Não sei se me importo que ela seja minha irmã. Mesmo bêbado e pensando que podemos ter o mesmo DNA não me faz desejá-la menos.

— Muitas famílias reais mantêm a linhagem sanguínea intacta se casando com familiares. A monarquia Monomotapa, no Zimbábue, praticava incesto regularmente. O rei com frequência se casava com suas filhas e irmãs para produzir descendência de sangue puro. — Ele parou. — Cleópatra se casou com seus dois irmãos.

— Tem algo mais recente? Tipo, do século vinte e um?

Jelani forçou um sorriso. Foi então que percebi o quanto seus ossos da face estavam pronunciados. Estivera tão envolvido em me afundar no meu próprio drama que nem tinha notado que ele havia emagrecido mais.

— Você não está comendo. Seu tratamento está te fazendo sentir pior?

Como sempre, ele agiu normal.

— Tem seus dias ruins e bons.

— Quando foi a última vez que comeu uma comida de verdade?

— Não faz muito tempo. Sopa é minha amiga esses dias.

Encarei-o.

— Amanhã à noite vou te levar para jantar no meu restaurante preferido.

— Desconfio que é você que estará se sentindo enjoado para comer amanhã depois de beber esse negócio.

Nós dois ficamos quietos por um minuto. Em certo momento, Jelani falou.

— Precisa contar a ela.

— Eu sei.

— Tudo vai acabar como era para ser.

Com certeza torcia para que ele estivesse certo. Porque hoje, mais do nunca, percebi o quanto Bianca e eu era para sermos.

O café tinha me acordado, mas não me deixado totalmente sóbrio, o que, até onde eu sabia, era muito bom. O Uber me deixou em frente ao prédio de Bianca, e fiquei ali sem me mexer por uns vinte minutos, encarando sua janela. Conseguia ver, da rua, que a luz do seu quarto estava acesa, mas não sabia se ela tinha esquecido assim quando saímos mais cedo à noite. Precisava tomar coragem – na verdade, entrar no maldito prédio e verificar se ela estava em casa – e, então, de repente, a luz se apagou, e obtive minha resposta. *Ela está em casa.* Respirei fundo e fui em frente antes de mudar de ideia.

— Dex? — Bianca abriu a porta assim que ergui a mão para bater uma segunda vez. Ela deu uma olhada em mim e ficou imediatamente preocupada. — Você está bem? Seu enjoo piorou ou algo assim?

— Posso entrar?

— Claro. Claro. — Ela foi para o lado.

Bianca trancou a porta.

— Você está horrível. Deveria estar na cama. — Ela colocou a mão na minha testa para sentir.

Deus, estou muito apaixonado por você.

— Não está quente. Pelo menos, não tem febre.

Não consegui me conter. Abracei-a e a puxei contra mim, dando-lhe o maior e mais forte abraço que já tinha dado em alguém. Poderia estar esmagando-a um pouco, mas não conseguia soltar. Depois de bastante tempo assim, ela finalmente tentou recuar um pouco.

Nossos narizes estavam a poucos centímetros de distância quando ela olhou para mim.

— Você não está doente, não é?

Balancei a cabeça.

— O que está havendo? Tem algo a ver com minha mãe? Estava te deixando maluco o fato de vê-la e saber o que ela tinha feito? Tive a sensação de que iria te chatear mais do que pensava.

Assenti. De repente, fiquei mudo, apesar de precisar falar tanta coisa.

Seus olhos lindos ficaram tristes.

— Sente-se. Vou servir um vinho para nós, e podemos conversar.

Ela se soltou dos meus braços e foi para a cozinha. Logo antes de ela estar fora de alcance, segurei-a e peguei sua mão, puxando-a de volta para mim. Ela sorriu, pensando que eu estivesse brincando, mas estava bem sério. Se esse seria nosso último instante como quem nos tornamos um para o outro, se tudo em nossa vida fodida iria mudar, eu queria um último beijo.

Segurando seu rosto, beijei-a até não ter dúvida do que ela significava para mim. Depois, ela piscou algumas vezes como se tivesse que se esforçar para voltar à realidade.

— Está me assustando, Dex — ela sussurrou. — Esse beijo pareceu muito com uma despedida.

Se esse era o início do fim, *não* era como eu queria que ela se lembrasse do nosso último beijo. Acariciei seu rosto.

— Eu te amo, Bianca. Te amo demais.

Ela pareceu surpresa com minha declaração. Inferno, também me surpreendeu as palavras terem caído da minha boca. Mas, mesmo depois de dizê-las assim, fiquei feliz de ter lhe contado. Ela precisava saber a verdade. A verdade toda. Bianca ficou na ponta dos pés e me beijou suavemente, depois recuou para me olhar nos olhos.

— Também te amo, Dex.

Queria poder congelar o tempo e ficar naquele instante para sempre. Porém, cedo demais, Bianca estava se preparando para nossa conversa.

— Vá. Sente-se, e vou servir um vinho para podermos conversar.

Ela sorriu para mim da cozinha. Será que eu era um cretino completo por falar que estava apaixonado por ela uns minutos antes de contar o que tinha vindo dizer? Ela estava radiante ao servir o vinho. Parecia que minha afirmação tinha amenizado a preocupação que ela estivera sentindo quando cheguei para conversar, e lá estava eu, prestes a destruí-la. Deus, esperava que não dificultasse mais as coisas por ser um desgraçado egoísta e querer um último beijo se tudo não acabasse bem.

Bianca colocou duas taças de vinho tinto na mesa de centro e se ajeitou no sofá à frente da poltrona em que eu estava sentado. Não tinha percebido o que ela estava usando até aquele momento. Melhor, o que ela não estava usando. Estava com pouca roupa. Usava um shortinho preto curto e uma blusinha de alça rosa-claro que abraçava sua pele linda e naturalmente bronzeada. Quando ergueu a taça para beber seu vinho, vi que não estava usando sutiã, e seus mamilos estavam totalmente eretos e apontando para mim.

Porra.

Porra.

Porra.

Minha boca salivou de olhar para eles. Era uma agonia me forçar a fechar os olhos e me lembrar: *ela pode ser sua irmã. Ela pode ser a porra da sua irmã.* Quando reabri os olhos, poderia ter jurado que seus mamilos deliciosos tinham dobrado de tamanho. Passei as mãos no rosto.

— Acha que pode colocar um robe ou algo assim?

Bianca olhou para baixo e viu o que eu estava olhando.

— Não gosta dos meus mamilos?

— Gosto demais. Demais mesmo. Não consigo me concentrar com eles me provocando.

Ela deu risada como se eu estivesse sendo engraçado, mas foi pegar o robe. Bebi toda a minha taça de vinho nos dois minutos em que ela saiu. Quando voltou usando um robe de seda vermelho e sexy meio aberto, peguei a taça dela e bebi tudo também.

Vendo as duas taças vazias, Bianca amarrou mais forte o robe e se sentou.

— Fale comigo.

Não sabia por onde começar. Respirei fundo, fiz uma sessão de fotos mental dela como se fosse a última vez que a veria e, então, abri a boca.

— Sua irmã é meu pai cuspido e escarrado.

CAPÍTULO 27

Bianca

— Como isso é possível?

Dex passou os dedos pelo cabelo.

— Liguei para o meu pai depois que fui embora. Ele confirmou que o período batia. E que nunca usou proteção.

— Você deve estar imaginando isso. Alexandra é muito parecida com meu pai. Eles têm as mesmas manias, o mesmo senso de humor, até seguram o garfo do mesmo jeito esquisito!

— Isso tudo se aprende. Não é genético.

— Ambos têm sobrancelhas peludas.

— Essa é uma característica bem comum. Me atreveria a dizer que isso afeta metade da população grega.

— Está enganado. Tem que estar enganado.

Dex pegou seu celular e apertou algumas teclas, depois deslizou até encontrar o que quer que estivesse procurando. Virando-o para mim, estendeu-o com a palma da mão para cima. Vi que ele tinha aberto o Facebook.

— Este é o perfil do meu pai. Veja algumas fotos dele.

Hesitei, mas, em certo momento, a curiosidade me venceu. Na primeira foto que vi, meu coração quase parou. Era como se eu estivesse vendo uma foto editada da minha irmã transformada em um homem. Tinha que ser coincidência. Deslizei de novo.

Os olhos da minha irmã.

Deslizei de novo.

O queixo de Alexandra.

Deslizei de novo.

O sorriso dela. *O sorriso lindo de Alexandra*. Meus olhos lacrimejaram.

Dex estendeu a mão e tentou cobrir o celular para me impedir de olhar mais. Arranquei dele, precisando ver mais. Deslizei e deslizei... procurando mais fotos com esperança de que as anteriores fossem apenas um ângulo ruim. Mas, quando cheguei desesperada ao fim das fotos, lágrimas estavam escorrendo.

Dex ficou de joelhos diante de mim.

— Sinto muito. Sinto muito mesmo.

Ele tentou me abraçar, me confortar, mas eu não conseguia relaxar ainda. Precisava de mais.

— Seu pai sabia?

— Ele fala que não fazia ideia.

— Será que minha mãe sabe a verdade?

— Não sei.

— Ela começou a trabalhar lá apenas um ano antes de Alexandra nascer. Que porra ela fez? Pulou na cama do chefe na primeira chance que teve? — Eu não estava realmente perguntando isso a Dex, apesar de ter tantas perguntas.

— Não sei o que realmente aconteceu. Meu pai foi vago em todos os detalhes. Infelizmente, tive a impressão de que não estava sendo ambíguo de propósito, mas porque teve vários casos com uma frequência regular durante o casamento, e não consegue mais organizá-los na cabeça.

— Só não entendo, Dex. Como se tem um filho que se parece com outro homem e segue em frente? Eles apenas pararam de se encontrar quando ela engravidou, e nenhum dos dois se incomodou em questionar a paternidade? Todo mundo simplesmente seguiu a vida?

Dex apertou minhas mãos.

— Eles não pararam de se encontrar, Bianca. Meu pai disse que continuaram por quase seis anos.

Não sei se era um mecanismo de proteção do meu cérebro ou se eu realmente era tão ingênua. Mas ainda não havia tido minha epifania.

— Seis anos? Alexandra e eu só temos quatro anos de diferença.

Dex me encarou, olhando fundo em meus olhos, aguardando o clique.

5

4

3

2

1

— Ah, meu Deus! — Me levantei para correr para o banheiro. — Acho que vou vomitar.

Parecia que alguém tinha morrido. Havia um vazio em meu peito, um vazio doloroso, ainda assim um vazio muito pesado. Depois de duas horas conversando, chorando e esvaziando duas garrafas de vinho, Dex tinha me perguntado se eu queria que ele fosse embora. Eu queria exatamente o contrário, que ele ficasse para sempre e me dissesse, na manhã seguinte, que aquela noite foi só um pesadelo. Só agora que estávamos deitados na minha cama no escuro foi que a loucura de ele poder ser meu irmão estava se instalando.

Nenhum de nós falou uma palavra por um bom tempo. Eu estava de costas para ele, e sua mão descansava gentilmente em minha cintura até ele apertá-la e quebrar nosso silêncio.

— Já ouviu falar da monarquia Monomotapa do Zimbábue?

Dei risada. Do que ele estava falando?

— Não.

— Sabe alguma coisa sobre a Cleópatra?

Ahhh. Então era nisso que ele estava pensando? Me virei para encará-lo. Estava escuro, mas meus olhos tinham se adaptado o suficiente para ver os dele.

— Sei, na verdade. Sabe que ela não era egípcia de verdade? As raízes dela são da Macedônia. — Eu sabia que não era disso que ele estava falando, mas pensei em brincar um pouco com ele.

Deu certo. Ouvi o sorriso em sua voz.

— Ah, é? Imaginei que fosse saber disso, Georgakopolous. Aprendeu mais alguma coisa na aula de História?

— Ela gostava de uma maquiagem pesada e escura nos olhos.

— Espertinha. Sabe exatamente a que estou me referindo.

Suspirei.

— Está dizendo que não se importa se eu for sua meia-irmã?

A leveza tinha sumido da sua voz.

— Não sei o que estou dizendo. A única coisa da qual tenho certeza é que estou apaixonado por você. E não estou pronto para te deixar. Não importa o que aconteça.

— Você fala isso agora, mas homens olham para as irmãs de maneira bem diferente de como mulheres olham para os irmãos. Não tem como você conseguir pensar em mim sexualmente, se tiver realmente alguma chance de sermos parentes, Dex.

Vi o branco dos seus olhos se mexer conforme olhavam nos meus. Finalmente, ele pegou minha mão.

— Não julgue. — Então levou minha mão por seu corpo até parar em seu pau. Seu pau duro e totalmente ereto.

Arfei quando ele envolveu meus dedos nele, demonstrando que *definitivamente* conseguia pensar em mim ainda daquela forma.

— Isso responde sua pergunta?

— Acho que sim.

Dex deu risada ao levar minha mão até seus lábios e beijá-la. Então se inclinou para a frente e beijou minha testa.

— Durma um pouco. Vamos pensar no que fazer só amanhã.

— Ok. — Me virei de volta, e Dex me puxou contra ele, minhas costas contra sua frente, abraçando-me forte. Apesar de eu claramente sentir sua ereção, o abraço não foi sexual. Foi... protetor.

Com seu calor em volta de mim como um cobertor, não demorou para ficar sonolenta.

— Boa noite, Dex — sussurrei.

— Boa noite, minha Georgy.

No dia seguinte, Dex ligou do escritório no meio da tarde para ver como eu estava. Na verdade, era uma das muitas vezes que ele me contatou para garantir que estivesse bem. Detestava o pensamento doentio que passou pela minha cabeça de repente.

Ele só está sendo um irmão preocupado.

Cale a boca!

Odiava meu cérebro às vezes.

Dex parecia cansado.

— Como está se sentindo?

— Quer saber mesmo?

— Claro.

— Acho que ontem fiquei bastante em choque, mas agora está começando a cair a ficha. E a realidade está me assustando.

— Você não está sozinha, Bianca. Também estou assustado. Na verdade, não consigo me lembrar de nada que me assustou mais em toda a minha vida.

A tristeza me tomou. Ansiava pelo tempo antes disso vir à tona.

— Estou com saudade de você.

— Ainda estou aqui — ele sussurrou. — Não fui a lugar nenhum. — Depois de um silêncio, ele continuou: — Precisamos saber. Está me matando. Está pronta para descobrir? Não vou te pressionar se não estiver.

Acabei não tendo a conversa com minha mãe na noite em que Dex foi embora da casa da minha irmã. Agora, essa conversa seria totalmente diferente porque não iria apenas contar a ela sobre a identidade de Dex, mas também a confrontaria se Dexter pai poderia ser meu pai e de Alexandra. Que bagunça.

— Por onde começo? Me sinto tão perdida — confessei.

— Preciso conseguir convencer meu pai a fazer o exame de DNA. Acho que você precisa ter a conversa com sua mãe e irmã assim que possível. Não podemos mais adiar isso... principalmente agora.

— Ok — concordei. — Vou pedir uma reunião de emergência esta noite na casa da minha irmã. Precisamos fazer Alexandra concordar em fazer o exame também.

— Quer que eu esteja lá quando contar a elas?

— Na verdade, acho que é melhor se eu fizer isso sozinha. Vai ser muita coisa para minha irmã absorver. Acho que ela ficará mais confortável se estiver somente eu, sem você.

— Ok, justo. O que achar melhor. Só queria estar lá para te apoiar, caso ache que precisa. Não queria que lidasse com esse assunto difícil sozinha.

Detestava o que eu estava pensando naquele momento.

Aparentemente, ele percebeu algo em meu silêncio.

— Me diga o que está pensando.

— Você falou que não quer que eu lide com isso sozinha, e isso me fez perceber que posso ter que me acostumar com uma vida separada de você. Talvez, quanto mais cedo eu aprender como fazer isso, melhor.

— Não fale isso, Bianca. Nem pense nisso. — Dex soou quase bravo.

Meu tom mudou de baixo para insistente.

— É verdade, Dex. Acho que precisamos seriamente nos preparar para o pior. Estamos em negação.

— Acha que vou simplesmente desaparecer da sua vida se as coisas não acabarem a nosso favor?

— Bem, certamente não podemos continuar... próximos. Seria doloroso demais, não acha?

— Na verdade, acho que o oposto seria bem mais doloroso. Não consigo imaginar minha vida sem você. Se descobrirmos... — Ele hesitou. — Deus, nem consigo falar isso. Nem consigo falar.

— Se o pior acontecer... — falei por ele.

Ele recuperou a compostura e disse:

— *Se* o pior acontecer, sempre vou querer estar na sua vida. Por mais louco que isso pareça, gosto demais de você para te abandonar.

Fiquei confusa com o que ele queria dizer.

— Então... seríamos... o quê... tipo amigos?

— Acho que não poderíamos realmente pôr um rótulo nisso, mas...

— Vai querer me ver com outros homens?

Silêncio mortal.

— Caralho. Não... Nem consigo pensar nisso. Mas teria que me aguentar de alguma maneira porque vou querer te proteger mesmo que me mate. Nunca quero que simplesmente desapareça da minha vida.

Podia sentir que seus olhos estavam lacrimejando.

— Você diz isso agora... mas vai ser muito difícil, Dex. Acho que não aguento te ver com outras mulheres, te ver se casando, tendo filhos um dia. Deus... esses filhos... vão ser meus...

— Por favor, Bianca! Não pensei nisso. Imploro para não pensar assim agora, ok? Vamos nos permitir ter esses dias de negação. É a única coisa boa nesse período de espera. Está certo? Não estou dizendo para fingir que não está acontecendo, mas tente não pensar *assim*. Ok? Pode fazer isso para mim, baby?

Fechei os olhos firmemente para acabar com as lágrimas.

— Não deveria me chamar de "baby"... até sabermos.

— Foda-se. — Podia sentir que ele estava cerrando os dentes ao dizer: — Você é minha baby e minha Georgy. E vou te chamar de que porra eu quiser. Não vou esconder meus sentimentos até o dia... o *segundo*... que tiver absolutamente certeza.

Funguei para afastar as lágrimas.

— Espero que esse segundo nunca chegue.

Sentadas lado a lado no sofá da minha irmã, ambas estavam sem palavras. Parecia que Alexandra iria desmaiar. Detestava tudo nisso, mas tinha que ser feito. E eu estava grata por finalmente ter esclarecido, porque guardar isso estava me matando.

Tinha passado a meia hora anterior contando a elas o que sabia e do que desconfiava. Dex tinha me dado umas fotos do pai dele mais jovem para eu poder mostrar a semelhança com a minha irmã. Ela não discutiu; não conseguiu.

Claro que minha mãe estava chocada em saber sobre a identidade de Dex, primeiro, mas, assim que isso foi revelado, ela não pareceu tão surpresa em relação às minhas suspeitas quanto à paternidade de Alexandra.

— Realmente não pensei que... — ela finalmente falou.

— O quê? — chorei. — Que iríamos descobrir? Já viu o quanto ela se parece com ele?

— *Vi*. Mas não era tão óbvio até ela ficar um pouco mais velha. Quando percebi, era tarde demais. Seu pai é seu pai de todas as maneiras que importam. Ele ama vocês duas mais do que tudo na vida. O fato de ser ou não pai biológico realmente não faz muita diferença.

— Mas admite que é possível... que não apenas Dexter Truitt poderia ser pai de Alex como também poderia ser *meu* pai?

— Não sei dizer. Cometi um grande erro em nos colocar nesse dilema. Mas era jovem e imprudente. Me sentia presa na época, e Dexter era minha fuga. Não estava pensando em repercussões a longo prazo, e certamente nunca poderia prever que uma das minhas filhas se apaixonaria pelo filho dele anos depois. Daria qualquer coisa para rever minhas decisões, mas simplesmente não posso fazer isso.

Minha mãe estava chorando e minha irmã, que estivera quieta, de repente, se levantou e foi para o quarto.

Eu a segui.

— Sinto muito, Alex.

O quarto estava escuro. Ela se sentou na cama e cobriu o rosto.

— Não é culpa sua. Só preciso de um tempo para processar.

— Demore o quanto precisar.

De repente, ela se virou para mim.

— Por que ela não parece mais chateada? Será que tem alguma ideia do quanto isso vai impactar nossas vidas? Não apenas na minha... mas principalmente na sua?

— Acho que ela está em choque. Parece que apenas ficou em negação todos esses anos. Nunca pensou que fôssemos descobrir.

— Papai desconfia de algo?

— Ele tem que desconfiar — respondi. — A menos que nunca tenha realmente visto Dexter Truitt. Para ser sincera, mesmo sabendo o que eu sabia, não tinha pensado que isso era possível até realmente ver a semelhança.

— Você se parece com a mamãe — ela disse. — Eu não pareço com nenhum dos dois. Mas, mesmo assim, nunca desconfiei de nada.

— Eu sei. Nem eu.

Alex se levantou em pânico.

— Precisamos fazer esse exame logo. Preciso saber.

— Dex está tentando convencer o pai dele a fazer. Vai cuidar de toda a logística assim que conseguirmos o consentimento.

— E se ele não concordar?

— Então acho que podemos nos testar com o papai — eu disse.

— Essa coisa toda é muito confusa. Por favor, me diga que você não dormiu com Dex.

— Chegamos perto… mas nunca dei esse passo.

Alex suspirou de alívio.

— Graças a Deus, Bianca. Dá para imaginar?

Esse era o problema. Eu *conseguia* imaginar. E essa fantasia não ficara diferente de antes desse pesadelo. Não conseguia admitir exatamente para ela naquele instante. Meus sentimentos românticos por Dex não tinham sumido, e isso teria que ficar entre mim e ele.

Acho que ninguém mais conseguiria entender.

CAPÍTULO 28

Dex

Conforme abotoava a camisa, olhei para Bandit, que estava atento e me ouvindo resmungar.

— Tecnicamente, você pode ter comido sua irmã, sabe. Cachorros não têm o mesmo sangue sempre?

— *Ruff!*

— Mas você ficou bem, certo? Não foi o fim do mundo. Ninguém julga cachorros. Por que deveriam me julgar?

Ele simplesmente me encarou, arfando com sua língua pendurada para fora.

— Ainda assim parece meio louco. Não deveria me sentir diferente em relação a ela, Bandit? Sabendo do que sei? Mas não me sinto. Eu a quero. De certa forma, nem *quero* saber a verdade. E com certeza não consigo ficar parado e testemunhá-la seguindo sua vida. Eu a quero *comigo*. — Passando um pouco de perfume, olhei para ele. — O que acha de se mudar para a Europa? Soube que incesto não é julgado lá. Podemos todos ser felizes: você e sua herança consanguínea, eu, Bianca e nosso bebê de duas cabeças. O que me diz?

— *Ruff!*

Quando percebi que estava ficando significativamente atrasado para meu jantar com Jelani, rapidamente coloquei o relógio.

— Seja um bom garoto — eu disse antes de sair.

Como ele não estava se sentindo muito bem, optei por levar Jelani a um restaurante no Brooklyn para ele poder ficar perto de sua casa, caso sentisse que precisava ir de repente.

Depois de eu ter pedido quatro pratos-família diferentes no restaurante italiano, meu amigo quase esquelético disse:

— Não sabia que estávamos esperando um exército.

A garçonete tinha colocado na mesa travessas enormes de frango e berinjela à parmegiana, ravióli de lagosta e lasanha vegetariana.

— Precisa comer algo que sustente seus ossos. E vai levar as sobras para casa também.

Deixei Jelani falar a maior parte do tempo. Minha mente estava em outro lugar enquanto ele me contava umas histórias do Quênia e falava sobre renovar ou não sua barraquinha no mercado no ano seguinte.

Em certo momento, ele ergueu a voz e interrompeu meus pensamentos.

— Dex, estou falando com você há meia hora, e você só ficou olhando para o nada metade do tempo.

Balançando a cabeça rapidamente, falei:

— Desculpe. Só estou bem ansioso esta noite.

— Por causa do exame...

— É. Meu pai finalmente concordou, mas só depois que voltar das férias nas Ilhas Turcas e Caicos.

— Bom, pelo menos ele concordou em cooperar. Foi metade da batalha, não foi?

Suspirei.

— É. Então vai acontecer daqui a uma semana.

Torcendo meus polegares e mexendo os joelhos para cima e para baixo, olhei pelo restaurante.

Jelani estava sentado à minha frente com os braços cruzados, e eu parei de me mexer por tempo suficiente para perceber que ele estivera quieto me observando.

— Dex...

— Sim?

— Vá até ela.

— O quê?

— Sua cabeça não está aqui. Pare de desperdiçar tempo neste restaurante tentando fazer esse velho magricela comer. Vá e passe o resto da noite com ela. Se tem uma coisa que aprendi desde que fiquei doente é que cada dia é precioso. Se as coisas não acabarem a seu favor, pelo menos você terá esses dias. Não os desperdice. Viva em ignorante alegria por mais um tempo.

Realmente não tinha mais nada, naquele momento, que eu quisesse fazer do que ver Bianca.

— Tem certeza de que não se importa?

— Claro que não. A vida é boa. Ficamos bastante tempo aqui, e tenho comida para a semana toda.

— É melhor você comer.

Jelani deu risada.

— Obrigado por cuidar de mim, Dex. É um bom homem.

Era noite de lua cheia. Depois de deixá-lo em casa, falei para Sam ir direto para a casa de Bianca. Não tinha pensado em ligar nem mandar mensagem avisando, então fiquei decepcionado ao ver que ela não estava. Mesmo assim, pensei que não seria bom ir atrás dela. Deveria estar com a irmã, ainda lidando com os efeitos de jogar aquela bomba.

Em vez de enviar mensagem perguntando seu paradeiro, optei por voltar para minha casa e trocar de roupa.

Eu tinha acabado de tirar a calça quando alguém bateu na porta. Bandit começou a latir como um louco. A única pessoa que era permitida passar pelo porteiro era Bianca. Meu coração acelerou.

Quando abri a porta, prendi a respiração. Ela estava incrivelmente linda, vestida casualmente em jeans e uma jaqueta de couro justa. O cabelo de Bianca estava úmido do chuvisco lá fora. Seus olhos se moviam de um lado a outro conforme ela olhava para mim, parecendo que estava em busca de algo e que tinha finalmente encontrado.

Então praticamente caiu em meus braços. Abracei-a forte por muito tempo, aproveitando a sensação do seu coração batendo contra o meu. Era uma confirmação de que seus sentimentos por mim permaneciam os mesmos.

Sussurrando em seu cabelo, eu disse:

— Passei na sua casa. Você não estava lá.

— Estava com Alex. Brian cuidou das meninas para podermos sair para jantar e conversar.

Me afastei para olhar seu rosto.

— E veio direto para cá depois?

— Sim. Minha irmã viu que minha cabeça estava a noite inteira em você. Ela me falou para simplesmente vir te ver.

— Que engraçado. Jelani fez igual comigo, falou para eu ir até você. Acho que nós dois somos bem transparentes, hein?

Os olhos de Bianca baixaram por meu corpo. Foi então que percebi que ainda estava sem camisa, apenas de cueca. O desejo se acumulou em seus olhos conforme ela continuou encarando meu físico seminu. Sabendo muito bem no que ela estava pensando, meu abdome se enrijeceu e meu pau endureceu.

Minhas palavras saíram em um sussurro rouco.

— Não tem problema me querer. — Passando a mão em sua face, adicionei: — O Senhor sabe o quanto quero você.

— Estou vendo que não se pode mesmo lutar com o que vem naturalmente. E isso me incomoda, porque, e se a notícia não for a nosso favor, e mesmo assim não conseguirmos nos esquecer? E aí?

— Aí nos mudamos para a Europa — respondi sem hesitar.

— O quê?

Coloquei a mão em sua bochecha.

— Estou brincando. — *Meio brincando.* — Olha — eu disse. — As pessoas podem falar para a gente o que pensar, mas não podem falar o que sentir. Nada nunca comprovou tanto esse fato do que esta situação. Você me quer agora tanto quanto eu te quero, e isso está me matando.

Como era normal perto de Bianca, meu corpo estava começando a me trair. Minha ereção ficava mais dura a cada segundo que seus olhos permaneciam fixos no meu corpo. Nem tinha certeza se conseguiria me parar se Bianca me dissesse que não se importava com as repercussões. Se me falasse para transar com ela ali, naquele momento, sinceramente, não sabia como teria reagido. Era o quanto eu estava desesperado.

Levei-a até o sofá. Conforme me deitei, ela estendeu o braço e, com hesitação, colocou a mão em meu abdome. Embora parecesse hesitante, estava claro que estava morrendo de vontade de fazer isso.

— Está tudo bem. Toque em mim. Não vamos levar muito longe. Apenas encoste em mim.

Ela passou a mão em cada centímetro do meu peito enquanto fechei os olhos e curti seu toque. Então, ela baixou a cabeça e se deitou em meu peito arfante. Eu tinha certeza de que ela conseguia sentir meu coração batendo em seu ouvido.

— Não quero desistir de você — ela sussurrou em minha pele.

Passando os dedos em seu cabelo escuro lindo, eu disse:

— Posso te contar um segredo?

Mal dava para ouvir sua voz.

— Pode.

— Tenho que te falar isso agora porque, do meu ponto de vista... qualquer coisa que disser agora pode ser tida como ok, já que ainda não sabemos a verdade.

Ela ergueu a cabeça e sentou para me olhar. Fiquei feliz que ela o fez porque isso era importante.

Aproveitei a oportunidade para devolver essa atenção ao encará-la profundamente.

— Não vou parar de te amar. Mesmo que, no fim, sejamos parentes, *ainda* vou te amar. Posso não conseguir mais admitir isso para você, e pode ser que não consiga mais me expressar para você fisicamente, mas não vou parar de te amar. Preciso que saiba disso. Você vai seguir sua vida em algum momento. Vai conhecer alguém novo, mas eu *nunca* vou parar de te amar. Posso conhecer alguém e me casar um dia, mas, quando ela estiver andando até o altar, não se engane, vou estar pensando em *você* e desejando que as coisas fossem diferentes. Porque nunca vou parar de te amar. E independente se for minha amante ou minha irmã... ainda será a mulher mais incrível que já conheci. Não importa, Bianca, você é o amor da minha vida. Ninguém vai te substituir.

O rosto dela estava coberto de lágrimas.

— Te amo tanto, Dex.

A necessidade de sentir sua boca na minha era insuportável.

— Preciso muito te beijar agora.

— Me beije. Por favor... me beije — ela exalou.

Então beijei. Com a mesma intensidade com que ela tinha implorado, beijei-a mais forte e com mais paixão do que nunca. Se fosse errado, eu não queria estar certo. Como Jelani disse, ignorância era uma alegria. Meu compromisso era de não dormir com ela, mas iria beijá-la, sim. Talvez tivesse parecido mais devasso se não tivéssemos feito isso inúmeras vezes antes. Mas era muito natural, muito familiar. Como respirar. Se eu iria para o inferno por continuar a fazer o que era natural, então que fosse.

Na verdade, eu me renderia.

Detestava que Bianca precisasse ir embora.

Na tarde seguinte, ela viajaria para um trabalho na Virgínia. Sugeri levemente que ela remarcasse a entrevista, porém Bianca dissera que precisava trabalhar para passar o tempo ou enlouqueceria. Eu entendia isso, mas odiava que ela ficaria sentada em um quarto de hotel a centenas de quilômetros por duas noites, pensando que o pior fosse acontecer. Sem contar que duas noites longe dela pareciam uma eternidade. E, por mais que falássemos no telefone toda manhã e noite, sentia que ela estava escapando de mim de novo. A distância física a fazia pensar demais. Sua voz estava triste quando liguei à tarde para ver como ela estava.

— Como foi sua entrevista? Conseguiu tudo que precisava? — perguntei.

— Acho que sim. — Ela suspirou. — Para ser sincera, não faço ideia. Felizmente, peguei o gravador no último minuto antes de sair, algo que realmente nunca uso, porque tenho praticamente certeza de que tudo que ele disse entrou por um ouvido e saiu pelo outro.

— É normal. Você está muito estressada.

— Quer saber uma coisa engraçada?

— Seria bom rir agora, sim. — Me recostei na cadeira do escritório.

— Acordei no meio da noite com um miniataque de pânico. Não consegui voltar a dormir logo, então peguei minhas bolas enquanto minha mente estava acelerada com tudo que houve na semana passada.

— Pode ser que eu tenha ficado na cama ontem à noite brincando com minhas próprias bolas antiestresse e pensado em você também. Deixe-me te perguntar: já tentou inseri-las e mexer nelas? Acho que isso pode reduzir bastante o estresse.

Ouvi o sorriso em sua voz.

— Você é tão pervertido. E não acabei minha história, sabia?

— Continue. Estou curioso para ver se a sessão de massagem com a bola terminou tão bem quanto a minha.

— Enfim — ela continuou —, massageei minhas bolas antiestresse por um tempo, mas não consegui voltar a dormir, então resolvi ligar a televisão. Adivinhe o que estava passando na TV às três de manhã?

— O quê?

— *Cleópatra.*

Por mais insana que a situação fosse, fiquei feliz por nós dois ainda conseguirmos dar risada de nós mesmos. Apesar de a voz de Bianca ser mais séria quando falou em seguida.

— Minha irmã foi hoje ao laboratório que você indicou.

— Ah, é? Como foi? — Tinha marcado para meu pai ir à mesma rede de laboratórios na Flórida no dia em que voltasse das férias. Bianca e a irmã só teriam que dar o número do caso delas quando colhessem material com o cotonete. Não queria que nenhuma delas tivesse que explicar tudo no laboratório.

— Brian foi com ela, e minha mãe ficou com as crianças para eles poderem ter uma noite sozinhos.

— Que bom — eu disse.

— É o mínimo que minha mãe pode fazer.

— Você já marcou o dia?

— Amanhã à tarde. Três horas. — Ouvi o pavor na voz dela.

Eu estivera enrolando para falar de uma coisa que ficou na minha mente nos últimos dois dias, mas, agora que seu horário era para o dia seguinte, não tínhamos muito tempo sobrando...

— Que horas seu voo chega esta noite?

— Pouco depois das oito, eu acho.

— Vou te buscar no aeroporto.

— Tem certeza? Posso pegar um Uber.

— Tenho, sim. Estou com saudade. E quero falar com você antes de amanhã, de qualquer forma.

— Oh, Deus. Nas últimas vezes que tinha algo para falar comigo, você admitiu que era Jay, contou que minha mãe era uma traidora e, depois, me contou que poderíamos ser irmãos. Não sei se quero ter mais dessas conversas com você.
— Ela estava brincando. Bom, mais ou menos.

— Não tenho mais más notícias. Juro.

— Então por que soou tão sério?

— Acho que só precisamos conversar. Pessoalmente. Esta noite.

— Dexter Truitt, vou ser expulsa do avião por gritar a plenos pulmões e fazer barulhos com minhas bolas se não me contar o que está pensando agora. Não posso viajar para casa imaginando o que tem para me falar.

Merda. Deveria só ter falado que sentia sua falta e deixado assim mesmo.

— Só quero conversar com você sobre o exame de DNA.

— O que tem meu exame?

Ela não ia parar até eu falar o que estava pensando. Deixaria Bianca tonta se contasse ou não.

— Estive pensando... e se você não o fizesse?

— Amanhã? Posso ir outro dia se precisar de mim para alguma coisa.

— Não. Quero dizer... e se não descobríssemos?

CAPÍTULO 29

Bianca

Dex estava esperando na esteira de bagagem quando desci pela escada rolante. Travamos olhares no minuto em que meu pé pisou no primeiro degrau, e meu estômago se revirou de todas as formas a descida inteira. *Deus, sou muito louca por este homem.*

Ele estava vestido casualmente com jeans, camiseta escura e tênis. Ainda assim, não tinha nada de casual em sua aparência. Dex tinha uma intensidade na expressão que fazia minha pele pinicar. Ele estava parado, exceto por seus olhos seguindo cada passo meu. Quando cheguei ao piso inferior e fui até ele, realmente consegui sentir minha pulsação acelerar.

— Dá uma carona para uma garota? — flertei.

Ele resmungou algo que *acho* que deve ter sido "Não faz ideia da carona que quero lhe dar", depois enganchou um braço na minha cintura, me puxou para ele e me beijou com uma paixão que parecia quase desesperada. Qualquer certeza que eu tinha de precisar fazer o exame no dia seguinte e ficar longe dele até conseguirmos os resultados saiu voando da minha cabeça mais rápido do que o avião que tinha acabado de me levar para casa.

— Pare de pensar nisso — Dex disse contra meus lábios quando paramos de beijar.

Eu estava sem fôlego.

— Pensar em quê?

Ele arqueou uma sobrancelha.

— Se é uma boa ideia. Se deveríamos ficar juntos assim.

— Eu não...

Ele balançou a cabeça com um sorrisinho sábio e pegou minha malinha.

— Tem outra bagagem?

— Não, só esta.

— Então vamos embora daqui.

No caminho rápido de volta para o meu apartamento, falamos pouco — como foi meu voo, qual era meu próximo trabalho, até uma conversa legal sobre a flutuação do mercado naquele dia. Qualquer coisa e tudo, menos sobre o elefante entre nós. Mas isso acabou rapidamente logo depois de nos acomodarmos no meu apartamento. Tinha desfeito a mala com rapidez enquanto Dex servia vinho e, então, a bizarrice se instalou.

Dex estava sentado no sofá à minha frente e se inclinou, colocando as mãos nos joelhos.

— Não quero arriscar te perder ao fazer esse exame.

— Dex... Não sei se sobreviveria sem saber.

— Um dia, vamos superar. Se tomarmos a decisão de nunca descobrir, acho que, depois de um tempo, ficaremos bem.

— E se... ficássemos juntos?

— Quer dizer se quiséssemos ter filhos algum dia?

Assenti.

— Poderíamos concordar em adotar. Eu não veria problema nisso. Há muitas crianças que precisam de bons lares. — Eu tinha desviado o olhar, e Dex apertou minha mão para me chamar a atenção de novo. — Olhe como fizemos bem em adotar Bandit.

Bufei.

— Não acho que decidir não ter filhos naturalmente deveria ser baseado em como foram as coisas com Bandit.

Ele segurou meu rosto.

— Talvez não. Mas, se a escolha é perder você ou adotar, em vez de ter um filho biológico, não há opção.

Olhei em seus olhos.

— Não ficaria sempre se perguntando?

— Eu superaria.

— Dex...

Ele se inclinou e beijou meus lábios.

— Pensei nisso. Só pense mais um pouco.

— Ok. Vou pensar.

Ficamos deitados no sofá por um tempo e, então, bocejei. Viajar sempre me deixava cansada, e não estava dormindo bem ultimamente. Minhas costas estavam contra a frente de Dex, e ele tirou uns fios de cabelo do meu rosto depois do meu bocejo.

— Está cansada. É melhor dormir um pouco.

— *Estou* cansada. Essa taça de vinho foi como uma pílula do sono para a minha cabeça já sonolenta. Além do mais, meu pescoço está doendo por causa do estresse e deitar sempre ajuda. Acho que é hora de ir para a cama.

— Vou deixar você descansar, então.

Me virei para ele com a testa franzida.

— Não vai ficar?

— Quer que eu fique?

— Claro que quero.

Dex suspirou de alívio.

— Fico feliz. Tem sido um inferno sem você nas últimas noites.

Em meu quarto, vesti minha blusinha e os *boy shorts* de sempre, e Dex ficou apenas de boxer. Enquanto ele se enfiava debaixo da coberta, eu me sentei na beirada da cama e peguei o hidratante no criado-mudo para passar nos braços. Depois de passar em um, Dex se sentou e o pegou das minhas mãos.

— Aqui, deixe que eu passo.

O quarto estava quieto, e a intimidade entre nós florescia enquanto ele massageava a loção na pele dos meus braços. Como eu já tinha aplicado o suficiente para minha pele absorver, Dex estava mais fazendo uma massagem. Quando seus dedos fortes subiram até meu ombro, fechei os olhos e o deixei passar para aliviar o estresse.

— Deus, isso é muito bom.

— Está muito tensa, então seu pescoço dói. Por que não uso o hidratante para massagear seus ombros um pouco?

— Adoraria.

Dex se sentou com as costas contra a cabeceira e me posicionou entre suas pernas. Gentilmente, empurrou minha cabeça para a frente para baixar até o peito e colocou meu cabelo para um lado. Então suas mãos sumiram por uns instantes e, segundos depois, um monte de hidratante gelado tocou minha pele.

— Está frio.

— Posso providenciar um creme quente se preferir. — O tom de Dex foi brincalhão, mas ao mesmo tempo sedutor, e ouvi o desejo em sua voz.

— Você é muito safado.

Ele deu risada e massageou meu pescoço.

— Sou safado e admito que tenho uma fantasia recorrente de massagear um certo creme quente nessa pele linda.

Seus dedos trabalharam em um nó na parte de cima do meu ombro, onde se encontrava com meu pescoço. Soltando-o, minha cabeça baixou mais um pouco.

— Ah, é? E onde exatamente massagearia esse creme?

Os dedos de Dex ficaram mais lentos.

— Quer mesmo que eu te conte?

— Lógico.

Seus dedos pararam totalmente, e sua voz ficou baixa conforme ele se inclinou para a frente a fim de sussurrar. Sua respiração quente pinicava meu pescoço.

— Às vezes, quando estou no banho, me imagino gozando em seus peitos e fazendo massagem.

Quando não respondi imediatamente, Dex deve ter achado que o que me contou me deixou desconfortável. Na verdade, deixou, mas não desconfortável do jeito que ele estava pensando. O desconforto era do inchaço que doía entre minhas pernas.

— Não deveria ter te falado? — ele perguntou.

Engoli em seco e sussurrei:

— Não. Na verdade, fale mais.

— Quer ouvir mais sobre as fantasias que tenho com você?

— Quero.

Dex ficou em silêncio por um instante e, então, seus dedos começaram a massagear de novo.

— Penso em você deitada de costas, as mãos apertando seus seios enquanto eu monto em seu peito e deslizo meu pau entre eles.

Me mexi entre suas pernas e senti sua ereção na minha bunda.

— Quer saber no que penso quando tenho fantasias com você?

— Limparia minha conta bancária e entregaria minha cobertura para te ouvir falar sobre suas fantasias agora mesmo.

Dei risada.

— Bom, começa com você abrindo...

Minha aventura depravada e fictícia foi interrompida quando o celular de Dex começou a tocar.

— Ignore — ele disse. — Continue.

— Mas... é meio tarde. Quase dez horas. Nem vai ver quem é?

Sua resposta veio tão rápida que me fez rir.

— Não. — Depois de mais alguns toques, seu celular parou. Dex me incentivou a continuar. — Então... onde você estava? O que estou abrindo? A porta? Minha calça? Sua calça? Uma bolsa? Algemas? Não me deixe imaginando.

Dei risada.

— Ok. Bom, tinha essa fantasia em que você abre...

Como se estivesse combinado, o celular de Dex começou a tocar de novo. O maldito estava vibrando e quicando na mesa de centro.

— Talvez seja melhor atender.

— Não.

— Pelo menos veja quem é.

Com relutância, Dex pegou o celular e encarou a tela antes de falar.

— É a esposa do meu pai, Myra.

— Eles não estão no Caribe? Por que ela ligaria? E tão tarde?

Dex deslizou o dedo e levou o celular à orelha, bufando. Ouvi uma parte da conversa. Seu corpo enrijeceu imediatamente.

— O que aconteceu?

— Quando?

— Onde ele está?

Meu coração apertou, aguardando para saber dos detalhes, mas estava claro o que tinha acontecido, e não era bom. Quando desligou, Dex se levantou imediatamente da cama e começou a andar de um lado a outro. Eu estava quase com medo de perguntar.

— O que aconteceu?

— Meu pai teve um infarto.

— Oh, meu Deus. Ele...

— Ele está na UTI. Está vivo, mas ainda não acordou.

— Nas Ilhas Turcas?

— Aconteceu no avião. Aparentemente, ele não estava se sentindo bem, então resolveram voltar antes para casa para poder ir ao médico. Aconteceu alguns minutos antes de pousarem na Flórida esta noite.

— Sinto muito.

Dex passou os dedos pelo cabelo.

— Preciso ir para lá. No primeiro voo amanhã.

— Vou com você.

Ele olhou para mim.

— Tem certeza?

— Quero estar lá para você.

Após alguns segundos, ele assentiu. Então pegou o celular e ligou para a companhia aérea. Enquanto isso, guardei o hidratante com que ele estivera me massageando e fui para a cozinha beber água.

Em pé no balcão da cozinha, caiu minha ficha pela primeira vez... eu iria conhecer meu pai biológico.

Precisava de vinho, então.

CAPÍTULO 30

Bianca

Dex ficou quieto o voo inteiro até a Flórida. Ele tinha falado com Myra logo cedo enquanto íamos para o aeroporto e descobriu que seu pai precisava de uma ponte de safena tripla junto com uma substituição de válvula. O coração estava fraco depois do infarto, mas eles não podiam perder tempo por causa do bloqueio de noventa e nove por cento. A cirurgia foi marcada para aquela tarde.

Quando chegamos ao Good Samaritan Medical Center, Dex já sabia o número do quarto, então passamos direto pela recepção e seguimos as placas para o elevador. Só quando as portas se fecharam foi que eu realmente pensei no que minha aparição poderia fazer com o Dexter pai. Até lá, só estivera focada em querer apoiar Dex.

— Talvez seja melhor eu esperar no corredor quando você entrar para vê-lo.

Dex normalmente era muito presente, bem consciente de tudo ao seu redor; era estranho vê-lo avoado.

— Desculpe. Falou alguma coisa?

— Falei que, talvez, seja melhor eu não entrar com você para vê-lo. Melhor esperar no corredor.

— É isso que quer ou é o que acha que é melhor para ele?

— Não quero chateá-lo.

Dex pegou minha mão e assentiu quando as portas do elevador se abriram.

— Você vai entrar comigo.

A esposa de Dexter pai estava no corredor do lado de fora da UTI conversando com um médico. Quando chegamos, Myra forçou um sorriso.

— Oi, Dex. Obrigada por vir.

— Claro.

— Dr. Sharma, este é o filho de Dex, Dex Jr.

O médico assentiu. Então, Myra olhou para mim. Estendi a mão.

— Bianca George. Sou… uma amiga… de Dex. Sinto muito pela saúde do seu marido.

O médico olhou para o relógio.

— Ia agora mesmo entrar e visitar seu pai. É bem-vindo para vir junto enquanto vejo como ele está agora de manhã.

Dex assentiu.

Dr. Sharma se virou para mim.

— Sinto muito. Mas UTI é limitada para membros da família, então vai precisar esperar aqui.

Vi o rosto de Dex e me preparei. Ele me puxou para perto.

— Bianca é minha namorada. Mas também há uma boa chance de ela ser filha dele. Então ela irá junto.

Sem saber como reagir a isso, o médico gesticulou para o seguirmos.

Apesar de ele estar mais pálido do que imaginei que fosse normalmente, e ter fios por todo lado e agulha, teria reconhecido Dexter pai em qualquer lugar. Ele era igualzinho à minha irmã, ainda mais ao vivo do que nas fotos.

Seus olhos viram Dex primeiro. Houve um momento de surpresa ao vê-lo, e pensei que pudesse ser felicidade. Mas a luz em seus olhos rapidamente sumiu quando ele me viu ao seu lado — um lembrete da vida real de que a escuridão do passado sempre aparece. Normalmente, nas piores horas.

— Pai. — Dex acenou com a cabeça.

Seu pai tentou tirar a máscara de oxigênio do rosto, mas o médico o impediu.

— Precisa mantê-la aí, sr. Truitt. — Então, dr. Sharma examinou o relatório e imediatamente começou a falar sobre os riscos do procedimento cardíaco ao qual o pai de Dex seria submetido. Pensei que todos nós estávamos ouvindo atentamente até sentir Dexter pai me encarando. Quando me virei para encontrar seus olhos, ele sorriu um pouco para mim. Depois, olhou para o homem parado ao meu lado, que percebi que não estava mais ouvindo o médico também, mas, sim, observando a interação entre nós dois. Quando Dexter pai ergueu a mão fraca na minha direção para eu pegá-la, não sabia o que fazer. Meus olhos se mexiam entre os dois homens, querendo que alguém me desse a resposta. Não tínhamos conversado sobre isso desde a noite anterior, mas foi nesse instante que eu soube. Ao segurar a mão dele, eu *precisava* saber se esse homem era meu pai.

Ficamos no hospital o tempo todo em que Dexter pai estava em cirurgia.

Quando o dr. Sharma finalmente saiu para nos dizer que o procedimento foi um sucesso, Dex e eu suspiramos juntos. Dex deu um beijo aliviado em meus lábios, e o médico pareceu confuso; acho que ele tinha desistido de tentar descobrir qual era a nossa relação.

— Podemos vê-lo? — Dex perguntou.

— A esposa dele está lá agora. Diria para esperarem um pouquinho, já que ele ainda está acordando. Esperem uma meia hora.

Myra, em certo momento, saiu e nos avisou que poderíamos entrar, falando que seu marido, na verdade, tinha perguntado sobre nós.

Meu coração estava acelerado quando entramos na sala de recuperação.

— Como está se sentindo, pai?

Ele engoliu em seco, parecendo ter a boca ressecada.

— Já estive melhor.

— Bom, a operação correu bem. Estou muito feliz em saber disso.

Dexter pai virou a cabeça na minha direção.

— Não consigo acreditar. Antes de ir para a cirurgia, pensei que você fosse ela. É igualzinha à sua mãe.

— É. Muitas pessoas me falam isso.

Sua voz estava grogue, mas ele continuou a falar.

— Gostava muito dela mesmo. Muitas mulheres passaram por minha vida. A maioria delas era fácil de esquecer. Mas nunca vou me esquecer de Eleni. — Ele olhou para Dex por um instante e disse: — Meu filho tem o mesmo olhar agora, aquele que tive quando estava com ela. Só que o que vocês têm aqui parece ser ainda mais forte.

— Pai, não fale demais. Vai gastar energia.

— Não, preciso dizer isso.

Dex respirou fundo.

— Está bem.

Seu pai pegou minha mão ao falar para nós dois.

— Sinto muito por esta situação. Farei o que precisarem que eu faça. Quase morrer me fez pensar em muita coisa. Também quero muito saber a verdade. Mais por vocês, mas também por mim.

— Bom, precisa de um tempo para se recuperar antes de lidarmos com tudo isso — Dex foi rápido ao dizer.

— Imagine. Eles só precisam passar cotonete na minha bochecha. Traga o cara hoje, e faça isso enquanto ainda estão aqui. Não tem por que adiar.

Ele pareceu perturbado pela insistência do pai.

— Não nos decidimos ainda sobre o exame.

Ainda segurando a mão do seu pai, me certifiquei de estar olhando diretamente para Dex nos olhos quando disse:

— Decidimos, sim.

— Decidimos?

— Sim, Dex. Precisamos fazer.

Ele apenas ficou assentindo e piscando, como se percebesse que tinha acabado de desistir de uma batalha perdida.

— Ok.

Mais ou menos uma hora depois, alguém do laboratório entrou para colher nossas amostras. O tempo inteiro em que minha bochecha foi analisada fiquei olhando profundamente nos olhos penetrantes de Dex enquanto silenciosamente rezava para um resultado favorável.

Depois, Dex ligou para o laboratório principal para onde a amostra da minha irmã tinha sido levada e eles o informaram que demoraria uns dois dias para saírem todos os resultados. Eu sabia que seriam os dois dias mais longos da minha vida.

Resolvemos ficar em Palm Beach até os resultados chegarem. Assim, no caso de acontecer de Dexter pai ser meu pai biológico, ele e eu poderíamos usufruir de um momento para assimilar as novidades juntos. Minha irmã escolheu ficar em Nova York, já que seu marido não podia tirar folga no trabalho; ela sentia que precisaria do apoio dele, mais do que qualquer coisa.

Após ligar para a creche de Bandit para avisá-los de que precisaria estender a estadia dele, passei boa parte da noite no telefone com meu pai enquanto ele me garantia que, independente do resultado, nada mudaria entre nós, que eu sempre seria sua menininha e o amor da sua vida. Quando finalmente tomara coragem de ter a conversa com meu pai, ele tinha admitido que sempre se questionou sobre a paternidade de Alexandra ao longo dos anos, mas tinha decidido não fazer o exame porque sentia que não mudaria nada em sua cabeça ou coração.

Dex e eu acabamos passando a noite na casa de hóspedes do seu pai, que era um anexo à propriedade principal à beira-mar de Truitt. Tão exausta do longo dia no hospital, relaxei nos braços de Dex. O clima era melancólico conforme dormimos na cama king-size ouvindo as ondas quebrando bem do lado de fora das portas francesas.

Na manhã seguinte, ele se aconchegou atrás de mim enquanto eu estava olhando o oceano da varanda e me entregou uma caneca de café fresco.

— Como está se sentindo?

— Meio entorpecida.

— Sei como é. Parece um choque. Fui de me preparar para possivelmente nunca descobrir... para agora inevitavelmente lidar com a verdade amanhã mesmo.

— Não poderíamos viver assim. Sempre iríamos questionar.

— Acho que, lá no fundo, eu sabia disso, mas ainda não queria acreditar. — De repente, Dex pareceu entrar em pânico. — Não podemos desperdiçar estas últimas horas, Bianca. Sinto que não podemos deixar nem um segundo passar despercebido.

— O que quer fazer?

— Temos um dia longo pela frente.

— Temos?

— Porra, sim. Falaram que os resultados podem sair amanhã... o que significa que hoje pode ser o último dia inteiro que vamos viver em ignorância. Sinto que preciso te dar um hoje eterno.

— O que quer dizer?

— Quero dizer que há certas coisas que quero ver e fazer com você enquanto ainda é minha Bianca, no caso de nunca ter a chance de fazê-las. Apesar de não poder fazer a única coisa que *realmente* preciso.

— O que vamos fazer?

— Quero te levar para alguns lugares diferentes.

CAPÍTULO 31

Dex

Eu tinha feito algumas ligações para negócios da região enquanto Bianca tomava banho e se vestia. O nome Truitt era bem conhecido na ilha, então não tive dificuldade de conseguir que as pessoas cooperassem com meus planos.

Nossa primeira parada foi Worth Avenue, a versão da Rodeo Drive de Palm Beach. Bianca não era muito materialista, mas isso não me impedia de querer enchê-la com o melhor que o dinheiro podia pagar.

Uma *eternidade.*

Tinha que lhe dar uma eternidade hoje — só para garantir.

Estacionamos e estávamos andando na calçada, olhando as vitrines das lojas de luxo. Seu rosto ficou vermelho quando parei, de propósito, diante da Tiffany.

Parecendo interpretar minha expressão de culpa, ela perguntou:

— O que está aprontando, Dex Truitt?

— Espere aqui fora, ok?

Quando entrei, corri para a primeira pessoa que vi.

— Posso ajudá-lo?

— Sim, estou procurando a Julia. Ela e eu conversamos pelo telefone.

Instantes depois, uma mulher mais velha loira se aproximou.

— Oi, sr. Truitt. Estou com ele bem aqui. Se, por algum motivo, não servir, é só trazê-la de volta hoje para podermos ajustar o tamanho.

— Perfeito. Obrigado.

Com a sacolinha azul na mão, saí e vi Bianca me esperando, parecendo perplexa.

— O que tem na sacolinha, Dex?

Não perdi tempo e fui direto ao assunto.

— Ok, primeiro de tudo, quero que saiba que não é um pedido. Estou otimista que, se as coisas ficarem bem, possa fazer isso do jeito certo um dia. Quero realmente curtir esse momento sem essa nuvem pairando sobre nós. Mas queria lhe dar algo agora para se lembrar sempre de mim.

Peguei a caixinha e a abri, mostrando o anel da eternidade com um diamante de quase três quilates. O sol brilhou nos diamantes, fazendo-os cintilarem.

— Não vou me ajoelhar hoje, porque quero guardar essa opção para depois. Não importa qual seja o resultado amanhã, você será uma Truitt. Quero que use isto e sempre se lembre de mim, lembre de quando estivemos juntos. Se eu puder complementá-lo algum dia com uma aliança ou se for apenas um símbolo do que nunca poderia acontecer, este anel da eternidade representa meu amor e respeito eterno por você, Bianca. — Coloquei no dedo dela e coube perfeitamente. Minha estimativa do tamanho do dedo dela foi exata; era puro destino, meio que como toda essa experiência.

Ela olhou para as pedras brilhantes, parecendo chocada conforme continuei.

— Hoje não é nosso casamento, mas é o nosso *dia*, e vamos comemorar o que temos... o hoje. Haverá bolo, um vestido branco lindo e uma pegação na praia. E vamos passar todos os instantes juntos.

Dominada pela emoção, ela se esticou e me abraçou forte.

— Nem sei o que dizer que vá fazer jus a este gesto, só que vou usar este anel com orgulho para sempre.

Pegando sua mão adornada com a joia, beijei-a firme.

— Agora, vamos nos divertir um pouco.

Chegamos bem na hora do compromisso do meio-dia que eu tinha marcado na boutique elegante. A proprietária levou Bianca para o andar de cima a fim de olhar a seleção de vestidos. Tinha falado para a mulher pegar todos os vestidos brancos para a chegada de Bianca. Já que não era um casamento de verdade — apenas uma comemoração —, sugeri que ela mostrasse vestidos mais casuais em vez de formais para noite. Mas a escolha era de Bianca. Minha única condição era que queria vê-la de branco. Sabe... *só no caso* de isso ser tudo que teríamos.

Muito para meu desânimo, não me deixaram subir para o vestiário apenas feminino. Esperei no andar de baixo, folheando as páginas de uma revista de noiva e conversando com as fotos de dentro.

"Bianca é muito mais bonita."

Próxima página.

"Cara, ainda vai se casar com ela se houver uma chance de ela poder ser sua irmã? Não é uma decisão fácil, é?"

Próxima página.

"Oh, olha só. Limpeza de pele é uma ótima maneira de relaxar na manhã do nosso casamento. Concordo plenamente."

Fechei a revista quando meus olhos avistaram Bianca descendo, devagar, com o vestido que ela tinha escolhido para tirar meu fôlego. Mas o que fez meu coração querer acelerar ainda mais foi o enorme sorriso estampado em seu rosto. Era tão cheio de esperança e otimismo, lindo e de partir o coração ao mesmo tempo.

Boa ideia, Dex. Foi um bom jeito de ajudá-la a se distrair.

Rezei para que nada nunca tirasse aquele sorriso.

— Você está maravilhosa.

Com uma expressão modesta, ela se olhou.

— É simples. Não quis exagerar. Esse pareceu certo.

O vestido que Bianca tinha escolhido era tomara que caia, justo na cintura e esvoaçante embaixo logo acima dos joelhos.

— É perfeito.

— Ouça isso... — Ela sorriu. — Adivinhe qual é o nome deste modelo.

— Os vestidos têm nomes?

— Têm. — Ela deu risada. — Este se chama *La Bandita.*

Abri um sorriso grande.

— Bandit está aqui em espírito. Adorei.

— Obrigada por esta experiência. Foi muito *Uma Linda Mulher.*

— Nunca poderei te pagar o que fez por mim. — Me inclinei e dei um beijo suave em seus lábios.

Ela esticou os braços.

— Então, estou vestida. Para onde agora?

— Vai ter que esperar para saber. — Dei uma piscadinha.

Dirigindo nosso conversível alugado, me sentia feliz. O cabelo de Bianca estava voando com o vento quente. Nossas mãos estavam entrelaçadas.

Parando diante do nosso destino, fiz baliza para estacionar. Não sabia se o carro realmente caberia na vaga, mas fiz a manobra.

— Você tem capacidade extrema para estacionar, Truitt.

— Estava apertado, mas consegui entrar. Com a graça de Deus, você vai descobrir mais para que isso realmente serve logo. — Dei uma piscadinha.

— Sempre com a mente suja. — Ela deu risada. — E, para constar, espero que esteja certo. — Bianca finalmente viu que tínhamos estacionado em frente a uma casa de bolos. — É aqui que está nosso bolo?

— É. Mas não é só um bolo. Vamos provar muitos tipos.

— Você marcou para provar bolos de casamento?

— Claro, por que não?

— Não precisa encomendar um para fazer isso?

— Provavelmente. Então, vou encomendar um e pedir para entregarem para o meu pai.

— Vai ser muito bom para o coração dele — ela disse, sarcástica.

— Ok, o que acha disso? Vou fazer um depósito e vamos encomendar para ser feito daqui a um ano. Se tudo acabar bem, vamos voltar e pegar nosso bolo.

Ela segurou minha mão.

— Gostei desse plano.

Ganache Patisserie cheirava a uma explosão de açúcar com um toque de licor. Bolos com várias camadas de diferentes cores pastel estavam à mostra nas vitrines.

Uma mulher nos recebeu e levou Bianca e eu para os fundos. Ela nos serviu um chá e colocou fatias de bolo na mesa.

— Podem prová-los em qualquer ordem. Há um bloquinho de papel e uma caneta que podem usar para ranqueá-los. Todos estão com nome. Se tudo der certo, podem chegar a uma decisão unânime no fim.

— Os casais realmente brigam para escolher o sabor? — Bianca perguntou.

— Ah, sim. Ficaria surpresa com o quanto discutem. Mas tem a opção de escolher sabores diferentes para cada camada. Normalmente, são três. Então dá para entrar em acordo.

Bianca e eu começamos a provar. Estávamos adorando, e me vieram à mente lembranças do meu primeiro encontro com ela como Jay no restaurante da Etiópia. Eu enfiava o dedo na cobertura e passava em seu nariz. Acho que deixamos a mulher desconfortável. Só conseguia imaginar como ela se sentiria esquisita se também soubesse a verdade do que realmente estava acontecendo conosco. Finalmente ela se levantou e nos deu um pouco de privacidade.

— Minha mãe costumava fazer bolos para aniversários de amigos em seu tempo livre — ela disse. — Eu adorava ajudá-la. Claro que a melhor parte era lamber a colher.

— Aposto que você é fantástica em lamber a colher. Era colher de madeira, por acaso?

— Na verdade, era. Grande.

Peguei a colher que usara para mexer meu chá.

— Me mostre como você lambia.

A mulher retornou.

— O que acharam do bolo de cenoura?

Bianca olhou para mim.

— Está bem... úmido.

— Aposto que sim — murmurei.

— Estão conseguindo selecionar alguns? — a mulher perguntou.

— Bom, está... bem duro — eu disse.

Bianca segurou meu joelho por debaixo da mesa. Quando a mulher saiu de novo, nós dois caímos na risada antes de jurar tentar levar o processo um pouco mais a sério.

Uns quinze minutos depois, a mulher voltou.

— Como estamos indo?

Bianca sorriu.

— Resolvemos que será o bolo de baunilha com cobertura para a camada inferior. Para a camada do meio, vamos querer o de limão... também com cobertura. E, para a de cima, vamos querer o de baunilha com morango... com cobertura em todo ele.

Beijando a orelha de Bianca, eu disse:

— Sei que adorou a cobertura.

A mulher pigarreou.

— Vou pegar o livro. Vamos escolher um modelo e vou fazer o pedido para vocês.

Quando ela voltou com um catálogo de modelos de bolo, Bianca apontou para um em particular.

— Own... olha... bolas. Exatamente como nosso primeiro encontro. — Ela se virou para a mulher. — E esse com bolas?

— Gostou desse modelo? Fazemos assim, na verdade, quando decoramos o bolo com pirulitos de bolinhos. Enfiamos estrategicamente os pirulitos em várias partes do bolo. E a melhor parte é... que tudo é comestível.

Sorri.

— Tudo que ouvi é enfiar estrategicamente as coisas em várias partes e comestível... Gostei.

— Vocês dois são uma figura, definitivamente feitos uma para o outro — a mulher disse.

Apertando a coxa de Bianca, sorri, orgulhoso.

— Bem, obrigado.

Ela pegou a caneta.

— Ok... então, quando é a data do casamento?

Houve um silêncio mortal por vários segundos até eu responder:

— É daqui a um ano, na verdade.

— Oh, perfeito. Vamos só precisar de cinquenta por cento agora e, então, o resto pode ser pago na entrega.

Depois que entreguei meu cartão de crédito, fomos deixados sozinhos e vi que Bianca, de repente, parecia séria.

— O que houve?

— Parece real. Queria que fosse.

Porra. Estava saindo pela culatra.

— Talvez eu tenha levado isso muito longe.

— Não. Não, só fiquei um pouco emotiva quando ela escreveu a data.

Antes de conseguirmos falar mais alguma coisa, a mulher retornou com meu cartão e um recibo.

— Tudo certo, sr. Truitt. Pode nos ligar a qualquer hora com o endereço do local para podermos organizar a entrega para a manhã do casamento.

Bianca permaneceu em silêncio conforme saímos da loja. Não conseguia mais aguentar. Puxei-a para um abraço forte na calçada e sussurrei em seu ouvido:

— Temos que ser otimistas.

— É difícil não querer me preparar para a decepção. É que parece bom demais para ser verdade conseguirmos sair dessa.

— Tenho que acreditar. É o que está me fazendo conseguir viver o hoje. Tenho que acreditar que nesta época, no ano que vem... vou comer meu bolo e você também. — Dei risada, porque o engraçado era que eu nem tinha pensado em fazer o trocadilho de propósito. *Comer você também*. Simplesmente saiu. Deve ter sido do subconsciente.

Ela deu um tapa no meu braço, brincando.

— Fico feliz que ainda esteja achando graça em tudo isso.

— Tem que rir para não chorar, linda.

Sério mesmo.

Passamos o resto da tarde na parte privada da praia da casa de hóspedes.

Conforme o sol se pôs, parecia que a cortina estava lentamente se fechando em nosso tempo também. Bianca ainda estava usando o vestido branco, que agora estava coberto de terra, água e areia. Queria queimar a imagem em minha memória.

— Não quero dormir esta noite — ela revelou. — Sinto que só quero ficar acordada a noite toda.

— Quem precisa dormir? — Peguei sua mão. — Quer dançar comigo?

Não precisou de música conforme balançamos lentamente ao som do mar. Fomos de um lado a outro até o sol se pôr totalmente, então ficamos acordados e conversando, jurando não cair no sono.

Porém, em certo momento, o sono venceu e, mais tarde, deitamos nos braços um do outro na areia.

O som de gaivotas nos acordou na manhã seguinte. Parecendo que tínhamos rolado na areia, dormimos surpreendentemente até tarde; acho que ficamos exaustos de nos forçar a ficar acordados.

Ao nos sentarmos na areia, abracei o corpo dela por trás.

— Então, você nunca terminou sua frase — eu disse.

— O quê?

— Lembra, antes de virmos para cá. Começou a me contar sobre sua fantasia sexual. Falou que começava comigo abrindo algo. Preciso saber do resto.

— Eu deveria saber que não se esqueceria disso.

— Não mesmo. Tenho que viver e sofrer a versão de fantasia de mim mesmo. Meu ciúme em relação à fantasia de Dex é pior do que era por aquele tolo, Jay.

— Ok. Então, enfim... começa com você abrindo...

Meu celular tocou, interrompendo-a.

— Está brincando comigo? — resmunguei.

— Acho que está destinado a não descobrir, Truitt.

— É melhor eu atender... no caso... você sabe.

Ela se sentou ereta de repente.

— Atenda.

— Dex Truitt...

— Oi, sr. Truitt. Aqui é Erika Raymond, dos Laboratórios Leominster.

Meu coração começou a palpitar.

— Ok... sim?

— Seus resultados estão prontos.

CAPÍTULO 32

Bianca

Pensei que fosse vomitar. Ou desmaiar. Talvez até um logo antes do outro. *Oh, Deus.* E se eu desmaiasse primeiro e depois vomitasse ainda inconsciente? Me levantei e comecei a andar de um lado a outro na areia. Minha pele estava grudenta e, pela expressão de Dex, devia estar pálida. Ele falou no celular.

— Pode, por favor, aguardar um minuto? — Cobrindo o aparelho, ele perguntou: — Você está bem? É melhor se sentar. Não estou gostando de como está agora.

— Também não estou gostando de como estou me sentindo.

Dex retornou à ligação.

— Erika? Falou que seu nome era Erika?

Ouvi o *sim* apesar de o celular estar pressionado no ouvido dele.

— Olha. Preciso ir a algum lugar mais privado. Poderia te ligar de volta em, digamos, cinco minutos?

Ele ficou quieto por um momento, depois disse:

— Ok, sim. O número apareceu no meu celular. Vou falar o ramal 283. Serão apenas alguns minutos, e gostaria que ficasse aguardando minha ligação.

Silêncio de novo, então, finalmente:

— Ok. Muito obrigado.

Após ele desligar, Dex colocou a mão na minha lombar.

— Venha. Vamos entrar. Acho que é melhor conversarmos um pouco antes de fazermos isto.

Entorpecida, deixei Dex me guiar para dentro do nosso quarto. Tinha tanta certeza, estava tão ansiosa para saber a verdade e, agora que estava ao alcance, de repente, queria correr para o outro lado. *Preciso de mais tempo.*

Dex me levou para a cama e me sentou na beirada. Ouvira o termo entorpecida antes, mas nunca realmente tinha passado por isso. Na minha vida, estresse significava palpitações, brincar com minhas bolas e gritar a plenos pulmões. Mas aquele estresse era totalmente diferente. Não conseguia sentir meus dedos dos pés. Realmente olhei para baixo e os mexi para garantir que ainda conseguia fazê-lo.

Dex se ajoelhou diante de mim e segurou meu rosto.

— Tem certeza de que quer fazer isso?

— Não tenho certeza de nada no momento. — Suspirei alto. — Meu nome é Bianca, certo?

Dex sorriu.

— Isso mesmo. E o meu é Jay.

De alguma forma, seu comentário bobo pareceu me levar de volta à realidade. Sorri e olhei Dex nos olhos por um bom tempo. O que me olhou de volta era absolutamente lindo. Não o homem em si, mas o olhar em seus olhos, onde vi o amor na mais pura forma. Era sincero, aberto e disposto a me dar o que eu quisesse. Por mais que tirasse meu fôlego, também me lembrou de que eu precisava saber. Queria esse amor incondicionalmente e não saber sempre deixaria a pulga atrás da orelha.

Nem senti as lágrimas escorrendo até Dex usar os polegares para secá-las. Ele fechou os olhos e aceitou a decisão que eu tinha tomado sem eu precisar falar em voz alta.

— Me diga como quer fazer isso. Quer saber do seu primeiro ou da sua irmã?

Refleti por um minuto.

— É sábado e Alexandra e as meninas provavelmente estão no balé. Por que não descobrimos meu resultado primeiro, aí esperamos um pouco para assimilar e, depois, descobrir o de Alex? Acho que não consigo aguentar os dois ao mesmo tempo.

— Está certo, então é isso que faremos. — Ele apertou minha mão. — Tem certeza de que está bem? Não vai desmaiar em cima de mim, vai?

— Acho que estou bem. — Respirei bem fundo, então assenti. — Vá em frente. Estou pronta para fazer a ligação agora.

— Vou fazer. Em um minuto. Só tem uma coisa que preciso fazer primeiro.

— O que é?

— Isto.

Sua boca grudou na minha. Ele me beijou com tanta paixão, com tanta intensidade que, quando nos separamos, eu estava chorando de novo. *Deus, eu sou um desastre.*

Rindo entre as lágrimas, eu as sequei e disse:

— Desculpe. São lágrimas de felicidade.

— Não parece muito feliz no momento.

Apoiei minha testa na de Dex.

— Estranhamente, estou. Eu te amo, Dexter Truitt.

— Também te amo, Bianca. Mais até do que consigo entender.

Não perguntei o que Dex ficou fazendo no minuto seguinte, mas eu fechei os olhos e orei. Quando abri, os olhos dele ainda estavam fechados e seus lábios se moviam um pouco. Eu tinha quase certeza de que estávamos fazendo o mesmo pedido para o cara lá de cima. Em certo momento, ele apertou minha mão mais uma vez e, então, pegou o celular.

Respirei fundo e o abracei enquanto ele ligava.

— Posso falar no ramal 283, por favor?

Ouvia a mulher, mas não conseguia identificar o que ela estava dizendo do outro lado da linha.

— Sim, Erika? Aqui é Dex Truitt ligando de volta para saber dos resultados. Só que gostaríamos de saber o resultado do exame de paternidade entre Dexter Truitt e Bianca Georgakopolous desta vez. Vamos ligar de volta um pouco depois para saber o resultado entre Alexandra Fiore e Dexter Truitt.

Me levantei da cama e comecei a andar de um lado a outro.

Dex leu o código de segurança que a técnica nos deu e confirmou de novo que só queria saber um resultado naquele momento. Quando terminou, Dex olhou para mim ao falar no celular.

— Sim, estou pronto.

Depois do que pareceu uma eternidade, mas provavelmente foram apenas trinta segundos de silêncio, Dex fechou os olhos e limpou a garganta.

— E qual é a precisão desse resultado?

— Entendi. Muito obrigado. Vamos ligar de volta para saber do outro em breve.

Meu coração apertou quando vi o olhar de Dex. Foi a vez dele de se descontrolar. Lágrimas estavam escorrendo por suas bochechas conforme ele vinha até mim.

— Fale — sussurrei. — Só fale.

Quando vi, fui erguida no ar e para o colo de Dex.

— As chances de você ser minha irmã são exatamente de 0%.

— O quê? — *Ele acabou de falar o que acho que falou?*

— Me ouviu certo. Não somos parentes, Bianca.

— Ah, meu Deus! Ah, meu Deus! — Minha mão voou para o peito. Meu pobre coração estava batendo tão rápido que parecia que ia explodir. — Está falando sério? Tem certeza?

— Nunca falei tão sério na vida. E diria que 0% de chance é bem certeza. Graças a Deus!

Me inclinando, beijei os lábios de Dex.

— Não somos parentes. Não somos mesmo parentes. — Continuei repetindo isso como um tipo de mantra, mas, na verdade, precisava continuar ouvindo para assimilar a enormidade disso. O rosto de Dex estava molhado de lágrimas quando ele me colocou na cama.

Enquanto eu estava totalmente dominada por alívio, Dex, de repente, pareceu ter o sentimento oposto. Um olhar intenso de desejo e determinação dominou sua expressão. Ele começou a tirar as roupas com urgência. Quando estava de cueca, eu o fiz parar.

— Espere.

— Acho que não consigo mais esperar nem um pouco. Preciso entrar em você, Bianca. Me chame de cretino se quiser, mas tenho a necessidade de marcá-la. Enfiar os dentes na sua pele para marcá-la como minha e, aí, gozar tão forte dentro de você que partes minhas nunca mais encontrarão a saída.

Engoli em seco.

— Nossa, Dex.

— Muita sinceridade?

— Nem um pouco, é a coisa mais sexy que já ouvi na vida. É só que... quero fazer uma coisa por você.

— Pode esperar até eu fazer uma coisa por você? — Ele tinha me colocado no meio da cama, mas pegou minhas pernas e me puxou para a beirada, onde estava parado. — Múltiplas vezes. Pode esperar até eu fazer uma coisa por você, múltiplas vezes?

Dei risada. Mas me levantei da cama.

— Sente-se. Dexter, não meu irmão, Truitt. Sente-se.

Ele fez beicinho, porém obedeceu. Sentado na beirada da cama, sua ereção enorme estava apertada na boxer.

Comecei a desabotoar minha roupa lentamente.

— Não falamos sobre isso antes, mas tomo pílula.

— Ainda bem. Porque preciso sentir sua pele, e nunca mais vou conseguir tirar assim que me enterrar em você. Podemos até dormir com meu pau ainda dentro de você esta noite.

Após tirar a roupa, fiquei diante de Dex, permitindo que ele me olhasse o quanto quisesse. Sua paciência diminuiu quando me segurou, e eu dei um passo para trás.

— Ainda não.

Ele gemeu de frustração, mas segurou nas laterais da cama.

Coloquei as mãos para trás e abri o sutiã. Alguns chacoalhões dos ombros e ele caiu no chão.

Dex engoliu em seco. Seu peito estava subindo e descendo profundamente.

— Você é linda pra caralho.

— Obrigada.

Fiquei de calcinha e dei um passo para mais perto dele antes de me ajoelhar.

— Bianca... Não posso. Quero dizer... você não pode. Não vou durar nem dez segundos com sua boca em mim.

— Que bom. Porque eu não ia usar minha boca em você.

Com um sorriso malicioso, apertei os seios, dando-lhe um sinal de quais eram meus planos.

— Tire a cueca, sr. Truitt.

— Também não vou durar assim, Bianca. Sonho em deslizar meu pau entre esses peitos lindos há muito tempo. Quero gozar neles, mas, da próxima vez que gozar, vai ser dentro de você.

Com um movimento rápido, de alguma forma, Dex me ergueu, me virando e me colocando na cama, então estava sobre mim.

— Obrigado por querer realizar minha fantasia. Significa muito para mim que ofereça até antes de encontrar seu próprio alívio.

— A única coisa que quero é realizar cada fantasia depravada que esteja na sua cabeça. Planejo passar bastante tempo explorando as profundezas da sua perversidade, sr. Truitt.

Dex conseguiu se livrar da cueca sem quebrar o contato, e seu pau rígido estava quente em minha pele. Conseguia, na verdade, senti-lo latejando na minha barriga. Esperamos muito tempo, e eu não conseguia esperar mais nem um segundo. Abrindo as pernas debaixo dele, ele mudou a posição e, então, me olhou nos olhos, colocando para dentro devagar. A cada centímetro que ele entrava, meu coração se ampliava. Era isso. Era tão inacreditavelmente incrível finalmente ter a última parte dele dentro de mim. Ele teve meu coração desde a primeira vez que o vi, e agora, enfim, tinha a conexão física. Percebi que era assim que realmente era consumar um relacionamento.

Dex entrou e saiu gentilmente, tomando seu tempo para esticar meu corpo para aceitar seu tamanho. Era lindo e gentil, mas via que ele estava se contendo. Encorajando-o a se soltar, envolvi os braços nele e cravei as unhas em sua bunda.

Suas pupilas dilataram.

— *Porra.*

Deu certo. Sua cabeça baixou e ele mordiscou meu seio direito forte conforme aumentou o ritmo. Com certeza deixaria marca, e eu queria... ser marcada por ele de todos os jeitos.

— *Porra. Porra* — ele gemeu conforme sua boca se moveu para meu pescoço, onde chupou e mordiscou enquanto segurava forte meu cabelo. Gemi quando ele o puxou.

Todo o resto desapareceu, a não ser o som das nossas respirações irregulares e corpos molhados se encontrando conforme ele estocava cada vez mais fundo dentro de mim.

— Vou encher essa boceta apertada, Bianca. — Ele colocou a cabeça para trás e me olhou, e foi só do que precisou. Meu corpo já estava gostando, mas meu orgasmo me acertou em cheio. Gritei seu nome repetidamente enquanto meus músculos pulsavam em volta do seu pau grosso. Bem quando pensei que meu prazer tinha cessado, Dex investiu mais rápido e mais fundo, soltando um gemido sexy ao gozar dentro de mim e, em troca, fez meu corpo provocar uma nova onda de impulsos e gozamos simultaneamente.

Recuperando nosso fôlego, Dex me beijou suavemente nos lábios. Ele ainda estava semiduro dentro de mim conforme deslizava preguiçosamente para dentro e para fora.

— Eu te amo, Bianca.

— Também te amo.

— Foi uma loucura até aqui, mas me fez perceber o que faria para mantê-la na minha vida. Para ficar claro, eu não tinha planos de te deixar ir mesmo que acabasse sendo minha irmã.

— Ah, sério? E o que exatamente iria fazer para me convencer a ficar?

— Vamos só dizer que estive fazendo minha pesquisa.

Semicerrei os olhos.

— Do que está falando?

— Irmãos compartilham cinquenta por cento do DNA. Meio-irmãos apenas compartilham uma média de vinte e cinco por cento do DNA. Tecnicamente, não é consanguíneo, é chamado de *line breeding*.

— Iria tentar me convencer com os aspectos científicos de dormir com meu irmão?

— Claro que não.

— Ah.

— Marquei um horário com um especialista em genética para fazer isso.

— Está brincando?

— E talvez um psicólogo também. — Ele deu risada, mas eu sabia que estava dizendo a verdade.

— Você é doido.

— Doido por você, Georgy. Doido por você.

EPÍLOGO

Dex

— Tudo acabou do jeito que era para ser, não foi? E nem precisamos nos mudar para a Europa.

— Falou alguma coisa, sr. Truitt? — meu motorista gritou.

— Ãh... não, Sam. Estou falando com Bandit.

Acariciei atrás das orelhas do cachorro.

— Então, enfim... como eu estava dizendo... tudo acabou bem. Você não foi para aquela fazenda. Nenhum de nós está pegando a irmã, apesar de que tudo que aconteceu com você no passado ficou para trás, não é? Seus segredos estão a salvo comigo.

— *Ruff!*

— E agora... tem muita coisa para acontecer.

Finalmente chegamos ao nosso destino. Eu sabia que era meio estranho levar um cachorro a uma cerimônia de inauguração, mas ele era uma parte importante da família, então não poderia ser de outro jeito.

Segurando a coleira de Bandit, respirei o ar não tão fresco do Brooklyn e olhei para a placa que dizia *Centro Cultural e de Artes Jelani Okiro.*

Cheio de orgulho, mal podia esperar para mostrar a Bianca o que tínhamos feito com o lugar.

Bandit e eu subimos de elevador para o segundo andar a fim de encontrar Alexandra na entrada. Ela estava segurando uma prancheta e sorrindo para nós.

— Como vai minha irmã do mesmo pai? — Sorri.

— Ótima, irmão de outra mãe. Ainda não chegou ninguém da imprensa, aliás.

— Que bom. — Uni as mãos. — Isso nos dá mais tempo para garantir que esteja tudo arrumado.

— Sim. Precisamos de todo o tempo que pudermos.

Depois de colocar água para Bandit em um dos cômodos vazios, voltei para onde minha irmã estava parada e vi que ela estava tensa.

— Você está bem?

— Estou um pouco nervosa para vê-lo de novo.

Assenti, solidário.

— Sei que está.

Alex veria nosso pai hoje. Ele e Myra estavam na cidade e planejavam passar no centro. Embora fizesse alguns anos que havíamos descoberto os resultados do exame, Alex só tinha passado um tempo mínimo com nosso pai. Nunca foi confortável ou fácil para ela. E, de todas as formas que importavam, ela ainda considerava Taso seu verdadeiro pai.

Há mais ou menos um ano, contratei Alex como gerente de projetos especiais na Montague. Um dos seus trabalhos mais recentes tinha sido supervisionar o desenvolvimento do centro de artes que estava sendo construído em homenagem a Jelani. Ele morrera uns seis meses depois de Bianca e eu voltarmos daquela viagem fatídica para Palm Beach. Seu câncer de cólon tinha provocado metástase, apesar de todos os tratamentos. Quando as coisas pioraram, Bianca e eu o visitávamos todos os dias. Acho que meu amigo tinha uma quedinha por minha deusa grega — não que eu pudesse culpá-lo.

Pouco antes de ele morrer, lhe contei sobre meus planos de continuar seu legado. Apesar de ele ser resistente à atenção, tinha me permitido levar um fotógrafo para documentar nossas últimas sessões de entalhe. Agora havia fotos enormes em preto e branco das mãos de Jelani em ação em vários lugares do centro junto com artesanatos quenianos.

Jelani deixou para mim todas as esculturas de madeira que ele já fizera. Nós as expomos em vidros por todo o lugar. O centro abriu uma salinha para entalhar, além de outras salas de arte e música. A organização sem fins lucrativos receberia crianças e adolescentes de todo o bairro. Todos os funcionários seriam financiados e empregados pela Montague Enterprises, enquanto alguns suprimentos e outras despesas seriam financiados por doadores.

Alex bateu o lápis na prancheta.

— Oh, esqueci de te contar. Consegui convencer aquele garoto Clement a voar até aqui um fim de semana e fazer um workshop, como pediu.

— Não brinca? Vou encontrar meu pequeno guru do YouTube ao vivo. Apesar de ele não ser tão pequeno mais. Finalmente está na puberdade. Fica mais apropriado concorrer com ele agora.

Ela deu risada.

— Cadê a Bianca? — ela quis saber.

— Sam voltou para buscá-la. Ela estava atrasada.

— Compreensível.

Alex e eu passamos os quinze minutos seguintes garantindo que todos os cômodos estivessem perfeitos.

De volta à entrada, perguntei:

— Hope e Faith virão?

— Sim. Brian vai trazê-las.

— Que bom. Elas vão adorar.

Ela olhou além dos meus ombros.

— Lá está Bianca.

Era incrível o que a simples menção do nome da minha esposa fazia comigo. No segundo em que a palavra "Bianca" saiu da boca de Alex, tudo se iluminou para mim. Essa sensação praticamente resumia minha vida inteira agora.

Me virei e vi minha mulher linda toda arrumada. Não parecia nem um pouco que ficara acordada a noite toda com uma criança de dois anos doente. Me ajoelhei, incentivando minha filha a vir até mim. Meu coração derretia toda vez que ela corria empolgada para mim com animação nos olhos como se a única coisa de que precisasse no mundo fosse estar nos braços do papai.

Erguendo-a, beijei sua bochecha e sussurrei em seu ouvido:

— Não sabia se viria, Georgina Bina.

— O Motrin está fazendo efeito. — Bianca sorriu. — Não queria que ela perdesse isto. Sei que o fotógrafo virá.

— Estou feliz que ela veio.

— Mamãe e papai virão? — Alex perguntou.

Bianca balançou a cabeça.

— Não. Dex e eu os convidamos, mas nenhum deles ficou confortável em confrontar Dexter pai.

Apesar de o relacionamento dos pais de Bianca ter sido difícil ao longo dos anos, nos últimos meses, eles estavam se dando bem. Na verdade, tínhamos acabado de receber ambos em nossa casa para tomar café da manhã no fim de semana anterior. Porém, lidar com meu pai era outra história, e eu estava feliz de as coisas com Taso e Eleni estarem normais agora, principalmente para o bem da nossa filha.

Me virei para Alex.

— Se importa de ficar com Georgina por alguns minutos para eu poder mostrar tudo a Bianca antes de as pessoas chegarem?

— Claro que não.

Entreguei minha filha para a tia. Georgina era igualzinha à mãe, e eu não podia estar mais feliz por isso. Ela foi concebida um pouco antes de Bianca e eu nos casarmos. Fizemos uma cerimônia chique na cidade há uns dois anos. Na época, não sabíamos que Bianca já estava grávida.

No fim de semana seguinte ao nosso casamento, tínhamos voado para Palm Beach a fim de pegar nosso bolo de casamento um ano depois que encomendamos no dia em que provamos. A confeitaria o entregou em nosso lugar particular na praia. Tiramos fotos, demos pedaços um para o outro, depois levamos o resto para um centro de idosos na estrada.

Pegando a mão de Bianca, levei-a pelo corredor até a sala de música.

Ela pulou no segundo em que viu.

— Está falando sério?

— Perfeito, não é?

A estátua de Liza Minelli finalmente tinha um lar permanente, assim como o quadro de Elvis do apartamento de Jay. Eu tinha comprado uma mobília que lembrava a cultura pop a fim de finalizar o espaço. Tinha um pequeno piano de cauda no canto junto com outros instrumentos musicais.

— Enfim um lugar que faz sentido para ela. — Bianca deu risada.

— Não é? É como se esse tempo todo ela estivesse vagando, procurando um lugar mais significativo para aparecer para você uma última vez. — Apontei para o quadro gigante na parede. — Elvis também está aqui. Viu?

— O que você fez por este lugar foi incrível.

Puxando-a para perto, falei sobre seus lábios:

— Estou feliz que ainda consigo te impressionar, sra. Truitt. — Dei um passo para atrás a fim de analisá-la. Seus mamilos estavam aparecendo através do tecido preto do vestido. — Deus, seus peitos estão maravilhosos agora. Sinto que preciso chupá-los.

— Você elogia meus peitos todos os dias. O que está diferente hoje?

— Eles estão me saudando de uma forma especial. Sem contar que estamos na pausa da amamentação. Então os tenho só para mim por um tempo. — Me abaixei e beijei gentilmente seu mamilo, falando em seu peito. — Já falei que amo seu corpo quando está grávida?

— Sim, algumas vezes há uma hora.

— Podemos simplesmente continuar tendo filhos para sempre?

— Quem exatamente vai dar à luz a essas crianças?

— Bom, estava esperando que fosse você, minha deusa grega.

Ela acariciou a barriga de quatro meses de gravidez.

— Acho que parei depois deste. Dois está bom.

Envolvi sua bunda com as mãos e apertei.

— Você disse que iria parar depois de um.

— Eu sei... aí depois, quando não estava mais grávida, e o enjoo passou, mudei de ideia.

— Bom, então vou ficar torcendo para você mudar de ideia mais dez vezes.

Ela arregalou os olhos.

— Dez?

— Quer a verdade? Se me deixasse... sim. Dez.

— Está maluco, mas, para ser sincera, não confio em mim mesma para não deixar isso acontecer também. Há duas coisas importantes contra mim. Uma: assim que paro a pílula, você simplesmente olha para mim e eu engravido. Duas: não resisto a você. Você pisca esses olhos azuis para mim, e eu só quero te fazer feliz.

— E qual é o problema? — brinquei, me aconchegando em seu pescoço. Precisava me conter para não acabar com uma ereção diante da mídia de Nova York.

Falando em mídia, Bianca ainda trabalhava como freelancer, meio período, para a *Finance Times*, mas aceitava trabalhos apenas locais agora. Entre Georgina e minha própria necessidade, ela não tinha tempo para muito mais. Ela sabia que eu a apoiava totalmente a voltar a trabalhar em tempo integral, se fosse isso que realmente quisesse. Mas o que parecia fazê-la mais feliz, ultimamente, era ser esposa e mãe. Com certeza, eu não reclamava de tê-la lá quando chegava em casa do trabalho. Raramente trabalhava até mais tarde agora, ansioso demais para voltar para casa, para minhas meninas.

Com relutância, dei um último beijo nela.

— É melhor voltarmos lá para fora. As pessoas vão chegar em breve.

Saímos e vimos Alex seguindo nossa filha de perto, que estava correndo pelo lugar.

— Com o que Georgina está brincando? — Bianca perguntou.

— Pensei que tivéssemos guardado todas as esculturas de madeira nas caixas de vidro — Alex disse. — Mas parece que ela encontrou uma.

Bianca se apressou até ela.

— Isso não é brinquedo. Ela está colocando na boca.

— Está tudo bem. O tio Jelani não se importaria — eu falei. Quando recuperei a escultura coberta de baba da minha filha, sorri ao ver que era a girafa. Quanto mais eu pensava nisso, mais perplexo ficava de ela tê-la encontrado. Tínhamos, definitivamente, guardado *todas* as peças de Jelani nas caixas de vidro. Eu mesmo tinha supervisionado esse processo. Olhei para cima, para as luzes embutidas no teto por um instante. *Humm*. Pensaria nisso como um mistério sem resolução apesar de, lá no fundo, querer realmente acreditar que ele estava lá, me abençoando.

Os jornalistas locais estavam começando a chegar. Em certo momento, assumi meu lugar lá fora, sorrindo para as câmeras junto com minha família, conforme cortamos a fita, marcando a grande inauguração.

De volta para dentro, meu pai e Myra tinham acabado de chegar, e os vi conversando com Alexandra, que parecia querer estar em qualquer outro lugar no mundo, menos ali. Fui lá e quebrei o gelo, até ser arrastado de novo para algumas entrevistas.

A luz da câmera perfurava meus olhos conforme filmava meu rosto. Três jornalistas colocaram o microfone à minha frente. Ouvi um perguntar:

— Nos conte por que resolveu abrir o centro, sr. Truitt.

Pigarreei e falei de coração.

— Queria retribuir à comunidade um pouco do que Jelani me proporcionou: um lugar seguro para ir, desabafar minhas frustrações e também onde pude descobrir meu potencial criativo. Na primeira vez que pedi a ajuda dele, foi pelos motivos errados. Estava tentando usar a *ideia* de aperfeiçoar uma habilidade artística e obscura a fim de conquistar uma mulher. — Dei risada. — Com o tempo, percebi que a arte em si era muito mais importante do que eu imaginava. Estava me salvando... me salvando da minha própria mente e me permitindo expressar meus sentimentos de outras formas além das palavras. Foi, de certo modo, uma experiência espiritual. Entalhar a madeira começou como uma brincadeira, mas era a vida de Jelani, e eu estava começando a enxergar por quê. Algumas pessoas expressam amor através de palavras. Outras... de atitudes. E algumas... se expressam através da arte. Basicamente, arte é amor. Queria compartilhar um pouco do amor que meu amigo me deu, porque fui abençoado com uma abundância de amor na minha vida agora. — Sorri. — E me tornei um bom entalhador, modéstia à parte. Vamos dizer que um ou dois animais exibidos aqui são meus.

Um flash de câmera quase me cegou.

— No fim, conquistou a garota, sr. Truitt?

Dei uma piscadinha.

— Sim.

Depois das obrigações com a imprensa terem acabado, dei uma volta com Bandit para procurar minhas meninas. Vendo que Bianca tinha se sentado em um canto com Georgina, aproveitei para observá-las.

— Olhe para elas, Bandit. Veja como são lindas. Pode acreditar que são nossas?

Eu as amava demais.

Se havia uma palavra para descrever como me sentia na vida agora era gratidão. Era muito sortudo em ter essa família linda. E eu sabia, sem sombra de dúvida, que nunca as subestimaria. O medo que passamos só nos tornou mais fortes. Nada te faz apreciar alguém mais do que quase perdê-lo.

Bianca parecia exausta, e Georgina, cujas bochechas pareciam estar queimando, estava tossindo e com o nariz escorrendo. Eu precisava levá-las para casa. Para ser sincero, o que eu mais queria era sair dali e passar um sábado preguiçoso no sofá com minha família.

Tirei Georgina dos braços de Bianca.

— Vamos para casa.

Bandit aproveitou a oportunidade para colocar a cabeça no colo de Bianca. Com nós três, ela tinha a mão cheia.

— Não pode simplesmente ir embora, pode?

— O local é meu. Posso fazer o que quiser. O movimento está diminuindo, de qualquer forma.

Depois de nos despedir do meu pai e de Myra, nós quatro saímos de fininho e seguimos pelo corredor.

Ao entrarmos no elevador, Georgina começou a chorar. Tinha passado o efeito do remédio, e ela estava cansada, pronta para dormir. Bandit estava latindo como normalmente o fazia quando ela chorava, o que claramente demonstrava por que não estávamos dormindo muito ultimamente.

Logo depois de as portas do elevador se fecharem, algo incomum aconteceu. As luzes se apagaram por uns três segundos, depois voltaram antes de finalmente começarmos a descer.

Bianca deu risada.

— Bem, não teria sido bom.

— Não teria, não. Por mais que eu goste de lembrar de como nos conhecemos, não sei se conseguiria lidar com dois bebês chorando a plenos pulmões de uma vez.

Ela me bateu, brincando.

— Você adorou minhas bolas e meu grito naquele dia.

— Sim. Adorei suas bolas desde quando te conheci, principalmente adorei seu...

— Cuidado. Ela entende mais do que você pensa.

— *Ruff!*

— Ele também — adicionei.

Todos nós entramos no carro que nos aguardava. Depois de Bianca colocar Georgina na cadeirinha, nossa filha finalmente dormiu.

Metade do caminho para casa, na verdade, foi em silêncio. Um pensamento passou pela minha cabeça quando me virei para Bianca.

— Você nunca me contou o que eu abria.

— O quê?

— Naquela fantasia de anos atrás. Você ficava sendo interrompida quando ia me contar. — Acariciei sua coxa. — O que era?

— Minha fantasia, neste momento, combina mais com você *abrindo* um pote de sorvete e me alimentando na cama enquanto massageia meus pés. Parece divino.

Joguei a cabeça para trás, rindo.

— Podemos fazer isso.

Ela passou os dedos no meu cabelo.

— Ok, quer mesmo saber o que era?

Inclinando-me, rosnei:

— Claro que sim.

— Ok, então começava com você abrindo minha... merda!

O carro parou de repente. Meu braço, instintivamente, foi para o peito de Bianca a fim de protegê-la.

— Desculpem por isso, pessoal. Um cara me fechou, então tive que pisar no freio — Sam disse.

E esse foi o fim do nosso momento tranquilo.

Georgina acordou e começou a chorar histericamente.

Eu me abaixei para beijar sua cabeça.

— Shh... está tudo bem. — Pegando meu celular, rapidamente entrei no YouTube e abri o canal de Chance Bateman. Escolhi o vídeo da sua bebezinha rindo histericamente com os barulhos da cabra, torcendo para que acalmasse Georgina.

Ela pegou o celular com sua mãozinha, mas não ajudou. Começou a chorar ainda mais.

— *Ruff!*

Bianca deu risada.

— Não deu certo. Agora, temos um cachorro latindo, uma cabra falando "baa", uma bebê rindo e outra chorando.

A verdade era que eu não conseguia imaginar minha vida sem caos. Não conseguia imaginar minha vida sem ela, sem elas — sem *isto*.

— Esses são os sons da vida, Bianca. — Sorri. — Música para os meus ouvidos, Georgy.

AGRADECIMENTOS

Primeiro e mais importante, obrigada a todos os blogueiros que trabalham tanto para divulgar nossos livros. Em uma época em que o alcance é mais difícil do que nunca, somos eternamente gratas por tudo que fazem.

A Julie. Obrigada por sua amizade e por sempre estar a apenas um clique quando precisamos de você. Estamos ansiosas para a próxima jornada que sua escrita incrível vai nos levar este ano.

A Elaine. Sua edição, sem dúvida, melhorou este projeto. Obrigada por sua atenção aos detalhes e por seu encorajamento no processo.

A Luna. Sua criatividade e sua paixão são um dom. Temos muita sorte em ter nos escolhido para usá-las conosco através das suas interpretações maravilhosas das nossas histórias. Obrigada por tudo.

A Eda. Obrigada por ter um olhar tão bom para finalizar.

A Dani. Sua ajuda com nossos lançamentos e para manter tudo organizado não tem preço. Gostamos muito de você!

A Letitia. Obrigada por fazer sua mágica em outra capa linda.

A nossa agente, Kimberly Brower. Temos muita sorte em saber que você sempre nos apoia. Obrigada por trabalhar incansavelmente por nós e por ser nosso contato com o mundo.

Por último, mas não menos importante, a nossos leitores. Continuamos escrevendo por causa da sua fome por nossas histórias. Obrigada pela empolgação, pelo amor e apoio, e pelas muitas cabras postadas em nossos perfis do Facebook. Adoramos vocês!

Com muito amor,

Vi e Penelope

Editora
Charme